みえちゃうなんて、ヒミツです。

～イケメン男《だん》子《し》と学《がく》園《えん》鑑《かん》定《てい》団《だん》～

陽炎《かげろう》氷柱《つづら》・作
雪丸《ゆきまる》ぬん・絵

アルファポリスきずな文庫

Contents 目《もく》次《じ》

七《なな》瀬《せ》雪《ゆき》乃《の》

名門《めいもん》・英蘭学園《えいらんがくえん》の中学《ちゅうがく》1年生《ねんせい》。付《つく》喪神《もがみ》を見《み》たり、その声《こえ》を聞《き》いたりすることができる力《ちから》を持《も》っている。

三《みつ》葉《ば》秋《あき》兎《と》

英蘭学園《えいらんがくえん》の中学《ちゅうがく》1年生《ねんせい》で、雪乃《ゆきの》の幼馴染《おさななじみ》。特待生《とくたいせい》として英蘭《えいらん》学園《がくえん》の初等部《しょとうぶ》に転入《てんにゅう》するほど、とびぬけた芸術《げいじゅつ》の才能《さいのう》を持《も》つ。

Character 人《じん》物《ぶつ》紹《しょう》介《かい》

白《しら》鳥《どり》桜《おう》二《じ》

英蘭学園《えいらんがくえん》の中学《ちゅうがく》1年生《ねんせい》で、英蘭《えいらん》会《かい》のメンバー。有名《ゆうめい》IT《アイティー》企業《きぎょう》の社長子息《しゃちょうしそく》で、颯馬《そうま》とは幼馴染《おさななじみ》。冷静沈着《れいせいちんちゃく》な性格《せいかく》。

一《いち》条《じょう》颯《そう》馬《ま》

英蘭学園《えいらんがくえん》の中学《ちゅうがく》1年生《ねんせい》で、英蘭《えいらん》会《かい》のメンバー。歴史《れきし》ある名家《めいか》の跡取《あとと》り息子《むすこ》。運動神経抜群《うんどうしんけいばつぐん》。

綾小路《あやのこうじ》花凛《かりん》

英蘭学園《えいらんがくえん》の中学《ちゅうがく》1年生《ねんせい》で、雪乃《ゆきの》のクラスメイト。中等部《ちゅうとうぶ》から入学《にゅうがく》した外部生《がいぶせい》に敵対心《てきたいしん》を持《も》っている。

1　採寸式《さいすんしき》の騒動《そうどう》

「以上《いじょう》で七瀬雪乃《ななせゆきの》さんの『制服採寸《せいふくさいすん》』は終《お》わりです。改《あらた》めて、中学合格《ちゅうがくごうかく》おめでとうございます」

着替《きが》えで外《はず》していた眼鏡《めがね》をかけた私《わたし》に、受付《うけつけ》のお姉《ねえ》さんが入学案内《にゅうがくあんない》のパンフレットを渡《わた》してくれた。

お礼《れい》を言《い》って受《う》け取《と》れば、そのおしゃれなデザインに思《おも》わずため息《いき》を吐《は》く。

大《おお》きく印字《いんじ》された『私立英蘭学園中等部《しりつえいらんがくえんちゅうとうぶ》』という文字《もじ》を撫《な》でながら、四月《しがつ》の入学式《にゅうがくしき》に胸《むね》をおどらせた。

(私《わたし》、本当《ほんとう》に英蘭学園《えいらんがくえん》に通《かよ》えるんだ……！)

英蘭学園《えいらんがくえん》は初等部《しょとうぶ》・中等部《ちゅうとうぶ》・高等部《こうとうぶ》・大学《だいがく》を持《も》つ一貫校《いっかんこう》で、入学《にゅうがく》さえできればエリート人生《じんせい》が約束《やくそく》されていると言《い》われている有名《ゆうめい》な私立《しりつ》だ。

初等部《しょとうぶ》は良家《りょうけ》のご子女《しじょ》しか通《かよ》えず、例外《れいがい》として才能《さいのう》が認《みと》められた数人《すうにん》だけが特待生《とくたいせい》として迎《むか》えられるが――そんな選《えら》ばれし者《もの》だけに門《もん》を開《ひら》く初等部《しょとうぶ》とは異《こと》なり、中等部《ちゅうとうぶ》からは私《わたし》みたいな一般家庭《いっぱんかてい》の子《こ》も受験《じゅけん》して、試験《しけん》に合格《ごうかく》さえすれば入学《にゅうがく》できる。

もちろん最高峰《さいこうほう》の学校《がっこう》なだけあって試験《しけん》はほんっとうに難《むずか》しかったけど……事情《じじょう》があって、私《わたし》は小学校《しょうがっこう》の同級生《どうきゅうせい》がいるところには絶対《ぜったい》に行《い》きたくなかったのだ。

嫌《いや》なことを思《おも》い出《だ》して、ついパンフレットを持《も》つ手《て》に力《ちから》が入《はい》る。そんな私《わたし》に、いつの間《ま》にか近《ちか》くに来《き》ていたママが声《こえ》をかけた。

「あら雪乃《ゆきの》。入学式《にゅうがくしき》はまだ先《さき》なのに、もう緊張《きんちょう》しているの？」

「あ、うん……そんなところ！」

心配《しんぱい》をかけたくなくて、小学校《しょうがっこう》で浮《う》いていたことをママに教《おし》えていない。だからあいまいに笑《わら》う私《わたし》に、ママは不思議《ふしぎ》そうに眉《まゆ》を顰《しか》めただけで深《ふか》くは追及《ついきゅう》してこなかった。

それにほっとしつつ、私《わたし》は注意《ちゅうい》を逸《そ》らすように持《も》っていたパンフレットをママに渡《わた》す。

「まあ、本当《ほんとう》に豪華《ごうか》な校舎《こうしゃ》ねえ。さすがお金持《かねも》ちの学校《がっこう》って感《かん》じがするわ。あなた、本当《ほんとう》にこんなトコでやっていけるの？」

その言葉《ことば》に身《み》を固《かた》くするけど、タイミングよくママがレジに呼《よ》ばれた。ママは急《いそ》いでパンフレットをカバンにしまうと、話《はなし》を切《き》り上《あ》げて代金《だいきん》のお支払《しはら》いに向《む》かう。

なんとなく気《き》まずくて、私《わたし》は近《ちか》くにあったフロア案内《あんない》を眺《なが》める。

ゆっくり一階《いっかい》ずつ見《み》ていくと、ふと一《いっ》か所《しょ》に目《め》が吸《す》い寄《よ》せられた。

「何《なに》か気《き》になるところがあるの？」

レシートを財布《さいふ》にしまいながら、ママは熱心《ねっしん》にフロア案内《あんない》を見《み》つめる私《わたし》にそう問《と》いかけた。

「三階《さんかい》に工芸品《こうげいひん》コーナーがあるんだって。骨董品《こっとうひん》の展示《てんじ》もしているみたい」

採寸会場《さいすんかいじょう》に選《えら》ばれたここは有名《ゆうめい》な百貨店《ひゃっかてん》。うちがよく行《い》くデパートとは商品《しょうひん》の値段《ねだん》が倍《ばい》くらい違《ちが》うけど、その分品揃《ぶんしなぞろ》えも格段《かくだん》にいい。

だから普通《ふつう》のデパートにはない、工芸品展示場《こうげいひんてんじじょう》というコーナーがあるのだ。

「そこに行《い》ってみたいの？」

ママにそう聞《き》かれて、私《わたし》は少《すこ》し迷《まよ》ってから頷《うなず》いた。

工芸品《こうげいひん》にはひとつとして同《おな》じものはなく、同《おな》じ名称《めいしょう》だとしても細《こま》かな違《ちが》いが必《かなら》ずある。

私《わたし》はその違《ちが》いを見《み》つけるのがとにかく好《す》きで、何時間《なんじかん》でも眺《なが》めてしまうのだ。

それに、普段博物館《ふだんはくぶつかん》とかで見《み》るものと、こういう百貨店《ひゃっかてん》で展示《てんじ》されているものではラインナップがぜんぜん違《ちが》う。新学期《しんがっき》に向《む》けて買《か》い出《だ》しも悪《わる》くないけど、私《わたし》の中《なか》の天秤《てんびん》は簡単《かんたん》に趣味《しゅみ》の方《ほう》に傾《かたむ》いた。

「雪乃《ゆきの》は本当《ほんとう》に骨董品《こっとうひん》とかそういうのが好《す》きね……分《わ》かったわ。その間《あいだ》にママは買《か》い物《もの》していくから、満足《まんぞく》したらスマホに連絡《れんらく》をちょうだい」

私《わたし》の骨董品《こっとうひん》好《ず》きを知《し》っているママは仕方《しかた》なさそうに肩《かた》をすくめると、帰《かえ》りの時間《じかん》だけ告《つ》げて先《さき》に採寸会場《さいすんかいじょう》を後《あと》にした。

私《わたし》も忘《わす》れ物《もの》がないかをもう一度確認《いちどかくにん》してから、胸《むね》を弾《はず》ませて出口《でぐち》に向《む》かおうとして――

「はあ、とうとうわたくしたちにもこの憂鬱《ゆううつ》な時《とき》がきましたね」

背後《はいご》にある採寸《さいすん》スペースの方《ほう》から、少《すこ》しとがった声《こえ》が聞《き》こえる。大《おお》きな声《こえ》につられて振《ふ》り返《かえ》れば、凄《すご》く派手《はで》な服《ふく》を着《き》た女《おんな》の子《こ》が何人《なんにん》かで固《かた》まっていた。

彼女《かのじょ》たちはどうやら私《わたし》を見《み》ていたようで、パチリと視線《しせん》がぶつかってしまう。

予想外《よそうがい》のことに驚《おどろ》き固《かた》まる私《わたし》をよそに、女《おんな》の子《こ》たちはこちらを気《き》にする様子《ようす》もなく話《はなし》を続《つづ》けた。

「いろんな方《かた》と交流《こうりゅう》するため、と先生方《せんせいがた》はおっしゃるけど……正直特待生《しょうじきとくたいせい》でもない一般《いっぱん》の方《かた》と仲良《なかよ》くしてもねぇ？」

「ええ！　まったく、英蘭学園《えいらんがくえん》はただの平民《へいみん》が来《き》ていい場所《ばしょ》じゃないのに。外部《がいぶ》から受験《じゅけん》して入学《にゅうがく》するなんて、身《み》の程《ほど》知《し》らずでお恥《は》ずかしいこと」

そういうと、彼女《かのじょ》たちは私《わたし》に視線《しせん》を向《む》けてクスクスと笑《わら》った。

（……初対面《しょたいめん》、だよね？）

外部《がいぶ》と言《い》っていたから、彼女《かのじょ》たちは初等部《しょとうぶ》から英蘭学園《えいらんがくえん》に通《かよ》っている内部生《ないぶせい》なのだろう。

初《はじ》めて会《あ》ったはずだけど……こういうのって確《たし》か選民意識《せんみんいしき》って言《い》うんだっけ。自分《じぶん》たちは特《とく》別《べつ》な存在《そんざい》だと思《おも》って、それ以外《いがい》を見下《みくだ》したりする考《かんが》え方《かた》だよね。

（人《ひと》のことを知《し》ろうともしないで、勝手《かって》に決《き》めつけて意見《いけん》を押《お》し付《つ》けるのって良《よ》くないことだと思《おも》う）

でも、私《わたし》は何《なに》も言《い》わなかった。

だって彼女《かのじょ》たちは私個人《わたしこじん》というより、外部生《がいぶせい》は全員認《ぜんいんみと》めないという感《かん》じだった。

ならわざわざ言《い》い返《かえ》して目《め》を付《つ》けられるより、さっさとこの場《ば》を離《はな》れた方《ほう》が良《よ》い。せっかく誰《だれ》も私《わたし》のことを知《し》らない学校《がっこう》を選《えら》んだのに、変《へん》に目立《めだ》ってまた嫌《きら》われたくない。

そう思《おも》って、女《おんな》の子《こ》たちから目《め》をそらした時《とき》だった。

入口《いりぐち》の方《ほう》が少《すこ》しざわつき、女《おんな》の子《こ》たちは顔《かお》を赤《あか》らめて色《いろ》めき立《た》つ。

「桜二様《おうじさま》よ！　同《おな》じ時間帯《じかんたい》に当《あ》たるなんて、運《うん》がいいわ！」

さっきと打《う》って変《か》わって可愛《かわい》らしい声《こえ》で話《はな》す女《おんな》の子《こ》たち。

その視線《しせん》を追《お》っていけば、私《わたし》も思《おも》わず息《いき》が止《と》まった。

だって、まるで小説《しょうせつ》に出《で》てくる王子様《おうじさま》のような素敵《すてき》な男《おとこ》の子《こ》がそこにいたんだもの！

蜂蜜色《はちみついろ》の髪《かみ》が歩《ある》く度《たび》に柔《やわ》らかそうに揺《ゆ》れて、青《あお》い瞳《ひとみ》は空《そら》のように澄《す》んでいてミステリアス。

オーバーサイズのベストにスキニージーンズを着《き》ているせいか、男《おとこ》の子《こ》はやけに細身《ほそみ》で背《せ》がすらっと高《たか》く見《み》える。

採寸式《さいすんしき》に来《き》ているからには同級生《どうきゅうせい》のはずなんだけど、正直同《しょうじきおな》い年《どし》とは思《おも》えないほど大人《おとな》っぽい。

（それにしても『王子様《おうじさま》』は凄《すご》いあだ名《な》だけど）

みんなの視線《しせん》を一身《いっしん》に集《あつ》めているのに、金髪《きんぱつ》の子《こ》は気《き》にした様子《ようす》もなく堂々《どうどう》と採寸《さいすん》スペースに向《む》かっていく。

そして嫌味《いやみ》を言《い》っていた女《おんな》の子《こ》たちの前《まえ》を通《とお》ったとき、事件《じけん》は起《お》きた。

男《おとこ》の子《こ》は恐《おそ》ろしいほど綺麗《きれい》な笑《え》みを浮《う》かべると、冷《さ》めた声《こえ》で彼女《かのじょ》たちに話《はな》しかけたのだ。

「びっくりした、まさか同《おな》じ学校《がっこう》の生徒《せいと》だとは思《おも》わなかったな。大声《おおごえ》であんなことを言《い》って、君《きみ》たちは恥《は》ずかしくないの？」

「……っ！」

話《はな》しかけられたと浮足立《うきあしだ》った彼女《かのじょ》たちは、一瞬《いっしゅん》で顔《かお》を青《あお》ざめさせた。

歯《は》に衣《きぬ》を着《き》せぬとはこのことかというほどズバッとした物言《ものい》いに、聞《き》いている私《わたし》ですら息《いき》が止《と》まりそうだ。

しかし肝心《かんじん》の男《おとこ》の子《こ》はそれだけ言《い》うと、興味《きょうみ》を失《うしな》ったかのようにさっさと採寸《さいすん》スペースに入《はい》っていった。

……何《なん》というか、見《み》た目《め》に反《はん》して結構《けっこう》ハッキリとした人《ひと》だ。

（って、ぼうっとしている場合《ばあい》じゃない！　今《いま》のうちに離《はな》れなきゃ）

心《こころ》の中《なか》で男《おとこ》の子《こ》にお礼《れい》を言《い》って、私《わたし》は気配《けはい》を消《け》してそそくさとその場《ば》から離《はな》れた。

2　ワンモア・トラブル！

工芸品《こうげいひん》コーナーの前《まえ》まで来《き》て、私《わたし》はやっと一息《ひといき》をついた。

三階《さんかい》の半分《はんぶん》を占《し》めている工芸品《こうげいひん》コーナーの入《い》り口《ぐち》まで近《ちか》づけば、さっそく雅《みやび》な音楽《おんがく》が聞《き》こえてきて気分《きぶん》が上《あ》がる。

(嫌《いや》なことがあったけど、その分《ぶん》思《おも》いっきり楽《たの》しもう！)

意気込《いきご》んで中《なか》に入《はい》れば、他《ほか》のフロアの混雑《こんざつ》と打《う》って変《か》わって周《まわ》りはガランとしていた。

確《たし》かにこういう展示《てんじ》エリアは空《あ》いていることが多《おお》いけど、ここには私以外《わたしいがい》に誰《だれ》かいる気配《けはい》が全《まった》くない。まさか営業《えいぎょう》していないのかと慌《あわ》てて看板《かんばん》を確認《かくにん》するが、今《いま》はちゃんと営業時間《えいぎょうじかん》だ。

(……人気《にんき》がないだけ、なのかな)

そうだったら少《すこ》し寂《さび》しいけど、ここは貸《か》し切《き》りだと思《おも》おう。

「それはずっと大切《たいせつ》に保管《ほかん》してきたものだ！　偽物《にせもの》なはずがないだろ！」

気持《きも》ちを切《き》り替《か》えて中《なか》に入《はい》ろうとしたとき、奥《おく》から男《おとこ》の子《こ》の……それも同世代《どうせだい》と思《おも》われる少年《しょうねん》の大《おお》きな声《こえ》が聞《き》こえた。

（もしかして誰《だれ》もいないのって、揉《も》め事《ごと》が原因《げんいん》？）

わずかに上《あ》がっていたテンションが一瞬《いっしゅん》にして落《お》ちて、思《おも》わず苦《にが》い顔《かお》をする。

陰口《かげぐち》を言《い》われたばかりというのもあって、私《わたし》には関係《かんけい》ないと分《わ》かっているのについ声《こえ》の主《ぬし》を探《さが》してしまう。

（あっ、あそこに部屋《へや》がある）

言《い》い争《あらそ》っているような声《こえ》は、『スタッフオンリー』という張《は》り紙《がみ》がある部屋《へや》から聞《き》こえているようだった。

そちらに目《め》を向《む》ければ、普通《ふつう》なら閉《し》まっているはずのスライドドアがわずかに開《ひら》いているのが見《み》える。きっとそのせいで外《そと》まで声《こえ》がはっきり届《とど》いたのだろう。

（骨董品《こっとうひん》のトラブル、かな。雑《ざつ》に扱《あつか》われていたら嫌《いや》だなあ……）

いけないと思《おも》いながらも、気《き》づけば私《わたし》は部屋《へや》の方《ほう》に近《ちか》づいていた。

やがて中《なか》の様子《ようす》がうかがえそうな距離《きょり》まで近《ちか》づくと、今度《こんど》はさっきとは違《ちが》う男性《だんせい》の声《こえ》が中《なか》から聞《き》こえた。

「残念《ざんねん》ながら、貴方様《あなたさま》のような名家《めいか》が保管《ほかん》してこられた品《しな》でも、実《じつ》は偽物《にせもの》だったというのはよくあることなんです。大変申《たいへんもう》し上《あ》げにくいのですが、こちらの陶器《とうき》もそういうものかと」

「でも、家《いえ》から持《も》ち出《だ》す前《まえ》にちゃんと鑑定《かんてい》してるんだ！　証拠《しょうこ》だってある」

骨董品《こっとうひん》の話《はなし》をしているのだと気《き》づいた瞬間《しゅんかん》、私《わたし》は思《おも》わず耳《みみ》を鋭《するど》くした。

どうしても内容《ないよう》が気《き》になって、私《わたし》は半開《はんびら》きのドアに近《ちか》づいてその影《かげ》に隠《かく》れる。そっと中《なか》の様子《ようす》を伺《うかが》えば、まずスーツを着《き》た神経質《しんけいしつ》そうな男《おとこ》の人《ひと》が目《め》についた。

イライラしているのだろうか、何度《なんど》も眼鏡《めがね》のブリッジを触《さわ》っている。

「と言《い》われましても……私《わたし》には模造品《もぞうひん》にしか見《み》えないんですよね。それに、鑑定《かんてい》は一条家《いちじょうけ》のお抱《かか》え鑑定士《かんていし》が行《おこな》ったのでしょう？」

「もちろんだ。なにか問題《もんだい》が？」

スーツの男《おとこ》の人《ひと》と向《む》き合《あ》うように、黒《くろ》い髪《かみ》の男《おとこ》の子《こ》が立《た》っていた。入《い》り口《ぐち》で聞《き》いた声《こえ》は彼《かれ》のものだろう。後《うし》ろ姿《すがた》しか見《み》えないけど、かなり怒《おこ》っているのは雰囲《ふんい》気《き》だけでも伝《つた》わってくる。

そんな怒《いか》りを正面《しょうめん》から受《う》けてなお、男《おとこ》の人《ひと》は気《き》にした様子《ようす》もなく、言《い》い聞《き》かせるような口調《くちょう》で続《つづ》けた。

「失礼《しつれい》なことを承知《しょうち》で申《もう》し上《あ》げますが、個人《こじん》で雇《やと》われている鑑定士《かんていし》は忖度《そんたく》をすることがあるんですよ。私《わたし》が判断《はんだん》するに、こちらの品《しな》はそれほど歴史的価値《れきしてきかち》があるものではないかと。一度持《いちども》ち帰《かえ》って正確《せいかく》にお調《しら》べしたいのですが……」

二人《ふたり》はどうやら、骨董品《こっとうひん》の鑑定結果《かんていけっか》について話《はな》しているようだった。机《つくえ》の上《うえ》に白《しろ》いツボが見《み》えるし、話《はなし》の流《なが》れから考《かんが》えるに男《おとこ》の子《こ》が持《も》ち込《こ》んだ陶器《とうき》が偽物《にせもの》かもしれない……といったところかな？

よく見《み》れば、男《おとこ》の子《こ》が着《き》ている朱色《しゅいろ》のセーターはかなり有名《ゆうめい》なブランドの新作《しんさく》だ。テレビで有名《ゆうめい》な俳優《はいゆう》さんが宣伝《せんでん》していたからよく覚《おぼ》えている。

名家《めいか》って男《おとこ》の人《ひと》が言《い》っていたし、身《み》に着《つ》けているものから考《かんが》えても、きっと男《おとこ》の子《こ》は一般家《いっぱんか》庭《てい》の子《こ》じゃないのだろう。

「っ、お前《まえ》は、一条家《いちじょうけ》を侮《あなど》っているのか？　偽物《にせもの》と本物《ほんもの》の区別《くべつ》もできないと？」

「そんなまさか！　天下《てんか》の一条家《いちじょうけ》にそんなことはとても……ただ、間違《まちが》いはいつでも起《お》こり得《う》るんです」

「……何《なに》が言《い》いたい」

「この陶器《とうき》の真偽《しんぎ》をはっきりさせるために、私《わたし》の方《ほう》でしっかり鑑定《かんてい》し直《なお》したいのですよ。ここには本格的《ほんかくてき》な道具《どうぐ》を持《も》ってきていないので、ちゃんとした鑑定《かんてい》を行《おこな》うには研究室《けんきゅうしつ》に持《も》ち帰《かえ》らなければなりません。その許可《きょか》をいただきたいのです」

男《おとこ》の人《ひと》はそう言《い》うと、少《すこ》し煩《わずら》わしそうにため息《いき》をついた。

「……というか、坊《ぼっ》ちゃんには骨董品《こっとうひん》の真偽《しんぎ》など分《わ》からないでしょう？　ここはプロである私《わたし》の言葉《ことば》を信《しん》じていただきたく」

どこか馬鹿《ばか》にしたような物言《ものい》いに、ドアを隔《へだ》てていても男《おとこ》の子《こ》の怒《いか》りが膨《ふく》らむのを感《かん》じる。

……正直《しょうじき》、関係《かんけい》のない私《わたし》が聞《き》いていても気分《きぶん》がいい話《はなし》じゃない。任《まか》せてくれと男《おとこ》の人《ひと》は言《い》うけど、とても本音《ほんね》には見《み》えない。

(骨董品《こっとうひん》に詳《くわ》しくない子《こ》どもだったとしても、仕事《しごと》なんだから、ちゃんと説明《せつめい》すべきだよ)

私《わたし》は、どれだけ本気《ほんき》で向《む》き合《あ》っても相手《あいて》にされない無力感《むりょくかん》を良《よ》く知《し》っている。

あの男《おとこ》の子《こ》も今《いま》、あんな行《ゆ》き場《ば》のない気持《きも》ちを抱《かか》えているのかな。

(それに、あの陶器《とうき》がかわいそう……)

このまま真実《しんじつ》をそっちのけで偽物《にせもの》にされてしまう可能性《かのうせい》を考《かんが》えて、思《おも》わず眼鏡《めがね》のつるに手《て》をかける。

――私《わたし》の目《め》が、役《やく》に立《た》つかもしれない。

この目で辛《つら》い思《おも》いもたくさんしたから、できれば使《つか》いたくない。

でも何《なに》も言《い》い返《かえ》せない男《おとこ》の子《こ》の気《き》持《も》ちも苦《くる》しいほど分《わ》かって、このまま見《み》て見《み》ぬふりはしたくなかった。

(誰《だれ》もいないし、あの陶器《とうき》を視てみるくらいいいよね。本当《ほんとう》に偽物《にせもの》ならこっそり立《た》ち去《さ》ろう)

私《わたし》は生《う》まつき、他《ほか》の人《ひと》とは違《ちが》うモノが視《み》えていた。

幽霊《ゆうれい》のようで妖精《ようせい》のようでもあるそれらは、付喪神《つくもがみ》と呼ばれるものだ。

物《もの》は百年大切《ひゃくねんたいせつ》に使《つか》われ続《つづ》けると、命《いのち》が宿《やど》る。そうして自意識《じいしき》を得《え》たモノが付喪神《つくもがみ》と呼《よ》ばれる存在《そんざい》だと、私《わたし》はおばあちゃんから教《おそ》わった。

いつもつけているこの眼鏡《めがね》もおばあちゃんから貰《もら》ったもので、これをつけている間《あいだ》は何故《なぜ》か不思議なモノを見《み》ることはないのだ。

——まぶたを閉《と》じる。

大《おお》きく息《いき》を吸《す》って、眼鏡《めがね》をはずす。

私《わたし》は肺《はい》を空《から》にするように息《いき》を吐《は》きながら、ゆっくりと目《め》を開《あ》けた。

(——いる！)

机《つくえ》の上《うえ》。

さっきまで何《なに》もなかった空間《くうかん》に、半透明《はんとうめい》な小人《こびと》が立《た》っていた。ダルマのようなまあるいフォルムで、ツルッと光《ひかり》を反射《はんしゃ》している。体《からだ》の青《あお》い模様《もよう》は陶器《とうき》のツボとそっくりだ。手《て》のひらサイズの小人《こびと》――陶器《とうき》の付喪神《つくもがみ》はじっと私《わたし》の方《ほう》を見《み》ていたようで、すぐに目《め》が合《あ》った。

『気《き》づいてくれた、やっと気《き》づいてくれた！　ぜんぜん応《こた》えてくれないからボク、とうとう消《き》えちゃったのかと思ったよ！』

瞬間《しゅんかん》、小人《こびと》はひどく嬉《うれ》しそうに駆《か》け寄《よ》ってくる。手足《てあし》が短《みじか》いから、ほとんど転《ころ》がって来《き》たに近《ちか》いけど。

その姿《すがた》にほっこりしつつ、私は声《こえ》を潜《ひそ》めて、小人《こびと》に話《はな》しかける。

「ごめんね、わざとじゃないの！　ええと、あなたはあのツボの付喪神《つくもがみ》？」

『そうだよ！　そうだよ！』

付喪神《つくもがみ》には妖精《ようせい》のような姿《すがた》のモノもいれば、人間《にんげん》と変《か》わらない姿《すがた》をしているモノもいる。中《なか》には動物《どうぶつ》の姿《すがた》をしているモノもいたりするが……不思議《ふしぎ》なことに、私《わたし》は彼《かれ》らが見《み》えて

いる限《かぎ》り、どんな姿《すがた》をしていても付喪神《つくもがみ》たちの言葉《ことば》が分《わ》かるのだ。

だから、会話《かいわ》をすることもできるんだけど……

(この子《こ》、なんでこんなに透《す》けてるんだろう)

一人《ひとり》首《くび》を傾《かし》げていると、小人《こびと》が突然《とつぜん》わっと泣《な》き出《だ》した。

付喪神《つくもがみ》はその『成《な》り立《た》ち』からか、人間《にんげん》に友好的《ゆうこうてき》なモノがほとんどだ。

こうして初対面《しょたいめん》で泣《な》き出《だ》すなんて、よっぽどのことがあったに違《ちが》いない。

私《わたし》は小人《こびと》をなだめつつ、スタッフルームにいる人《ひと》たちに気付《きづ》かれないように気配《けはい》を消《け》して話《はなし》を聞《き》く。

『ボクはあの伊万里焼《いまりやき》の付喪神《つくもがみ》だけど、このままだと消《き》えちゃうのっ！』

伊万里焼《いまりやき》は確《たし》か、佐賀県《さがけん》で生産《せいさん》される磁器《じき》の総称《そうしょう》だったはず。付喪神《つくもがみ》が憑《つ》いているほど古《ふる》い物《もの》なら、江戸時代《えどじだい》に作《つく》られた『古伊万里《こいまり》』だろう。

ツボの正体《しょうたい》におおよそのアタリをつけて、私《わたし》は安心《あんしん》させるように話《はな》しかける。

「待《ま》って、落《お》ち着《つ》いて。消《き》えるってどういうこと？　あなたたちは本体《ほんたい》が壊《こわ》れない限《かぎ》り存在《そんざい》できるんじゃないの？」

本体《ほんたい》は付喪神《つくもがみ》を宿《やど》している物《もの》……この場合《ばあい》だとあのツボだ。

付喪神《つくもがみ》は物《もの》に憑《つ》いている意識《いしき》だけの存在《そんざい》だから、付喪神自身《つくもがみじしん》は怪我《けが》や病気《びょうき》にならない。そんな付喪神《つくもがみ》が傷《きず》つくのは、現実世界《げんじつせかい》に存在《そんざい》している本体《ほんたい》に問題《もんだい》が起《お》きた時《とき》だけ。

でも、あのツボの保存状態《ほぞんじょうたい》はとても良《よ》さそうに見《み》える。付喪神《つくもがみ》が消《き》えるほどのダメージはなさそうだけど……

『そうだけど、それだけじゃない！』

驚《おどろ》いて目《め》を丸《まる》くする私《わたし》に、小人《こびと》がぶんぶんと手《て》を振《ふ》った。

『ボクたちは実体《じったい》がないから、存在《そんざい》があいまいなんだ。人間《にんげん》の想《おも》いから生《う》まれたボクらにとって、その想《おも》いが全《すべ》てなの。その想《おも》いが根底《こんてい》から揺《ゆ》らぐようなことがあれば、すぐに**なかった**ことになっちゃう！』

つまり、幽霊《ゆうれい》はいないと思《おも》えば存在《そんざい》しない……みたいなことだよね？

「じゃあ、あなたが消《き》えそうなのも、その『想《おも》い』が揺《ゆ》らいだから？」

『うん。ボクは百五十年前《ひゃくごじゅうねんまえ》に作《つく》られたけど、ずっと蔵《くら》に仕舞《しま》われていたんだ。付喪神《つくもがみ》に成《な》ったのは最近《さいきん》だから、まだ弱《よわ》くて……あの男《おとこ》が偽物《にせもの》ってボクを否定《ひてい》する度《たび》に力《ちから》が削《けず》られて、存在《そんざい》できなくなっていくの』

存在《そんざい》の消滅《しょうめつ》は、付喪神《つくもがみ》にとっての死《し》だ。

状況《じょうきょう》を理解《りかい》した瞬間《しゅんかん》、サッと頭《あたま》から血《ち》の気《け》が引《ひ》いていく。

『お願《ねが》い、助《たす》けて！　もうボクが視《み》えるキミにしか頼《たよ》れないんだ！』

さっきまで言葉《ことば》を交《か》わしていた相手《あいて》が、次《つぎ》の瞬間《しゅんかん》に忽然《こつぜん》と消《き》える。まるで最初《さいしょ》からそこにいなかったように。

私《わたし》にしか感《かん》じ取《と》れないから、彼《かれ》らのことは他《ほか》の誰《だれ》の記憶《きおく》にも残《のこ》らない。

それは、とても苦《くる》しくて寂《さび》しいことで――

「分《わ》かった。やってみる」

気《き》づけば、私《わたし》はうなずいていた。

この目《め》には嫌《いや》な思《おも》い出《で》が多《おお》いけど、付喪神《つくもがみ》たちのことは大好《だいす》きだ。

友達《ともだち》がいなかった私《わたし》の寂《さび》しさを埋《う》めてくれた大事《だいじ》な存在《そんざい》だ。事情《じじょう》を知《し》ったからには助《たす》けてあげたい。

『……！　本当《ほんとう》にありがとう、綺麗《きれい》な目《め》をした子《こ》！』

もう一度《いちど》周《まわ》りを見回《みまわ》して、小人《こびと》に問《と》いかける。

「否定《ひてい》されて弱《よわ》くなったのなら、逆《ぎゃく》にあのツボが本物《ほんもの》だと証明《しょうめい》できればいいんだよね？」

『うん！　一番《いちばん》の原因《げんいん》は、所有者《しょゆうしゃ》がボクを偽物《にせもの》だと疑《うたが》い始《はじ》めたからだと思《おも》うんだ。颯馬《そうま》……あの男《おとこ》の子《こ》は物《もの》を大事《だいじ》にする子《こ》だから、否定《ひてい》されるとすごく苦《くる》しいの！　だから、あの子《こ》さえ説《せっ》得《とく》できれば大丈夫《だいじょうぶ》だと思《おも》う！』

「でもそれって、結局《けっきょく》あの男《おとこ》の人《ひと》を先《さき》に説得《せっとく》しないとダメじゃない……？」

いくらあの男《おとこ》の子《こ》――颯馬《そうま》くん、だっけ。

彼《かれ》があの男《おとこ》の人《ひと》を信用《しんよう》していなくても、プロの鑑定士《かんていし》である以上《いじょう》、ぽっと出《で》の私《わたし》よりは言葉《ことば》の重《おも》みがあると思《おも》う。

……いきなり付喪神《つくもがみ》の事《こと》を話《はな》したところで、信《しん》じてもらえるはずもないし。

表情《ひょうじょう》を暗《くら》くする私《わたし》に、小人《こびと》は小《ちい》さく頭《あたま》を振《ふ》った。

『あの男《おとこ》はボクをオークションに出《だ》すって言《い》ってたから、本物《ほんもの》だって分《わ》かってるんだ。ボクを持《も》ち帰《かえ》って自分《じぶん》の物《もの》にして、あとで颯馬《そうま》に偽物《にせもの》を渡《わた》して「鑑定《かんてい》の結果《けっか》、これは偽物《にせもの》でした」っていうつもりだよ！』

「え⁉　それって詐欺《さぎ》じゃん！」

思《おも》わず声《こえ》に出《だ》してしまって、慌《あわ》てて口《くち》を押《お》さえる。

（まずいっ、つい大《おお》きな声出《こえだ》しちゃった！）

しかし、時《とき》すでに遅《おそ》し。

鑑定士《かんていし》と言《い》い争《あらそ》いをしていた颯馬《そうま》くんが、物音《ものおと》に気付《きづ》いて鋭《するど》い声《こえ》を上《あ》げる。

「誰《だれ》だ！」

意味《いみ》がないと分《わ》かっていたけど、思《おも》わずドアの影《かげ》で息《いき》をひそめる。

（今《いま》バレたら不審者《ふしんしゃ》だと思《おも》われちゃう！）

話《はなし》を聞《き》いてもらいたいのに、それはまずい。

そうして気配《けはい》を消《け》して固《かた》まること、数秒《すうびょう》。

しびれを切《き》らしたのか、すぐに颯馬《そうま》くんがこちらに近《ちか》づいてくる気配《けはい》がした。

直後《ちょくご》、小《ちい》さくなっていた私《わたし》に影《かげ》が差《さ》す。

「え、女《おんな》の子《こ》……？」

戸惑《とまど》ったような声《こえ》に、盗《ぬす》み聞《ぎ》きをしていたというのもあって罪悪感《ざいあくかん》が膨《ふく》らむ。

素直《すなお》に謝《あやま》ろうと伏《ふ》せていた顔《かお》を上《あ》げると、思《おも》ったよりもずっと近《ちか》くに颯馬《そうま》くんが立《た》っていた。

彼《かれ》の動《うご》きに合《あ》わせてサラサラの黒髪《くろかみ》が揺《ゆ》れて、状況《じょうきょう》も忘《わす》れて見《み》とれてしまう。

（わ……今度《こんど》は和風王子様《わふうおうじさま》って感《かん》じだ！）

まつ毛《げ》の長《なが》い、黒目《くろめ》がちの目《め》に見《み》つめられて少《すこ》し心臓《しんぞう》がざわつく。

採寸会場《さいすんかいじょう》にいた金髪《きんぱつ》の男《おとこ》の子《こ》が西洋《せいよう》の王子様《おうじさま》なら、颯馬《そうま》くんは着物《きもの》が良《よ》く似合《にあ》う美男子《びだんし》だ。

「いや、そんなことより君《きみ》っ！　今《いま》、詐欺《さぎ》って言《い》わなかったか⁉」

ハッとした颯馬《そうま》くんが私《わたし》の肩《かた》を掴《つか》む。あまりの勢《いきお》いに、肩《かた》にのっていた小人《こびと》が転《ころ》がり落《お》ちる。

その必死《ひっし》な様子《ようす》に、このまま放《はな》っておこうという気持《きも》ちは完全《かんぜん》に消《き》え去《さ》った。

私《わたし》は覚悟《かくご》を決《き》めて、しっかりと頷《うなず》く。

「――うん。あの人《ひと》は、嘘《うそ》をついてるよ。あのツボは偽物《にせもの》なんかじゃない」

「ほ、本当《ほんとう》か⁉　いや、それよりもどうして分《わ》かったんだ？　君《きみ》、たぶん俺《おれ》と同《おな》じくらいだろ」

まるで希望《きぼう》を見出《みいだ》したかのように、颯馬《そうま》くんの表情《ひょうじょう》が輝《かがや》いた。その声色《こわいろ》から期待《きたい》がひしひしと伝《つた》わってくるけど、突然《とつぜん》現《あらわ》れた私《わたし》を怪《あや》しむような気配《けはい》はまったくない。

私《わたし》が同《おな》い年《どし》だからかもしれないけど、それだけ余裕《よゆう》がないいんじゃないのかな。

「私《わたし》、縁《えん》があって骨董品《こっとうひん》には詳《くわ》しいんだ」

「困《こま》りますね、遊《あそ》びで邪魔《じゃま》されるのは。大人《おとな》の仕事《しごと》に口《くち》を出《だ》さないでいただきたいものです」

私《わたし》の言葉《ことば》を邪魔《じゃま》するように、鑑定士《かんていし》は舌打《したう》ち交《ま》じりにそう吐《は》き捨《す》てる。いつの間《ま》にかこちらに近《ちか》づいてきているようで、不快《ふかい》そうに私《わたし》を見おろした。

大人《おとな》の男《おとこ》の人《ひと》に見《み》おろされるってすごく怖《こわ》いけど、ぐっと堪《こら》えて顔《かお》を上《あ》げる。

「その陶器《とうき》のツボは伊万里焼《いまりやき》ですよね？　それも最近作《さいきんつく》られた物《もの》じゃなくて、江戸時代《えどじだい》に作《つく》られた古伊万里《こいまり》の方《ほう》ではありませんか」

「ああ、俺《おれ》もそう聞《き》いてる。……近《ちか》くで見《み》たわけでもないのに、よく分《わ》かったな」

颯馬《そうま》くんが驚《おどろ》いたように私《わたし》を見《み》る。

それに反《はん》して、鑑定士《かんていし》の眉間《みけん》のしわが深《ふか》くなった。

「……まあ、伊万里焼《いまりやき》は有名《ゆうめい》ですからな」

鑑定士《かんていし》は短《みじか》くそう言《い》うと、煩《わずら》わしそうに肩《かた》をすくめた。

「しかし、これはとてもよくできた偽物《にせもの》の可能性《かのうせい》が高《たか》いんです。プロの鑑定士《かんていし》でさえ判断《はんだん》するのが難《むずか》しいのに、君《きみ》はいったい何《なに》を根拠《こんきょ》にこれを本物《ほんもの》だと断定《だんてい》するんですか？」

鑑定士《かんていし》が余裕《よゆう》ありげに薄《うす》く笑《わら》えば、颯馬《そうま》くんが視線《しせん》を鋭《するど》くした。

『ボク、いい考《かんが》えがあるよ！』

ふとズボンのすそを引《ひ》っ張《ぱ》られたような気《き》がして、そっと視線《しせん》を下《した》に向《む》ける。すると、そこにはきりっとした表情《ひょうじょう》を浮《う》かべる小人《こびと》がいた。

『ボクの模様《もよう》は確《たし》かに見分《みわ》けにくいかもしれないけど、染付《そめつけ》の色《いろ》と硬度《こうど》なら誤魔化《ごまか》せないはずだよ。あいつ、届《とど》けに来《き》たのが子《こ》どもだからって、とっさに嘘《うそ》をついたんだ。すぐにボロが出《で》るよ！』

染付《そめつけ》とは、白《しろ》い陶磁器《とうじき》に青《あお》い模様《もよう》や絵《え》を描《か》く技術《ぎじゅつ》のことだ。

(陶器《とうき》に絵《え》の具《ぐ》で模様《もよう》を描《えが》いてから焼《や》くから、本物《ほんもの》と偽物《にせもの》じゃ色《いろ》に違《ちが》いが出ているはず！)

変《へん》に思《おも》われないように、私《わたし》は返事《へんじ》の代《か》わりに小《ちい》さく小人《こびと》にうなずいてみせた。

「証拠《しょうこ》ならあります」

きっぱりと断言《だんげん》すれば、鑑定士《かんていし》は不快《ふかい》そうに鼻《はな》を鳴《な》らした。

「ふん。それなら、聞《き》かせていただきましょうか」

「まず、白磁《はくじ》はすごく硬《かた》いんです。先《さき》ほどあなたがツボを机《つくえ》に置《お》いたとき、ちゃんと重《おも》みのある音《おと》がしていました。だから白磁《はくじ》であることは間違《まちが》いありません」

「それが何《なに》か？　本物《ほんもの》のコピー品《ひん》なんですから、白磁《はくじ》が使《つか》われているのは当然《とうぜん》では」

馬鹿《ばか》にしたように片眉《かたまゆ》を吊《つ》り上《あ》げた鑑定士《かんていし》に、引《ひ》っかかったと小《ちい》さく笑《え》みを浮《う》かべる。

「あれ、知《し》らないんですか？　白磁《はくじ》は白《しろ》さと硬《かた》さが特徴《とくちょう》の陶磁器《とうじき》ですが、色《いろ》を吸収《きゅうしゅう》しにくい性質《せいしつ》も持《も》っているんです。でもこのツボの模様《もよう》にはしっかり色《いろ》の深《ふか》みが出《で》ています。偽物《にせもの》であるなら、ここまで陶磁《とうじ》に色《いろ》が馴染《なじ》んでいるはずがありません！」

鑑定士《かんていし》が口《くち》を挟《はさ》めないように、一気《いっき》に最後《さいご》まで言《い》い切《き》る。

颯馬《そうま》くんから感心《かんしん》したような声《こえ》が上《あ》がり、鑑定士《かんていし》は隠《かく》すことなく舌打《したう》ちをした。

「ちっ……誤解《ごかい》しているようですが、私《わたし》が言《い》っている偽物《にせもの》というのは、古伊万里《こいまり》を真似《まね》している現代《げんだい》の品《しな》という意味《いみ》です。これは……そう、最近作《さいきんつく》られた本物《ほんもの》の伊万里焼《いまりやき》ではあるんですよ」

江戸時代《えどじだい》に作《つく》られた物《もの》だからこそ古伊万里《こいまり》で、見《み》た目《め》は似《に》ていても最近作《さいきんつく》られた伊万里焼《いまりやき》は古伊万里《こいまり》じゃないと言《い》いたいのだろう。

普通《ふつう》の子《こ》どもなら騙《だま》せるだろうけど、私《わたし》にそんな屁理屈《へりくつ》が通《つう》じるわけない。

「それならもっとおかしいです！」

鑑定士《かんていし》は私《わたし》たちが子《こ》どもだと思《おも》って適当《てきとう》に誤魔化《ごまか》しているようだが、自分《じぶん》で墓穴《ぼけつ》を掘《ほ》ったことに気《き》づいていない。

「何《なに》を言《い》っているんです？」

鑑定士《かんていし》は分《わ》かりやすく眉《まゆ》をひそめたが、発言《はつげん》を訂正《ていせい》するつもりはないようだ。

これなら勝《か》てると確信《かくしん》して、私《わたし》は陶器《とうき》を指《ゆび》さした。

「これは最近作《さいきんつく》られた伊万里焼《いまりやき》だとおっしゃいましたが、そんなはずはないんです。こういう陶磁器《とうじき》は必《かなら》ず釉《うわぐすり》というものを塗《ぬ》って補強《ほきょう》するのですが、当然《とうぜん》それも劣化《れっか》します。もしこの伊万《いま》里焼《りやき》が最近《さいきん》の物《もの》なら、ここまで釉《うわぐすり》がはがれているはずがありません！　この劣化《れっか》の具合《ぐあい》こそが、このツボが古伊万里《こいまり》だという証拠《しょうこ》になりますっ」

「つ、このツボは蔵《くら》にしまわれていたんです。最近作《さいきんつく》られたものでも、きちんと手入《てい》れされなければ当然劣化《とうぜんれっか》するでしょう。釉《うわぐすり》がはがれるのには、様々《さまざま》な理由《りゆう》があるのですよ」

鑑定士《かんていし》は苦《くる》し紛《まぎ》れに管理問題《かんりもんだい》を持《も》ち出《だ》したが、颯馬《そうま》くんはきっぱりと否定《ひてい》する。

「蔵《くら》は曾祖母《そうそぼ》がちゃんと管理《かんり》していた。どんな骨董品《こっとうひん》も大事《だいじ》にしていた曾祖母《そうそぼ》が、そう適当《てきとう》に放置《ほうち》するわけがないだろう！」

付喪神《つくもがみ》の小人《こびと》も必死《ひっし》に頷《うなず》いているので、颯馬《そうま》くんの言葉《ことば》は本当《ほんとう》なのだろう。

(大切《たいせつ》なモノなら、なおさら本物《ほんもの》だと証明《しょうめい》しなくちゃ！)

二人《ふたり》の言《い》い争《あらそ》いを止《と》めるように間《あいだ》に入《はい》る。

「もし、適当《てきとう》に保管《ほかん》されていたせいで釉《うわぐすり》がはがれているのであれば、隙間《すきま》から空気《くうき》が入《はい》っているはずですよね？」

「……ええ、そうですね」

先《さき》ほどまでと違《ちが》って、鑑定士《かんていし》は警戒《けいかい》したように身《み》を固《かた》くした。

でもここまできたら、もう誤魔化《ごまか》せないよ！

「釉《うわぐすり》は、陶磁器《とうじき》が空気中《くうきちゅう》の水分《すいぶん》を吸収《きゅうしゅう》しないように塗《ぬ》る物《もの》なんです。あなたが言《い》うように最近《さいきん》作《つく》られて、それでこんなにはがれていたら、この伊万里焼《いまりやき》の乾《かわ》き具合《ぐあい》に影響《えいきょう》しないはずがありません」

「ふん、よく分《わ》かっているじゃないか。君《きみ》の言《い》う通《とお》り、その場合《ばあい》は価値《かち》がほとんどないツボになる。だから私《わたし》としてもしっかり調《しら》べたいのです」

価値《かち》がないという言葉《ことば》に、小人《こびと》が苦《くる》しそうな悲鳴《ひめい》を上《あ》げた。

同時《どうじ》に、私《わたし》の中《なか》で怒《いか》りがひときわ大《おお》きくなる。

今《いま》のやり取《と》りで確信《かくしん》した。この男《おとこ》の人《ひと》は本当《ほんとう》にツボが本物《ほんもの》だと分《わ》かった上《うえ》で、嘘《うそ》をついて持《も》ち帰《かえ》ろうとしているんだ。

自分《じぶん》が得《とく》するために、プロの鑑定士《かんていし》が物《もの》の価値《かち》を偽《いつわ》るなんて！

「いいえ、それは嘘《うそ》です！　伊万里焼《いまりやき》は青《あお》い模様《もよう》が特徴《とくちょう》で、古《ふる》い物《もの》ほど濃《こ》い青色《あおいろ》になります。逆《ぎゃく》に、現代作品《げんだいさくひん》では鮮《あざ》やかな青色《あおいろ》に見《み》えるんです」

「！　少《すこ》しくすんでいるけど、この伊万里焼《いまりやき》の青《あお》は群青《ぐんじょう》に近《ちか》い！」

すぐにツボを確認《かくにん》した颯馬《そうま》くんは、パッと顔《かお》を明《あか》るくする。

夜空《よぞら》みたいな黒《くろ》い瞳《ひとみ》が期待《きたい》したように私《わたし》を見《み》つめるから、少《すこ》しだけ照《て》れ臭《くさ》い。

その期待《きたい》に応《こた》えるために、私《わたし》はまっすぐ鑑定士《かんていし》を見上《みあ》げる。

「もし現代《げんだい》の作品《さくひん》が劣化《れっか》しただけなら、もっと鮮《あざ》やかなままで色《いろ》が固《かた》まっていないとおかしいんです。これだけ深《ふか》みのある青《あお》なら、最低《さいてい》でも百年《ひゃくねん》は経《た》っていますよ！」

「そっ、それは！」

鑑定士《かんていし》にもそれは分《わ》かっているようで、分《わ》かりやすく目《め》を泳《およ》がせた。まだ何《なに》か言《い》おうとしていたみたいだけど、その反応《はんのう》でもう答《こた》えは出《で》たようなものだ。

颯馬《そうま》くんもそれが分《わ》かったようで大《おお》きなため息《いき》をついた。

「はあ、間違《まちが》いはいつでも起《お》きる……だったか？　前科《ぜんか》があるかは知《し》らんが、この件《けん》は警察《けいさつ》に相談《そうだん》させてもらうぞ」

颯馬《そうま》くんがスマホを取《と》り出《だ》したところで、顔色《かおいろ》を悪《わる》くした鑑定士《かんていし》が慌《あわ》てて食《く》い下《さ》がった。

「チッ、私《わたし》はしっかり調《しら》べたいと言《い》っているだけです！　鑑定士《かんていし》としておかしいことは言《い》っていません！　これだけで警察沙汰《けいさつさた》にするなどいささか失礼《しつれい》ではないですか？」

「後《うし》ろめたいことがないなら、そう慌《あわ》てることもないだろ？　――それとも、警察《けいさつ》を呼《よ》ばれると何《なに》か都合《つごう》が悪《わる》いのか？」

颯馬《そうま》くんが自信《じしん》ありげに目《め》を細《ほそ》めて笑《わら》うと、ハッタリをかけられたことに気付《きづ》いた鑑定士《かんていし》は悔《くや》しそうに顔《かお》を歪《ゆが》めた。

「っ、この件《けん》は後《のち》ほど一条家《いちじょうけ》に抗議《こうぎ》させていただきます！」

そう吐《は》き捨《す》てた鑑定士《かんていし》は、手早《てばや》く荷物《にもつ》をまとめて鞄《かばん》を掴《つか》んだ。

（あの人《ひと》、逃《に》げるつもりだ！）

この部屋《へや》に扉《とびら》は一《ひと》つしかない。つまり、外《そと》へ出《で》るには必《かなら》ず、ドアの近《ちか》くにいる私《わたし》たちの横《よこ》を通《とお》らないといけない。そのことに気付《きづ》いた鑑定士《かんていし》は盛大《せいだい》に眉《まゆ》を寄《よ》せて、腹立《はらだ》たしげにうめく。

「どきなさい」

そして、覚悟《かくご》を決《き》めたようにズンズンとこちらに向《む》かってきた。

私《わたし》たちが子《こ》どもだから、そのまま突破《とっぱ》できると考《かんが》えたのだろう。

「きゃっ」

鑑定士《かんていし》に軽《かる》く突《つ》き飛《と》ばされ、私《わたし》は大《おお》きくよろけてしまう。幸《さいわ》い転《ころ》ぶことはなかったが、私《わたし》の頭《あたま》の中《なか》は恐怖《きょうふ》よりも別《べつ》のことでいっぱいだった。

（ど、どうしよう！　このままじゃ本当《ほんとう》に逃《に》げられちゃう！）

鑑定士《かんていし》はまるで反省《はんせい》していない。

ここで捕《つか》まえられなければ、またどこかで嘘《うそ》をついて骨董品《こっとうひん》を騙《だま》し取《と》るかもしれない。

（今《いま》からでも警備員《けいびいん》に話《はな》した方《ほう》がいいかな⁉　ちゃんとした百貨店《ひゃっかてん》なんだから、対処《たいしょ》してくれるはずだよね？　でも話《はなし》をする前《まえ》に百貨店《ひゃっかてん》の外《そと》に出《で》られちゃうっ）

しかしそう焦《あせ》る私《わたし》とは違《ちが》い、颯馬《そうま》くんに慌《あわ》てた様子《ようす》はない。そうして涼《すず》しげな顔《かお》のまま、そそくさと横《よこ》を通《とお》ろうとした鑑定士《かんていし》の腕《うで》をガシッと掴《つか》んだのだ。

「ッ、ぐ」

瞬間《しゅんかん》、鑑定士《かんていし》からかみ殺《ころ》した悲鳴《ひめい》が聞《き》こえる。すぐに振《ふ》りほどこうとしているけど、なかなかに苦戦《くせん》しているようだった。

自分《じぶん》よりずっと体格《たいかく》がいい鑑定士《かんていし》をその場《ば》に縫《ぬ》い留《と》めて、颯馬《そうま》くんは冷《つめ》たい視線《しせん》を向《む》ける。

「その子《こ》に謝《あやま》れ」

冷《つめ》たく、怒《いか》りを押《お》し殺《ころ》したような声《こえ》だった。

（……え？　私《わたし》のために、怒《おこ》ってくれた？　逃《に》げるな、とかじゃなくて？）

予想外《よそうがい》の展開《てんかい》に、私《わたし》はただぽかんと立《た》ち尽《つ》くすことしかできない。

鑑定士《かんていし》も同《おな》じだったようで、何《なに》を言《い》われたか理解《りかい》できないという目《め》で颯馬《そうま》くんを見《み》る。

彼《かれ》はそんな鑑定士《かんていし》の反応《はんのう》を気《き》にも止《と》めず、もう一度《いちど》静《しず》かに同《おな》じ言葉《ことば》を繰《く》り返《かえ》した。

「その子《こ》に謝《あやま》れ、と言《い》ったんだ。女《おんな》の子《こ》を突《つ》き飛《と》ばしておいて、黙《だま》って逃《に》げるのか？」

「ちょっとぶつかっただけじゃなッ、痛《いた》!?」

うっとうしそうに口《くち》を開《ひら》く鑑定士《かんていし》だが、その言葉《ことば》は颯馬《そうま》くんが手《て》に力《ちから》を込《こ》めたことで遮《さえぎ》られた。この距離《きょり》でも骨《ほね》がきしむ音《おと》が聞《き》こえて、息《いき》をのむ。

「す、すみません！　大変失礼《たいへんしつれい》いたしました！　ですから、この手《て》を離《はな》してください！」

鑑定士《かんていし》が痛《いた》みに負《ま》けて、半《なか》ば悲鳴《ひめい》のように謝罪《しゃざい》した。

「それはできない。あなたがやったことは立派《りっぱ》な犯罪未遂《はんざいみすい》だ。警察《けいさつ》が来《く》るまで、ここにいてもらうぞ」

「はあ!?　ふざけるな！　……くそっ、どんな馬鹿力《ばかぢから》ですっ!?　離《はな》せ！」

鑑定士《かんていし》は必死《ひっし》に腕《うで》を振《ふ》りほどこうとしているが、颯馬《そうま》くんはびくりともしない。

それどころかどんどん力《ちから》がこもっているようで、まだ本気《ほんき》じゃなかったんだと理解《りかい》してしまう。……いや、本当《ほんとう》に凄《すご》いパワーだ。

思《おも》わず呆《あき》れたその時《とき》、聞《き》き覚《おぼ》えのある声《こえ》がスタッフルームに響《ひび》いた。

「ネットの記事《きじ》に書《か》いてあるんだけどさ、ここの工芸展《こうげいてん》で過去《かこ》に偽物《にせもの》を掴《つか》まされた人《ひと》がいたらしいね？」

突然《とつぜん》のことに驚《おどろ》いて振《ふ》り向《む》けば、そこには採寸会場《さいすんかいじょう》にいた金髪《きんぱつ》の男《おとこ》の子《こ》が数人《すうにん》の警備員《けいびいん》を

伴《ともな》って立《た》っていた。その手《て》にはスマホがあり、こちらに向《む》けられた画面《がめん》は青白《あおじろ》く輝《かがや》いている。

彼《かれ》は視線《しせん》が自分《じぶん》に集《あつ》まるのを察《さっ》すると、楽《たの》しそうにひらりと手《て》を振《ふ》って見《み》せた。

「おじさん、もう観念《かんねん》した方《ほう》がいいんじゃない？　そのゴリラは掴《つか》んだら離《はな》さないし」

「おい桜二《おうじ》、誰《だれ》がゴリラだ」

颯馬《そうま》くんはむっとした様子《ようす》で反論《はんろん》する。どうやら二人《ふたり》は知《し》り合《あ》いらしい。

（あの子《こ》、男子《だんし》にも王子《おうじ》って呼《よ》ばれて……あれ？　もしかして、二人《ふたり》とも英蘭学園《えいらんがくえん》の生徒《せいと》
……？）

頭《あたま》が一気《いっき》に冷《ひ》えて、恐《おそ》ろしい事実《じじつ》に小《ちい》さく震《ふる》えた。もう会《あ》わないと思《おも》ったから力《ちから》を使《つか》ったのに、まさか同《おな》じ学校《がっこう》の生徒《せいと》、それも同級生《どうきゅうせい》かもしれないなんて！

一人《ひとり》青《あお》くなる私《わたし》をよそに、事件《じけん》はトントン拍子《びょうし》に進《すす》んでいく。

「ま、話《はなし》は全部《ぜんぶ》聞《き》かせてもらったから、今《いま》さら逃《に》げても意味《いみ》ないけど。ねえ、警備員《けいびいん》さん」

オウジサマの言葉《ことば》を合図《あいず》に、警備員《けいびいん》たちが一気《いっき》にこちらに近《ちか》づいてきた。

彼《かれ》らは颯馬《そうま》くんからいまだに抵抗《ていこう》する鑑定士《かんていし》を引《ひ》き受《う》けると、小《ちい》さく会釈《えしゃく》を残《のこ》してそのままどこかに連《つ》れていく。

冷《つめ》たい目《め》でそれを見届《みとど》けたオウジサマは、くるりと振《ふ》り向《む》くと親《した》しげに颯馬《そうま》くんの肩《かた》を叩《たた》いた。

「あーらら、いいもの見《み》ちゃった〜」

「見《み》てないで早《はや》く助《たす》けてくれ……」

「ええ、ちゃんと警備員《けいびいん》さんを呼《よ》んだじゃん。その前《まえ》にオレが割《わ》り込《こ》んでも、できることはなかったよ」

その気安《きやす》いやり取《と》りに、二人《ふたり》は友達《ともだち》なのだと確信《かくしん》する。

もし私《わたし》が採寸会場《さいすんかいじょう》にいたことを気付《きづ》かれてしまったら、高確率《こうかくりつ》で同《おな》じ学校《がっこう》に通《かよ》うことがバレちゃう！

（よし、逃《に》げよう）

二人《ふたり》が会話《かいわ》しているのをいいことに、私《わたし》はそっと工芸品《こうげいひん》コーナーの出口《でぐち》に近《ちか》づいていく。

「ああ、それは本当《ほんとう》に助《たす》かった。今《いま》トラブルに巻《ま》き込《こ》まれるわけにはいかないからな」

「ん。それより、その子《こ》にはお礼《れい》を言《い》わなくていーの？　今《いま》にも帰《かえ》りそうだけど」

まずい、私《わたし》に意識《いしき》が向《む》いてる……！

とっさに頭《あたま》を下《さ》げると、目《め》を丸《まる》くしている小人《こびと》と目《め》が合《あ》う。

最後《さいご》まで見届《みとど》けられなくてごめんね！　でも今度《こんど》は私《わたし》のピンチだから許《ゆる》して！

「ごめんなさい！　私《わたし》、急《いそ》いでて！」

「えっ、せめてお礼《れい》を！」

本格的《ほんかくてき》に引《ひ》き留《と》められる前《まえ》に、私《わたし》は彼《かれ》らに背《せ》を向《む》けて走《はし》り出《だ》す。

この力《ちから》のことがバレたら、また小学校《しょうがっこう》のときみたいに浮《う》いちゃう！

幸《さいわ》い眼鏡《めがね》をかけている姿《すがた》は見《み》られていないし、向《む》こうは私《わたし》が英蘭《えいらん》に通《かよ》うことも知《し》らない。絶《ぜっ》対《たい》に関《かか》わらないようにしなきゃ……！

背中《せなか》に感《かん》じる視線《しせん》を振《ふ》りほどくように、私《わたし》は急《いそ》いでその場《ば》から離《はな》れた。

「……本当《ほんとう》に行《い》ってしまったな。今日《きょう》ここにいるってことは、英蘭《えいらん》の生徒《せいと》か？」

「……あれ、あの子《こ》……」

3　付喪神《つくもがみ》を知《し》った日《ひ》

久《ひさ》しぶりに力《ちから》を使《つか》ったからか、採寸会《さいすんかい》の夜《よる》はとても嫌《いや》な夢《ゆめ》を見《み》た。

小学五年生《しょうがくごねんせい》のとき、初《はじ》めて私《わたし》の目《め》が普通《ふつう》じゃないって気《き》づいたときのことだ。

小学生《しょうがくせい》のころ。私《わたし》は夏休《なつやす》みの間《あいだ》、いつもおばあちゃんの家《いえ》に預《あず》けられていた。

おばあちゃんは骨董品《こっとうひん》を集《あつ》めるのが趣味《しゅみ》の不思議《ふしぎ》な人《ひと》で、堂々《どうどう》と霊感《れいかん》があると公言《こうげん》していた。

そんなおばあちゃんの家《いえ》には大《おお》きな蔵《くら》があり、一生《いっしょう》をかけて集《あつ》めてきたという骨董品《こっとうひん》が大切《たいせつ》に保管《ほかん》されている。

おばあちゃんのところには同年代《どうねんだい》の子《こ》どもなんていなくて、物珍《ものめずら》しさもあって私《わたし》はほとんどの時間《じかん》をその蔵《くら》で過《す》ごしていた。

……そしてざっくり言《い》うと、私《わたし》はその蔵《くら》で空《そら》を飛《と》ぶ女《おんな》の子《こ》と友達《ともだち》になったのだ。

記憶《きおく》があるころから変《へん》な生《い》き物《もの》はたくさん視《み》えていたし、その時《とき》はまだ付喪神《つくもがみ》の存在《そんざい》をちゃんと分《わ》かっていなかった。

だから小《ちい》さな女《おんな》の子《こ》が空《そら》を飛《と》んだって、壁《かべ》をすり抜《ぬ》けたって何《なに》も疑問《ぎもん》に思《おも》わなかったのである。

……でも、小学五年生《しょうがくごねんせい》の夏《なつ》に起《お》きた地震《じしん》で、私《わたし》は自分《じぶん》が普通《ふつう》じゃないことに気付《きづ》いてしまった。

◇◇◇

あの地震《じしん》は結構大《けっこうおお》きくて、蔵《くら》の方《ほう》で大《おお》きな音《おと》がした。

貴重《きちょう》な物《もの》がたくさんあったから、私《わたし》とおばあちゃんは慌《あわ》てて確認《かくにん》しに行《い》ったんだ。

実際《じっさい》、蔵《くら》では骨董品《こっとうひん》が入《はい》った箱《はこ》がいくつも床《ゆか》に散乱《さんらん》していて、その中《なか》には割《わ》れてしまった物《もの》も少《すく》なくなかった。おばあちゃんは悲《かな》しそうにその破片《はへん》を片付《かたづ》けていたけど、私《わたし》は真《ま》っ先《さき》に女《おんな》の子《こ》を必死《ひっし》に捜《さが》したんだ。

もし箱《はこ》に当《あ》たっていたら、きっと怪我《けが》をしているだろうと思《おも》ったから。

でもやっとの思《おも》いで見《み》つけたその子《こ》は、蔵《くら》の隅《すみ》でうずくまっていた。

「もう、こんな隅《すみ》っこに居《い》るからなかなか見《み》つからなかったよ！」

急《いそ》いで駆《か》け寄《よ》る私《わたし》に、その子《こ》は今《いま》にも泣《な》きそうな顔《かお》をした。

『ごめんね、雪乃《ゆきの》ちゃん。わたしたち、もう遊《あそ》べないや』

「…………え？」

私《わたし》は、この時《とき》の事《こと》をずっと忘《わす》れられないでいる。

昨日《きのう》まで一緒《いっしょ》に遊《あそ》んでいた友達《ともだち》が幻《まぼろし》のように透明《とうめい》になって、そして忽然《こつぜん》と目《め》の前《まえ》から消《き》えたことを。

まるで、最初《さいしょ》っから居《い》なかったように。

あの時《とき》、何《なに》が起《お》きたか分《わ》からなかった私《わたし》は、突然《とつぜん》消《き》えた女《おんな》の子《こ》を何度《なんど》も呼《よ》んだ。最初《さいしょ》は小《ちい》さい声《こえ》で、だけどいつまでも返事《へんじ》をしてくれないから、だんだんと大《おお》きな声《こえ》に。

それは、私《わたし》の様子《ようす》がおかしいことに気付《きづ》いたおばあちゃんが捜《さが》しに来《く》るまでずっと続《つづ》いた。

「その子《こ》は、付喪神《つくもがみ》だったたんじゃないのかい？　物《もの》がたくさん割《わ》れてしまったから、その中《なか》のどれかだったんだろうね。どれだけ凄《すご》い付喪神《つくもがみ》でも、本体《ほんたい》が壊《こわ》れると消《き》えてしまうから」

泣《な》きじゃくる私《わたし》を抱《だ》きしめて、おばあちゃんはそう言《い》った。

「つくもがみ？」

「物《もの》はね、百年間大切《ひゃくねんかんたいせつ》に使《つか》われると命《いのち》が宿《やど》るんだよ。雪乃《ゆきの》ちゃんは、そういうモノたちの姿《すがた》が視《み》えるんだね」

私《わたし》の話《はなし》を聞《き》いたおばあちゃんは、驚《おどろ》き、悩《なや》むような表情《ひょうじょう》を浮《う》かべた。

でも私《わたし》がずっと泣《な》き止《や》まないから、最終的《さいしゅうてき》には付喪神《つくもがみ》について教《おし》えてくれたんだ。

たとえば彼《かれ》らは神様《かみさま》だったり、妖怪《ようかい》だったりするんだよとか。どんなに長《なが》い歴史《れきし》を持《も》つものでも……宿《やど》った物《もの》が壊《こわ》れてしまったらいなくなってしまうんだよとか。

ぼんやりと、でももう二度《にど》と友達《ともだち》と会《あ》えないことだけはしっかり理解《りかい》した私《わたし》は、数日後《すうじつご》に迎《むか》えに来《き》た両親《りょうしん》が気遣《きづか》うほど落《お》ち込《こ》んだ。

学校《がっこう》が始《はじ》まってもその出来事《できごと》が忘《わす》れられなくて、誰《だれ》かと寂《さび》しさを共有《きょうゆう》したくてたまらなかった。だから、ついぽろっとクラスの子《こ》に付喪神《つくもがみ》の話《はなし》をしてしまったのだ。

返《かえ》ってきたのは、酷《ひど》く冷《つめ》たい言葉《ことば》だったけど。

「ナニソレ。お化《ば》けが見《み》えるとか痛《いた》すぎるんだけど。そういうの、そろそろ卒業《そつぎょう》した方《ほう》がいいんじゃない？」

その声《こえ》を始《はじ》まりに、みんなが同調《どうちょう》するように私《わたし》をからかう。

付喪神《つくもがみ》が見《み》えていたせいか、元《もと》から私《わたし》は変《か》わった子《こ》としてクラスで少《すこ》し浮《う》いていた。

でもそれまで普通《ふつう》に話《はな》せていた同級生《どうきゅうせい》も、これがきっかけになってみんな私《わたし》を遠《とお》ざけるようになったんだ。

それから小学校《しょうがっこう》を卒業《そつぎょう》するまで、『おかしな子《こ》』って馬鹿《ばか》にされる日《ひ》は続《つづ》いた。私《わたし》が何《なに》を言《い》っても本気《ほんき》に受《う》け取《と》ってもらえず、頭越《あたまご》しに嘘《うそ》だと決《き》めつけられるのはすごく辛《つら》かった。

(やっぱり、付喪神《つくもがみ》なんて、普通《ふつう》は見《み》えないんだ。……あの子《こ》は、ちゃんと『いた』のに。私《わたし》と過《す》ごした日々《ひび》は、嘘《うそ》なんかじゃないのに!)

私《わたし》だけが馬鹿《ばか》にされるのは、まだ耐《た》えられる。でも、付喪神《つくもがみ》のみんなを否定《ひてい》されるのは一番《いちばん》悲《かな》しかった。

だからそれ以降《いこう》二度《にど》と付喪神《つくもがみ》のことを話《はな》さなかったし、力《ちから》のことも隠《かく》している。

今《いま》は心配《しんぱい》したおばあちゃんがくれた眼鏡《めがね》のおかげで、かけている間《あいだ》なら何《なに》も見《み》えないし聞《き》こえない。普通《ふつう》の人《ひと》と同《おな》じだ。

(今度《こんど》こそ普通《ふつう》に生活《せいかつ》するんだ。だから英蘭学園《えいらんがくえん》を選《えら》んだじゃない!)

今回《こんかい》はつい力《ちから》を使《つか》ったけど、幸《さいわ》い付喪神《つくもがみ》と話《はな》しているところは見《み》られてない。普段《ふだん》付けている眼鏡《めがね》も、颯馬《そうま》くんの前《まえ》では外《はず》していた。学校《がっこう》でずっと眼鏡《めがね》をつけていればバレないよね。

……うん。よく考《かんが》えたらあの二人《ふたり》は目立《めだ》つし、採寸会場《さいすんかいじょう》での黄色《きいろ》い悲鳴《ひめい》を考《かんが》えると人気者《にんきもの》に違《ちが》いない。

そんな人《ひと》たちが少《すこ》し話《はな》しただけの私《わたし》を覚《おぼ》えているとは思《おも》えないから、英蘭学園《えいらんがくえん》ですれ違《ちが》っても きっと分《わ》からないはず。

（でも、なんでだろう。力《ちから》がバレたら、またからかわれる生活《せいかつ》に戻《もど》っちゃうのに）

それはとても恐《おそ》ろしいことなのに。

こんなことを考《かんが》えながらも、私《わたし》の胸《むね》には後悔《こうかい》どころか少《すこ》し誇《ほこ》らしさすらあった。

4　入学初日《にゅうがくしょにち》で身《み》バレ!?

四月《しがつ》、とうとう英蘭学園《えいらんがくえん》の中等部《ちゅうとうぶ》に入学《にゅうがく》する日《ひ》がやってきた。

今日《きょう》はクラス分《わ》けを確認《かくにん》した後《あと》、体育館《たいいくかん》で始業式《しぎょうしき》が行《おこな》われる。その後《あと》はまた教室《きょうしつ》に戻《もど》って説《せつ》明会《めいかい》があったりするけど、正式《せいしき》に学園《がくえん》に踏《ふ》み入《い》る最初《さいしょ》の日《ひ》だ。

私《わたし》は憧《あこが》れの制服《せいふく》に袖《そで》を通《とお》して、気《き》を引《ひ》き締《し》める。

白《しろ》いブレザーに、灰色《はいいろ》のチャック柄《がら》プリーツスカート。

ジャケットの袖口《そでぐち》と襟《えり》は学年《がくねん》カラーのラインが入《はい》っていて、私《わたし》の学年《がくねん》は黒《くろ》だ。白《しろ》い制服《せいふく》と一《いち》番《ばん》あっている気《き》がして、私《わたし》は好《す》きだ。

胸元《むなもと》の黒《くろ》いリボンは自分《じぶん》で結《むす》ぶタイプで、きゅっと締《し》めると少《すこ》し大人《おとな》になれた気《き》がした。

眼鏡《めがね》の汚《よご》れを念入《ねんい》りに確認《かくにん》して、ピカピカの指定鞄《していかばん》を持《も》つ。

最後《さいご》に下《お》ろした髪《かみ》に寝癖《ねぐせ》が付《つ》いていないのを確認《かくにん》して、鏡《かがみ》の前《まえ》で一周回《いっしゅうまわ》ってみる。

(うん、おかしなところはないはず！)

支度《したく》を整《ととの》えた私《わたし》は、緊張《きんちょう》しながらも学園《がくえん》へ向《む》かった。

◇◇◇

始業式《しぎょうしき》はつつがなく進《すす》んでいく。

眠《ねむ》らせようとしてくる校長先生《こうちょうせんせい》の話《はなし》をよそに、私《わたし》は小学校《しょうがっこう》とはまるで違《ちが》う空気《くうき》にドキドキしていた。

(すごい、テレビで見《み》る外国《がいこく》の学校《がっこう》みたい……!)

広《ひろ》い体育館《たいいくかん》の窓《まど》から見《み》える校舎《こうしゃ》はお城《しろ》のように華《はな》やかで、昇降口《しょうこうぐち》には大《おお》きなステンドグラスが輝《かがや》いていた。エアコンはどこも標準装備《ひょうじゅんそうび》で、加湿器《かしつき》までついている教室《きょうしつ》もある。

まだ全部回《ぜんぶまわ》れたわけじゃないけど、運動場《うんどうじょう》に食堂《しょくどう》、それからコンサートホールにシアターから始《はじ》まり、植物園《しょくぶつえん》に乗馬部《じょうばぶ》の厩舎《きゅうしゃ》まであるらしい。なんならお茶《ちゃ》を飲《の》むためのサロンもあって、同《おな》じ日本《にっぽん》のはずなのにカルチャーショックを受《う》けるほど最新設備《さいしんせつび》が整《ととの》っている。

目立《めだ》たない程度《ていど》に周《まわ》りを見回《みまわ》していると、ふと周《まわ》りがやけに壇上《だんじょう》を気《き》にしていることに気《き》が付《つ》いた。

いつの間《ま》にか始業式《しぎょうしき》は大分進《だいぶすす》んでいて、もう外部生歓迎《がいぶせいかんげい》の挨拶《あいさつ》まで進《すす》んでいるようだった。

周《まわ》りの女の子《おんなこ》……というか、雰囲気的《ふんいきてき》に内部生《ないぶせい》と思《おも》われる子《こ》たちがそわそわしている。そんな空気《くうき》に釣《つ》られて、私《わたし》も前《まえ》を向《む》いた。

(何《なに》かイベントがあるのかな)

私《わたし》たち新入生《しんにゅうせい》が座《すわ》っているところは、一番体育館《いちばんたいいくかん》の舞台《ぶたい》に近《ちか》い。

そのおかげで壁《かべ》にある巨大《きょだい》スクリーンを見《み》なくても、マイクを持《も》って舞台《ぶたい》に上《あ》がる代表生徒《だいひょうせいと》の姿《すがた》がよく見《み》えた。

その生徒《せいと》の礼《れい》に合《あ》わせて、体育館《たいいくかん》に黄色《きいろ》い悲鳴《ひめい》が響《ひび》く。

(っ、あの人《ひと》は!)

サラサラの黒髪《くろかみ》はライトの光《ひかり》を反射《はんしゃ》して天使《てんし》の輪《わ》を作《つく》り、スクリーンに映《うつ》る意志《いし》の強《つよ》そうな瞳《ひとみ》はまっすぐ前《まえ》を見《み》ている。

きっちり着《き》こなされている白《しろ》い制服《せいふく》は彼《かれ》の凛《りん》とした雰囲気《ふんいき》によくあっていて、全員《ぜんいん》の注目《ちゅうもく》を集《あつ》めているのにまったく緊張《きんちょう》している様子《ようす》がない。

「初《はじ》めまして、俺《おれ》は内部生代表《ないぶせいだいひょう》の一条颯馬《いちじょうそうま》です。この英蘭学園《えいらんがくえん》でともに学《まな》べることが――」

代表生徒《だいひょうせいと》である男の子《おとここ》――一条《いちじょう》くんがスピーチを始《はじ》めると、女の子《おんなこ》たちは一言《ひとこと》でも聞《き》き漏《も》らすものかと言《い》わんばかりの恐《おそ》ろしい表情《ひょうじょう》で耳《みみ》を傾《かたむ》けている。なんなら外部生《がいぶせい》にも頰《ほお》を染《そ》めている子《こ》が出《で》ているほどだ。

……一方私《いっぽうわたし》はというと、彼女《かのじょ》たちとは全《まった》く違《ちが》う理由《りゆう》でそわそわしていた。

(鑑定士《かんていし》と揉《も》めていた子《こ》だーっ！)

そう思《おも》った瞬間《しゅんかん》、私《わたし》は急《いそ》いで顔《かお》を伏《ふ》せた。

周《まわ》りにたくさん人《ひと》がいるんだから、私《わたし》に気付《きづ》くはずない。そう分《わ》かっているけど、どうしても隠《かく》さずにはいられなかった。

じっと下《した》を向《む》いていると、やっと一条《いちじょう》くんが締《し》めの言葉《ことば》に入《はい》ったのが聞《き》こえる。実際《じっさい》には三《さん》分《ぷん》もたってないだろうけど、私《わたし》には気絶《きぜつ》しそうなほど長《なが》く思《おも》えた。

パチパチと周《まわ》りに合《あ》わせて拍手《はくしゅ》する。ほっと一息《ひといき》ついて顔《かお》を上《あ》げれば、バチリと一条《いちじょう》くんと目《め》が合《あ》った。……気《き》がした。

(い、いやいや、たまたまこっちを向《む》いただけだよね。……私《わたし》を見《み》ていたわけじゃない、よね？)

私《わたし》が意識《いしき》しすぎていて勘違《かんちが》いしたに違《ちが》いない。

一条《いちじょう》くんもすぐに目《め》をそらしたし、きっとそうだよね……？

心臓《しんぞう》に悪《わる》い始業式《しぎょうしき》が終《お》わり、みんなで教室《きょうしつ》に向《む》かう。私《わたし》は一年《いちねん》C組《シーぐみ》だ。

ちなみに外部受験組《がいぶじゅけんくみ》は全員同《ぜんいんおな》じクラスというわけではなく、内部生《ないぶせい》と一緒《いっしょ》に振《ふ》り分《わ》けられている。どのクラスも内部生《ないぶせい》のグループが既《すで》にできており、外部生《がいぶせい》は少《すこ》し肩身《かたみ》が狭《せま》い。

「はあ、これから毎日外部《まいにちがいぶ》の方《かた》と一緒《いっしょ》に過《す》ごすなんて考《かんが》えたくないわね。一条様《いちじょうさま》とも桜二様《おうじさま》とも同《おな》じクラスになれなかったし、ホントに最悪《さいあく》！」

「お二人《ふたり》ともA組《エーぐみ》じゃ、アタシたちは休《やす》み時間《じかん》にしか会《あ》えませんね」

休《やす》み時間《じかん》になったとたん、教室《きょうしつ》の後《うし》ろの方《ほう》から女《おんな》の子《こ》たちの声《こえ》が聞《き》こえる。

その中《なか》でも一番目立《いちばんめだ》つのが綾小路花凛《あやのこうじかりん》さん。

……制服採寸会《せいふくさいすんかい》のとき、私《わたし》に嫌味《いやみ》を言《い》っていた子《こ》だ。向《む》こうが私《わたし》のことを覚《おぼ》えていないのはラッキーだけど、正直《しょうじき》すごく気《き》が重《おも》い。

しかも綾小路《あやのこうじ》さんはかなりいいところのお嬢様《じょうさま》らしく、たくさん取《と》り巻《ま》きがいる。

(最悪《さいあく》はこっちのセリフだよ……。五《ご》クラスもあるのに、なんで一緒《いっしょ》になっちゃうんだろ)

そう思《おも》うのはクラスのみんなも一緒《いっしょ》のようで……特《とく》に外部生《がいぶせい》が目《め》を付《つ》けられまいと静《しず》かにしている。

でもこんな気《き》まずい空気《くうき》の中《なか》、そんなことなどお構《かま》いなしに私《わたし》の席《せき》まで来《き》た男《おとこ》の子《こ》がいた。

「あれ、いつものことだから気《き》にしないでね」

そう言《い》って机《つくえ》に手《て》を置《お》いたのは三葉《みつば》秋兎《あきと》。小学四年生《しょうがくよねんせい》のころ、転校《てんこう》してしまった私《わたし》の幼《おさな》馴染《なじ》みだ。

陽《ひ》だまりのような柔《やわ》らかい笑《え》みは変《か》わらず、垂《た》れ気味《ぎみ》の目《め》じりは嬉《うれ》しそうに細《ほそ》められている。カフェオレのような茶髪《ちゃぱつ》はくせであっちこっちに跳《は》ねていて、まるで猫《ねこ》のようだ。

「アキくん！　久《ひさ》しぶり」

「うん。久《ひさ》しぶり、ユキちゃん」

幼稚園《ようちえん》、小学校《しょうがっこう》と一緒《いっしょ》に通《かよ》っていたけど、

アキくんは飛《と》びぬけて芸術《げいじゅつ》の才能《さいのう》があった。それが評価《ひょうか》されて、特待生《とくたいせい》として英蘭学園《えいらんがくえん》の初等部《しょとうぶ》に転入《てんにゅう》したんだ。

(英蘭《えいらん》って遠《とお》いし、特待生《とくたいせい》の課題《かだい》が重《かさ》なってなかなか会《あ》えなくなっちゃったんだよね)

それでも、アキくんはいつも時間《じかん》を見《み》つけては相談《そうだん》に乗《の》ってくれた。

……人間関係《にんげんかんけい》で悩《なや》んでいた私《わたし》に、英蘭学園《えいらんがくえん》を勧《すす》めてくれたのもアキくんだ。

「まさかユキちゃんと同《おな》じクラスになれるとは思《おも》わなかったよ。また同《おな》じ学校《がっこう》に通《かよ》えるの、本当《ほんとう》に嬉《うれ》しいな」

「うん、私《わたし》も凄《すご》くほっとしたよ。……正直《しょうじき》、一人《ひとり》でやっていける自信《じしん》はないかも」

そう言《い》いながら、これからのことを考《かんが》えてしまって気《き》が重《おも》くなる。

表情《ひょうじょう》を暗《くら》くする私《わたし》に、アキくんは安心《あんしん》させるように笑《わら》った。

「あいつらは夏場《なつば》のセミと変《か》わらないから、ユキちゃんが心配《しんぱい》することはなにもないよ」

柔《やわ》らかい声《こえ》から飛《と》び出《だ》してきた棘《とげ》のある言葉《ことば》に、私《わたし》は思《おも》わず目《め》を丸《まる》くする。

(……それは、すごくうるさいってこと?)

綾小路《あやのこうじ》さんはいつもあんな感《かん》じなのかな。

ああいう派手《はで》な子《こ》には嫌《きら》われない方《ほう》がいいんだけど、この場合《ばあい》は関《かか》わらないのが一番《いちばん》いいのかもしれない。

「ふふ、ありがとう。改《あらた》めて、これからよろしくね」

「うん、困《こま》ったことがあったらなんでも聞《き》いて！」

そう言《い》うと、アキくんはえへんと胸《むね》を張《は》った。

……身長《しんちょう》が伸《の》びることを考慮《こうりょ》したのか、アキくんの制服《せいふく》はぶかぶかだ。そのせいで、頼《たの》もしいというよりかわいいと思《おも》ってしまう。怒《おこ》られるから言《い》わないけど。

そうして二人《ふたり》で話《はな》していると、ざわっと廊下《ろうか》が騒《さわ》がしくなった。

「見《み》てっ、一条様《いちじょうさま》と桜二様《おうじさま》よ！」

女《おんな》の子《こ》たちの顔《かお》が輝《かがや》いたのと同時《どうじ》に、私《わたし》は反射的《はんしゃてき》に俯《うつむ》いて顔《かお》を隠《かく》した。

「わ、ユキちゃん？」

みんな興奮《こうふん》してざわつく中《なか》、気配《けはい》を消《け》そうとしているのは私《わたし》だけ。

突然机《とつぜんつくえ》にうつぶせになった私《わたし》に、アキくんが驚《おどろ》いたように声《こえ》をあげる。

シーッと小《ちい》さくジェスチャーで伝《つた》えて、私《わたし》は聞《き》き耳《みみ》を立《た》てた。

「お二人《ふたり》ともあまり教室《きょうしつ》を出《で》ないのに、今日《きょう》はどうしたのかしら」

「やっぱり、教室《きょうしつ》に外部《がいぶ》の方《かた》がいるからじゃない？」

「そうかも！　やっぱりお二人《ふたり》も気《き》が滅入《めい》るのね」

女《おんな》の子《こ》はほとんどが廊下側《ろうかがわ》の窓《まど》に陣取《じんど》り、綾小路《あやのこうじ》さんなんて廊下《ろうか》に出《で》ていた。みんな顔《かお》は恋《こい》する乙女《おとめ》って感《かん》じなのに、口調《くちょう》はチクチクしている。

とり残《のこ》された男《おとこ》の子《こ》たちは、気《き》まずそうにそれを見《み》ていた。

「ねえっ！　一条様《いちじょうさま》たち、こっちに来《き》てない⁉」

クラスの女《おんな》の子《こ》の言葉《ことば》に、私《わたし》は内心震《ないしんふる》えあがった。

思《おも》わず顔《かお》を上《あ》げて、周《まわ》りを見渡《みわた》してしまう。バレないはず、と考《かんが》えていた昨日《きのう》までの私《わたし》を殴《なぐ》りたい。

「ユキちゃん？　さっきからどうしたの？」

「な、なんでもないよ！　ただあの人《ひと》たち、すごい人気《にんき》だなって」

「あー……あの二人《ふたり》、一条《いちじょう》と白鳥《しらどり》は『花持《はなも》ち』でも格《かく》が違《ちが》うからね」

「花持《はなも》ち？」

あふれんばかりの花《はな》を抱《かか》えた二人《ふたり》の姿《すがた》が私《わたし》の頭《あたま》に浮《う》かんだ。確《たし》かに注目《ちゅうもく》をあびそうだけど、たぶんそういう意味《いみ》じゃないよね。

「花持《はなも》ちは……」

アキくんが答《こた》える前《まえ》に、教室《きょうしつ》のドア付近《ふきん》で声《こえ》が響《ひび》いた。

「――ほら見《み》ろ桜二《おうじ》、本当《ほんとう》にいただろ？」

「オレはときどき、あんたが本当《ほんとう》に人間《にんげん》かと疑《うたが》う時《とき》があるよ。よくあの距離《きょり》で見《み》つけたねぇ」

聞《き》き覚《おぼ》えしかない声《こえ》に、私《わたし》はビシリと固《かた》まった。

「あの、一条様《いちじょうさま》？　何《なに》かご用件《ようけん》でしたら、わたくしが聞《き》きますわよ」

綾小路《あやのこうじ》さんが声《こえ》のトーンをあからさまに高《たか》くして、可愛《かわい》らしい笑顔《えがお》で一条《いちじょう》くんに近《ちか》づいた。

「いや、捜《さが》してた人《ひと》は見《み》つけたから大丈夫《だいじょうぶ》だ。それよりちょっとどいてくれ」

一条《いちじょう》くんは彼女《かのじょ》に目《め》もくれず、それどころか目《め》の前《まえ》で壁《かべ》になっていた綾小路《あやのこうじ》さんたちを押《お》しのけると――ツカツカと私《わたし》の方《ほう》に向《む》かってきた⁉

（め、めちゃくちゃ目《め》が合《あ》う⁉　まさか、捜《さが》してた人《ひと》って私《わたし》のこと⁉）

私以外《わたしいがい》であれという願《ねが》いも虚《むな》しく、一条《いちじょう》くんはまっすぐこちらに近《ちか》づいてきた。

その後《うし》ろからオウジサマはゆったりとした歩《あゆ》みで、だけど同《おな》じく私《わたし》の方《ほう》に向《む》かってきている。

（まずいっ、オウジサマには眼鏡《めがね》をかけているところも見《み》られているのに！）

一条《いちじょう》くんは隣《となり》にいるアキくんには目《め》もくれず、自分《じぶん》の席《せき》で小《ちい》さくなっていた私《わたし》の顔《かお》を覗《のぞ》き込《こ》むように屈《かが》んだ。

そして私《わたし》の顔《かお》をじっと見《み》つめたかと思《おも》えば、ぱっと表情《ひょうじょう》を明《あか》るくした。

「やっぱりキミだったな。なあ、俺《おれ》のこと、覚《おぼ》えてるか？」

心《こころ》なしか一条《いちじょう》くんの目《め》はキラキラと輝《かがや》いていて、声《こえ》も少《すこ》し弾《はず》んでいる。

いや、そんなことよりも！

（バレてるっ⁉　えっ、なんで？　さっき始業式《しぎょうしき》が終《お》わったばかりなのに！）

いつかは気《き》づかれるとしても、これはさすがに早《はや》すぎる！

だって顔《かお》を合《あ》わせたといえるのは、在校生代表《ざいこうせいだいひょう》の挨拶《あいさつ》のときだけ。

まさか本当《ほんとう》に、何百人《なんびゃくにん》もの生徒《せいと》がいた中《なか》、一度《いちど》しか会《あ》ったことのない私《わたし》を舞台《ぶたい》から見《み》つけたというの……？

（でも確認《かくにん》してるってことは、気《き》づいてない可能性《かのうせい》もあるかも。どうしよう……人違《ひとちが》いですって誤魔化《ごまか》すべき？）

助《たす》けを求《もと》めて周《まわ》りに視線《しせん》を巡《めぐ》らせると、一条《いちじょう》くんの後《うし》ろにいるオウジサマと目《め》が合《あ》った。

彼《かれ》は感情《かんじょう》の読《よ》めない作《つく》り物《もの》の笑顔《えがお》でじっとこちらを見《み》ており、私《わたし》は調理《ちょうり》される直前《ちょくぜん》の食材《しょくざい》のような気持《きも》ちになった。

少《すこ》し怯《おび》えた私《わたし》に気《き》づいたのか、アキくんが前《まえ》に出《で》て視線《しせん》を遮《さえぎ》ってくれる。

「一条《いちじょう》、何《なに》があったか知《し》らないけど、自分《じぶん》の影響力《えいきょうりょく》を考《かんが》えて。怯《おび》えてるよ」

「あ、悪《わる》い……。ずっと会《あ》いたかったから、嬉《うれ》しくてつい」

慌《あわ》てて私《わたし》から離《はな》れた一条《いちじょう》くんは、ものすごく誤解《ごかい》されそうなセリフを謝罪《しゃざい》の後《あと》に付《つ》け足《た》した。

(これは間違《まちが》いなく気《き》づいているやつだ……今《いま》ので周《まわ》りの空気《くうき》が一瞬《いっしゅん》で凍《こお》ったし……終《お》わった)

綾小路《あやのこうじ》さんを筆頭《ひっとう》に女《おんな》の子《こ》は恐《おそ》ろしい顔《かお》で私《わたし》をにらんでいる。

しかもそれだけじゃなくて、男《おとこ》の子《こ》の好奇《こうき》の視線《しせん》も凄《すご》く刺《さ》さる。絶対《ぜったい》に勘違《かんちが》いされてる。良《よ》くない方向《ほうこう》で。

「……会《あ》いたかった？　ユキちゃんに？」

アキくんもその一人《ひとり》で、怪訝《けげん》そうに眉《まゆ》をひそめた。

「へえ、あだ名呼《なよ》び。仲《なか》いーの？」

ずっと黙《だま》っていたオウジサマが値踏《ねぶ》みするように聞《き》いてくる。

アキくんはわずかに目《め》を細《ほそ》めて面倒《めんどう》くさそうな顔《かお》をすると、仕方《しかた》なさそうに短《みじか》く答《こた》えた。

「ぼくとユキちゃんは幼馴染《おさななじ》みだよ」

「ふぅん、オサナナジミねえ」

すうっと目《め》を細《ほそ》めたオウジサマはそれ以上何《いじょうなに》も言《い》わず、じっと私《わたし》のことを見《み》つめた。

今《いま》まで遠目《とおめ》だったから気《き》づかなかったけど、こうして近《ちか》くで見《み》ると、思《おも》わず目《め》を奪《うば》われるような危《あや》うい魅力《みりょく》を持《も》つ人《ひと》だ。

そんな男《おとこ》の子《こ》に近《ちか》くでじっと見《み》つめられるのは、こう、とても居心地《いごこち》が悪《わる》い。

「白鳥《しらどり》、何《なに》が言《い》いたいの」

反応《はんのう》に困《こま》っている私《わたし》の代《か》わりに、アキくんが答《こた》える。

「ベツに？　ただ、あの秋兎《あきと》が女子《じょし》と仲良《なかよ》くしてんの、メズラシーって思《おも》って」

薄《うす》く笑《わら》うオウジサマに、アキくんがイラ立《だ》ったのが分《わ》かる。

そんなピリッとした空気《くうき》を吹《ふ》き飛《と》ばすように、一条《いちじょう》くんが明《あか》るい声《こえ》で割《わ》って入《はい》った。

「そうなのか、奇遇《きぐう》だな！　俺《おれ》と桜二《おうじ》も幼馴染《おさななじ》みなんだ！」

突然《とつぜん》のカミングアウトに目《め》を丸《まる》くする私《わたし》に、一条《いちじょう》くんは続《つづ》けた。

「桜二《おうじ》はちょっと態度《たいど》が悪《わる》いけど、こいつなりに秋兎《あきと》のこと心配《しんぱい》してるんだよ。これでもいいやつだから、少《すこ》し大目《おおめ》に見《み》てやってくれないか？」

「ソウは俺《おれ》の母《かあ》さんか。ぜんぜんそういうのじゃないから、適当《てきとう》なことを言《い》わないでくれる？」

オウジサマは一条《いちじょう》くんをにらむけど、一条《いちじょう》くんは全《まった》く気《き》にしていないようでカラカラと楽《たの》しそうに笑《わら》っている。

その姿《すがた》を見《み》たオウジサマが、疲《つか》れたようにため息《いき》をつく。

「っていうかソウ、こんな世間話《せけんばなし》をするためにC組《シーぐみ》に来《き》たんじゃないでしょ。さっさと済《す》ませないと休《やす》み時間《じかん》終《お》わるけど？」

「ああ、そうだったな」

頷《うなず》く一条《いちじょう》くんの表情《ひょうじょう》が固《かた》くなる。朗《ほが》らかな笑顔《えがお》は消《き》え、代《か》わりに真剣《しんけん》な眼差《まなざ》しが私《わたし》を射貫《いぬ》いた。

いきなり雰囲気《ふんいき》が変《か》わったことに、小《ちい》さく息《いき》をのむ。

「まずはこの間《あいだ》のお礼《れい》を言《い》わせてくれ。ありがとう、本当《ほんとう》に助《たす》かった」

「う、ううん……私《わたし》はできることをしただけだから」

何《なに》を言《い》われるか予想《よそう》がつかなくて、おっかなびっくりに返事《へんじ》する。

(見過《みす》ごせなくて勝手《かって》に首《くび》を突《つ》っ込《こ》んだだけだし、お礼《れい》なんていらないのに……)

お礼《れい》だけでさくっと終《お》わらせてもう関《かか》わらない、なら私《わたし》にとっては助《たす》かるんだけど……どうしてか、一条《いちじょう》くんが戻《もど》る様子《ようす》はない。

「それと……実《じつ》は、君《きみ》に大事《だいじ》な話《はなし》があるんだ。もし良《よ》ければ今日《きょう》の放課後《ほうかご》、少《すこ》し時間《じかん》を貰《もら》えないか？」

まだなにかあるのかと黙《だま》って待《ま》っていれば、一条《いちじょう》くんから爆弾《ばくだん》が落《お》とされた。

「――へ？」

一瞬何《いっしゅんなに》を言《い》われたか理解《りかい》できなくて、思《おも》わず間《ま》の抜《ぬ》けた返事《へんじ》をしてしまう。

大事《だいじ》な話《はなし》ってなんだろう。

……もしかして力《ちから》のこと、バレちゃった⁉

「はあ？　一条《いちじょう》、お前何《まえなに》を言《い》って」

顔色《かおいろ》が悪《わる》くなった私《わたし》を見《み》るなり、アキくんが問《と》い詰《つ》めようと一条《いちじょう》くんに詰《つ》め寄《よ》る。

しかし、タイミング悪《わる》く予鈴《よれい》が鳴《な》ってしまった。

一条《いちじょう》くんはもどかしそうに時計《とけい》を見上《みあ》げる。

「もうこんな時間《じかん》か。それじゃ、また放課後《ほうかご》にな」

「またね～」

来《き》た時《とき》と同《おな》じように、二人《ふたり》は大勢《おおぜい》の注目《ちゅうもく》を浴《あ》びながら教室《きょうしつ》から出《で》ていく。

その後《うし》ろ姿《すがた》が見《み》えなくなると、思《おも》わずため息《いき》をついた。

（いやホッとしている場合《ばあい》じゃない！）

まだ返事《へんじ》してないけど、これ……呼《よ》び出《だ》しに応《こた》えなきゃいけないってことだよね？

「ちょっと一条《いちじょう》！　せめてどんな話《はなし》か……くそ、あのイノシシめ」

猪突猛進《ちょとつもうしん》、嵐《あらし》のように去《さ》った一条《いちじょう》くんたちに舌打《したう》ちをすると、周《まわ》りに視線《しせん》を巡《めぐ》らせたアキくんは心配《しんぱい》そうに私《わたし》を見《み》た。

「ユキちゃん、だいじょうぶ？」

その言葉《ことば》に二《ふた》つの意味《いみ》が込《こ》められているのはすぐに気《き》が付《つ》いた。

私《わたし》の事情《じじょう》を知《し》っているアキくんだからこそ、周《まわ》りの空気《くうき》に気《き》を配《くば》ってくれたのだろう。

「……あんまり、大丈夫《だいじょうぶ》じゃないかも」

もちろん『放課後《ほうかご》のお話《はなし》』も怖《こわ》いけど、今《いま》は視線《しせん》だけで人《ひと》を殺《ころ》せそうな目《め》をしている女《おんな》の子《こ》たちの方《ほう》が怖《こわ》い。

予鈴《よれい》のおかげでみんな席《せき》に向《む》かっているけど、全員《ぜんいん》の顔《かお》に『気《き》になる』って書《か》いてある。次《つぎ》の休《やす》み時間《じかん》、覚悟《かくご》した方《ほう》がいいよね。

「休《やす》み時間《じかん》になったら、どこかに避難《ひなん》しようよ」

とても心強《こころづよ》い提案《ていあん》だけど、綾小路《あやのこうじ》さんたちはそう簡単《かんたん》に逃《に》がしてくれない気《き》がする。

変《へん》にこじれる前《まえ》に、ここはちゃんと話《はな》し合《あ》った方《ほう》がいいと思《おも》うんだ。

「ううん、こういう時《とき》の誤魔化《ごまか》し方《かた》はなんとなく分《わ》かっているから、今回《こんかい》は一人《ひとり》で乗《の》り切《き》ってみせるよ！」

「でもっ」

「それにどちらかというと、一条《いちじょう》くんと『お話《はなし》』している時《とき》にいてほしいなかも」

そう言《い》うと、アキくんは納得《なっとく》してないような顔《かお》をしつつも、仕方《しかた》なさそうに頷《うなず》いてくれた。

「分《わ》かった。でもユキちゃんが行《い》きたくなかったら、一条《いちじょう》のことなんか無視《むし》していいんだよ？あいつらにはぼくから言《い》っておくし」

「もう、ちゃんと行《い》くよ」

無視《むし》したらそれはそれで怖《こわ》いからね……！

(また突撃《とつげき》されたりしたら、本当《ほんとう》に居場所《いばしょ》が無《な》くなっちゃいそう)

急《いそ》ぎ足《あし》で席《せき》に戻《もど》るアキくんの後《うし》ろ姿《すがた》を見《み》ながら、私《わたし》は小《ちい》さくため息《いき》をついた。


休《やす》み時間《じかん》、予想通《よそうどお》り私《わたし》の周《まわ》りに女《おんな》の子《こ》の人《ひと》だかりができていた。

自分《じぶん》の席《せき》で心配《しんぱい》そうにこちらを見《み》ているアキくんに、大丈夫《だいじょうぶ》という気持《きも》ちを込《こ》めてうなずいて見《み》せる。頼《たよ》ってと言《い》ってくれたけど、この壁《かべ》を突破《とっぱ》させるのは申《もう》し訳《わけ》ない。

「一条様《いちじょうさま》たちとはどういったご関係《かんけい》で？」

綾小路《あやのこうじ》さんは単刀直入《たんとうちょくにゅう》にそう尋《たず》ねてきた。

猫《ねこ》のように吊《つ》り上《あ》がった目《め》から、不機嫌《ふきげん》なのがビシビシ伝《つた》わってくる。『分《わ》かっているわよね』という副音声《ふくおんせい》が聞《き》こえそうだが、目的《もくてき》が分《わ》かりやすくてありがたい。

……意味《いみ》もなく標的《ひょうてき》にされるのが一番《いちばん》つらいから。

私《わたし》は授業中《じゅぎょうちゅう》に考《かんが》えておいた言《い》い訳《わけ》を、できるだけ綾小路《あやのこうじ》さんの気《き》に障《さわ》らないように話《はな》した。

「採寸会《さいすんかい》の日《ひ》に会《あ》ったんです。たまたま一条《いちじょう》くんの落《お》とし物《もの》を届《とど》ける機会《きかい》があって、そのお礼《れい》だと思《おも》う」

盗《ぬす》まれかけた物《もの》を取《と》り戻《もど》したんだから、嘘《うそ》は言《い》ってない。

そもそも私《わたし》は今日《きょう》まで一条《いちじょう》くんの苗字《みょうじ》すら知《し》らなかったんだよ。オウジサマの名前《なまえ》なんて今《いま》も分《わ》からないし、恋《こい》なんて恐《おそ》れ多《おお》い。

(これからも二人《ふたり》に関《かか》わるつもりないから、どうか私《わたし》をそこら辺《へん》の石《いし》だと思《おも》って！)

もうこの際友達《さいともだち》がほしいとか贅沢《ぜいたく》なことは言《い》わない。

普通《ふつう》に、平穏《へいおん》に中学生活《ちゅうがくせいかつ》を送《おく》れたらそれでいいから！

必死《ひっし》に祈《いの》りつつ、こっそり綾小路《あやのこうじ》さんの様子《ようす》を伺《うかが》う。

英蘭《えいらん》の初等部《しょとうぶ》から通《かよ》っている良家《りょうけ》の子《こ》たちは、私《わたし》のような一般家庭《いっぱんかてい》の子《こ》が自分《じぶん》たちよりも一《いち》条《じょう》くんたちに近《ちか》づくのが許《ゆる》せないらしい。

みんなの冷《つめ》たい視線《しせん》をじっと笑顔《えがお》で耐《た》えていると、やがて綾小路《あやのこうじ》さんは沈黙《ちんもく》を破《やぶ》った。

「……そう、運《うん》がいいのね。一条様《いちじょうさま》の落《お》とし物《もの》を拾《ひろ》ってくださったことは、わたくしからもお礼《れい》を言《い》っておくわ」

（よかった、納得《なっとく》してもらえた！）

なぜ綾小路《あやのこうじ》さんがお礼《れい》を言《い》うのかは分《わ》からないが、きっと気《き》にしない方《ほう》がいいだろう。

ひとまず初日《しょにち》から嫌《きら》われるという事態《じたい》を回避《かいひ》できてよかった。

目立《めだ》ってしまったのは仕方《しかた》ないけど、まだ何《なん》とかできるはず。

「まあ、わたくしはどうせそんなことだろうと思《おも》っていたけど。そうじゃなきゃ、七瀬《ななせ》さんがあの二人《ふたり》の目《め》に留《と》まるはずないもの」

「さすが一条様《いちじょうさま》。たったそれだけのことに、こんなに感謝《かんしゃ》なさるなんて」

「桜二様《おうじさま》も律儀《りちぎ》ですわね。そんなところも素敵《すてき》ですけど」

「あ、あはは……」

綾小路《あやのこうじ》さんたちの言葉《ことば》がちくりと胸《むね》に刺《さ》さる。

「お二人《ふたり》とも本当《ほんとう》に優《やさ》しい方《かた》たちだから困《こま》るのよ。まったく、わたくしが勘違《かんちが》いする子《こ》たちを諭《さと》すのにどれだけ苦労《くろう》していることか……」

困《こま》ったように頬《ほお》を押《お》さえる綾小路《あやのこうじ》さんに、張《は》り付《つ》けていた笑顔《えがお》が引《ひ》きつる。

(それってもしかしなくても、一条《いちじょう》くんたちに告白《こくはく》しようとしている子《こ》に片《かた》っ端《ぱし》から圧力《あつりょく》をかけてる……ってことだよね？)

あまりにも恐《おそ》ろしくて震《ふる》え上《あ》がった。

ぜっっったいに綾小路《あやのこうじ》さんに目《め》を付《つ》けられないようにしなきゃ……！

「そういうわけだから七瀬《ななせ》さん、急《きゅう》に詰《つ》め寄《よ》っちゃってごめんなさいね。わたくしたち、一条《いちじょう》くんたちのことが心配《しんぱい》で気《き》がせいてしまったみたい。許《ゆる》してくれるわよね？」

そう言《い》われたら、私《わたし》は頷《うなず》くしかない。

その反応《はんのう》に満足《まんぞく》した綾小路《あやのこうじ》さんは、フンと鼻《はな》を鳴《な》らして綺麗《きれい》に巻《ま》かれている髪《かみ》をかきあげた。

「……ところで七瀬《ななせ》さん。あなたは三葉《みつば》くんと仲《なか》がいいの？」

「え？　あ、うん。幼馴染《おさななじ》みなんだ」

突然話題《とつぜんわだい》が変《か》わったことに驚《おどろ》きつつ、私《わたし》は正直《しょうじき》に答《こた》えた。

「まあ、そうなの。羨《うらや》ましいわ。三葉《みつば》くんは特待生《とくたいせい》に選《えら》ばれるほど素晴《すば》らしい絵《え》をかくのだけど、クールな方《かた》でなかなか話《はな》してくれないのよ」

綾小路《あやのこうじ》さんがにっこりと笑《え》みを浮《う》かべてそう言《い》うと、周《まわ》りの女《おんな》の子《こ》もこぞって声《こえ》をあげた。

「そうですね！　だから私《わたし》たち、さっきはとても驚《おどろ》いたのよ」

「ええ、あの三葉《みつば》くんが自分《じぶん》から女《おんな》の子《こ》に話《はな》しかけたの、初《はじ》めて見《み》たもの」

アキくんは少《すこ》し人見知《ひとみし》りなところがあって、昔《むかし》からそっけないとか、可愛《かわい》いのに愛想《あいそ》がないってよく言《い》われていた。

でもなんとなく、彼女《かのじょ》たちはそんな意味《いみ》で言《い》ったわけじゃないと思《おも》う。

「ねえ、みなさん。わたくし、お二人《ふたり》はとってもお似合《にあ》いだと思《おも》うのだけど、いかがかしら？」

綾小路《あやのこうじ》さんがそう言《い》うと、周《まわ》りから楽《たの》しそうな声《こえ》が聞《き》こえる。嫌《いや》な予感《よかん》は当《あ》たってしまった。

慌《あわ》ててアキくんの方《ほう》を見《み》れば、クラスの男子《だんし》と話《はな》しているのが見《み》える。

よかった、この話《はなし》は聞《き》かれてないみたいだ。

(綾小路《あやのこうじ》さんは、私《わたし》とアキくんをくっつけて安心《あんしん》したいんだ)

こちらのことはどうでもよくて、人《ひと》の気持《きも》ちも考《かんが》えていない。

はやし立《た》てられないように、なるべく冷静《れいせい》に否定《ひてい》しよう。やっと丸《まる》くなった空気《くうき》を壊《こわ》さないように注意《ちゅうい》を払《はら》って。

「あ、あのね、そういうことはぜんぜんないよ。アキくんと私《わたし》はただの友達《ともだち》だから」

「そうかしら？　まあ、そう言《い》うなら仕方《しかた》ないわね」

そこまで本気《ほんき》じゃなかったのか、綾小路《あやのこうじ》さんはそれだけで引《ひ》いてくれた。

周《まわ》りからは「ええ～」とか「そうなの？」とか、がっかりした声《こえ》が聞《き》こえてきたけど、綾小《あやのこう》路《じ》さんの手前《てまえ》、それ以上《いじょう》は追及《ついきゅう》してこなかった。

アキくんに迷惑《めいわく》をかけるようなことにならなくて、本当《ほんとう》によかった。

◇◇◇

とうとう放課後《ほうかご》になってしまった。

荷物《にもつ》を鞄《かばん》にしまいながら、私《わたし》は今日何度目《きょうなんどめ》か分《わ》からないため息《いき》をつく。

ずっとクラス中《じゅう》……どころか、話《はなし》を聞《き》きつけた他《た》クラスの子《こ》からの視線《しせん》にもさらされて、私《わたし》はすでに帰《かえ》りたいという気持《きも》ちでいっぱいだ。

でも、ここで一条《いちじょう》くんから逃《に》げたところで明日改《あすあらた》めて襲撃《しゅうげき》されるだけだろう。まだ知《し》り合《あ》って間《ま》もないけど、簡単《かんたん》に諦《あきら》めるような性格《せいかく》には見《み》えない。

（一方的《いっぽうてき》に取《と》り付《つ》けられたのだとしても、約束《やくそく》は破《やぶ》りたくないしね）

鉛《なまり》のように重《おも》い腰《こし》を上《あ》げて、私《わたし》は自分《じぶん》の席《せき》から立《た》ちあがる。

綾小路《あやのこうじ》さんがちらりとこちらを見《み》たけど、アキくんが近《ちか》づいてきて視線《しせん》を遮《さえぎ》ってくれた。

「行《い》こっか」

お昼休《ひるやす》みにあの日《ひ》のことを簡単《かんたん》に説明《せつめい》したところ、ありがたいことにアキくんは本当《ほんとう》に一緒《いっしょ》に話《はなし》を聞《き》いてくれることになったのだ。祖母《そぼ》以外《いがい》で唯一《ゆいいつ》私《わたし》の力《ちから》を知《し》っている存在《そんざい》だから、とても心強《こころづよ》い。

それに私《わたし》より長《なが》く英蘭《えいらん》に通《かよ》っているから、一条《いちじょう》くんたちの情報《じょうほう》も多《おお》いだろう。

できるだけ背中《せなか》に刺《さ》さる視線《しせん》を気《き》にしないように、私《わたし》たちはA組《エーぐみ》に向《む》かった。

「あ、A組《エーぐみ》も終《お》わったみたいだね」

アキくんの目線《めせん》の先《さき》を見《み》ると、一条《いちじょう》くんが鞄《かばん》を片手《かたて》に手《て》を振《ふ》りながらこちらに歩《ある》いてくるのが見《み》える。その隣《となり》にオウジサマもいた。

うーん、ものすごく目立《めだ》っている。

（というか、なんでみんな帰《かえ》ろうとしないの……！）

もう話《はなし》が回《まわ》っているのだろうか。どのクラスの女《おんな》の子《こ》も席《せき》に座《すわ》ったままこちらを見《み》つめているのが分《わ》かる。

キリキリと痛《いた》む胃《い》を押《お》さえる私《わたし》に、オウジサマは意地悪《いじわる》そうに微笑《ほほえ》んだ。それが妙《みょう》に様《さま》になっているのだから、顔立《かおだ》ちがいいというのは羨《うらや》ましい。

「へえ、今日《きょう》は逃《に》げなかったんだ？」

「あの日《ひ》は急《いそ》いでいたから……あはは」

事件《じけん》の後《あと》、私《わたし》が逃《に》げたことを持《も》ち出《だ》されてきまりが悪《わる》くなる。

「秋兎《あきと》も居《い》るのか」

私《わたし》の隣《となり》にいるアキくんを見《み》て、一条《いちじょう》くんが目《め》を丸《まる》くした。

「うん。一条《いちじょう》を困《こま》らせる問題に興味《きょうみ》が湧《わ》いちゃった。ぼくも入《い》れてよ」

「……まあ、秋兎《あきと》なら問題《もんだい》ないか。君《きみ》もその方《ほう》が安心《あんしん》できるだろうし」

あっさり納得《なっとく》した一条《いちじょう》くんはまっすぐ私《わたし》に微笑《ほほえ》みかけた。

素直《すなお》に頷《うなず》こうとして、綾小路《あやのこうじ》さんに言《い》われたことを思《おも》い出《だ》す。アキくんに迷惑《めいわく》をかけるかもしれないと悩《なや》んで、結局《けっきょく》あいまいに笑《わら》ってやり過《す》ごしてしまった。

「それで、何《なん》の話《はなし》？」

アキくんに問《と》われて、周《まわ》りを見回《みまわ》した一条《いちじょう》くんが困《こま》ったように眉《まゆ》をひそめた。

「……人《ひと》が多《おお》いな」

そしてそう小《ちい》さくつぶやいたかと思《おも》えば、突然《とつぜん》私《わたし》の手《て》をガシリと掴《つか》んだ。

「へっ」

驚《おどろ》く暇《ひま》もなく、一条《いちじょう》くんはそのまま早足《はやあし》で階段《かいだん》を下《お》り始《はじ》めた。手《て》を掴《つか》まれた私《わたし》も、引《ひ》っ張《ぱ》られるがままに足《あし》を動《うご》かす。頑張《がんば》って腕《うで》を動《うご》かしてみるけど、離《はな》してくれる様子《ようす》はない。

……それほど力《ちから》を入《い》れているような感《かん》じじゃないのに、ぜんぜん振《ふ》りほどけないんだけど。

「ちょっ、一条《いちじょう》っ⁉」

一拍遅《いっぱくおく》れて、アキくんが慌《あわ》てて追《お》いかけてきた。

その後《うし》ろをオウジサマがゆったりとした足取《あしど》りでついてきている。まるで最初《さいしょ》からこうなると分《わ》かっていたような余裕《よゆう》だ。

「わっ、い、一条《いちじょう》くん⁉　どこに行《い》くの？」

焦《あせ》って声《こえ》をかけると、一条《いちじょう》くんはなぜか嬉《うれ》しそうに振《ふ》り返《かえ》る。

「俺《おれ》の名前《なまえ》、覚《おぼ》えててくれたんだな！」

それはどうでもいいよっ！

しかも一条《いちじょう》くんは表情《ひょうじょう》を緩《ゆる》めただけで、答《こた》えてくれないどころかさらに歩《ある》くスピードを上《あ》げた。私《わたし》はほとんど小走《こばし》りになってしまったけど、彼《かれ》の横顔《よこがお》があんまりにも嬉《うれ》しそうだったので、つい言葉《ことば》に詰《つ》まってしまう。

「ちょっと、教室《きょうしつ》で話《はな》すんじゃなかったの？」

イライラした様子《ようす》のアキくんがもう一度《いちど》聞《き》いてくれた。

「そんなこと、ひと言《こと》も言《い》ってないけど？」

「ああもう、ちゃんと聞《き》かなかったぼくがバカだったよ！　じゃあ、今《いま》どこに向《む》かってるの」

楽《たの》しそうに目《め》を三日月《みかづき》にしたオウジサマが、いたずらの種明《たねあ》かしをするように告《つ》げる。

「そんなの、蘭《らん》の館《やかた》に決《き》まってるでしょ」

5　一条《いちじょう》くんの悩《なや》み

『蘭《らん》の館《やかた》』は、私《わたし》も入学説明会《にゅうがくせつめいかい》で聞《き》いたことがある。

記憶《きおく》が正《ただ》しければ、英蘭学園《えいらんがくえん》ではとても特別《とくべつ》な建物《たてもの》だったはずなんだけど……

（そんなに気軽《きがる》に行《い》ける場所《ばしょ》じゃないよね？　自分《じぶん》には関係《かんけい》ないからって聞《き》き流《なが》さなきゃ良《よ》かった……！）

周《まわ》りの様子《ようす》を伺《うかが》いながら歩《ある》く私《わたし》と違《ちが》って、三人《さんにん》はずんずん進《すす》んでいく。

私《わたし》の手《て》はまだ一条《いちじょう》くんに掴《つか》まれたままだから、ほとんど連行《れんこう》されているような状態《じょうたい》だ。逃《に》げられたら困《こま》るとオウジサマが口《くち》を挟《はさ》んだせいで、いまだに解放《かいほう》してもらえないのだ。

「ほら、あれが蘭《らん》の館《やかた》だ」

校舎《こうしゃ》を出《で》て、よく手入《てい》れされている植物園《しょくぶつえん》の横《よこ》を通《とお》りすぎる。

その後《ご》に学園《がくえん》の敷地内《しきちない》とは思《おも》えないほど深《ふか》い森《もり》を抜《ぬ》ければ、その先《さき》にオシャレなクラブハウスがあった。

紫色《むらさきいろ》の屋根《やね》と真《ま》っ白《しろ》な壁《かべ》のおかげでその存在感《そんざいかん》は際立《きわだ》っていて、正面《しょうめん》の壁《かべ》は一面《いちめん》ガラス張《ば》りだ。

(あ、パンフレットで見《み》た建物《たてもの》だ!)

確《たし》か『英蘭会《えいらんかい》』という組織《そしき》に所属《しょぞく》している、英蘭学園《えいらんがくえん》のエリートの中《なか》でもさらに家柄《いえがら》や財力《ざいりょく》などの厳《きび》しい条件《じょうけん》をクリアした生徒《せいと》だけが使《つか》える施設《しせつ》だったはず。

シェフ付《つ》き喫茶室《きっさしつ》と防音性《ぼうおんせい》に優《すぐ》れた鍵付《かぎつ》き個室《こしつ》などがあり、高級《こうきゅう》リゾートホテルのような写《しゃ》真《しん》を見《み》た記憶《きおく》がある。

とにかく英蘭学園《えいらんがくえん》では一等特別《いっとうとくべつ》な建物《たてもの》で、私《わたし》みたいな普通《ふつう》の子《こ》は英蘭会《えいらんかい》のメンバーから招待《しょうたい》されないと中《なか》に入《はい》れないのだ。

「ユキちゃん、ぼくが言《い》った『花持《はなも》ち』って言葉《ことば》を覚《おぼ》えてる?」

「休《やす》み時間《じかん》に言《い》ってたやつ? あ、もしかして英蘭会《えいらんかい》と関係《かんけい》あるの?」

「うん。ほら、一条《いちじょう》と白鳥《しらどり》のブレザーの襟《えり》に金色《きんいろ》のバッジがついてるでしょ。あれは英蘭会《えいらんかい》メンバーって証拠《しょうこ》だよ」

白鳥《しらどり》って、オウジサマのことかな。

(ちゃんとした名前《なまえ》あるじゃない)

一条《いちじょう》くんは私《わたし》の前《まえ》で手《て》を引《ひ》っ張《ぱ》っているので、白鳥《しらどり》くんの襟《えり》を見《み》る。

私《わたし》の視線《しせん》に気《き》づいた白鳥《しらどり》くんは私《わたし》の近《ちか》くまできて、見《み》やすいように襟《えり》を引《ひ》っ張《ぱ》ってくれた。

「ほら、これだよ」

休《やす》み時間《じかん》はバタバタしていたから気《き》づかなかったが、確《たし》かに花《はな》を象《かたど》った小《ちい》さなバッジがそこについていた。

「これは胡蝶蘭《こちょうらん》の形《かたち》だよ。幸《しあわ》せが飛《と》んで来《く》るっていう花言葉《はなことば》があるんだって」

素直《すなお》に感心《かんしん》しかけて、はたと現状《げんじょう》を思《おも》い出《だ》す。

今私《いまわたし》たちが向《む》かってるのって、そんな一条《いちじょう》くんたちのような人《ひと》だけが入《はい》れる『蘭《らん》の館《やかた》』だよね……？

「待《ま》って、私《わたし》は英蘭会《えいらんかい》メンバーじゃないから入《い》れないよ！」

「俺《おれ》が招待《しょうたい》するから大丈夫《だいじょうぶ》だ」

一条《いちじょう》くんは驚《おどろ》くほど軽快《けいかい》にそう言《い》った。

「ぜんぜん大丈夫《だいじょうぶ》じゃないよ！　私《わたし》には不相応《ふそうおう》だし、あとで一条《いちじょう》くんが笑《わら》われちゃうかもしれないのに」

ただでさえアイドルもかくやという人気《にんき》を誇《ほこ》る二人《ふたり》と関《かか》わってしまったんだ。

こんな平凡《へいぼん》な私《わたし》が蘭《らん》の館《やかた》に入《はい》ったと知《し》られたら、それこそ全校生徒《ぜんこうせいと》を敵《てき》に回《まわ》してしまう。

そう思《おも》って全力《ぜんりょく》で断《ことわ》るけど、隣《となり》にいた白鳥《しらどり》くんはふっと楽《たの》しそうに口角《こうかく》を上《あ》げた。

「そう？　オレはそんなことないと思《おも》うけど」

まさかオウジサマがフォローしてくれるとは思《おも》わなくて、思《おも》わずその顔《かお》を見上《みあ》げてしまう。

目《め》が合《あ》った瞬間《しゅんかん》、ぱちりとウィンクが帰《かえ》ってきて言葉《ことば》に詰《つ》まった。な、慣《な》れてる……

「ほら。あの日《ひ》、ユキは骨董品《こっとうひん》を見定《みさだ》めて詐欺師《さぎし》を黙《だま》らせたでしょ。能力《のうりょく》なら十分《じゅうぶん》だから心配《しんぱい》しないで？」

「ゆ、ユキ？」

突然親《とつぜんした》しげに呼《よ》ばれて、顔《かお》がかあっと熱《あつ》くなる。考《かんが》え事《ごと》が全部《ぜんぶ》とんだ。

愛称《あいしょう》なんて呼《よ》ばれ慣《な》れていないから、すごくそわそわする。

「ちょっと、何《なに》どさくさに紛《まぎ》れてユキって親《した》しげに呼《よ》んでるの」

「だってオレ、ユキの名前知《なまえし》らないし」

別《べつ》に仲良《なかよ》くなろうとしたわけじゃなくて、仕方《しかた》がないからそう呼《よ》んだだけなんだ。

少《すこ》しだけ浮《う》かれた自分《じぶん》が恥《は》ずかしい。

「あの人《ひと》が適当《てきとう》な嘘《うそ》をついていたからだよ。運《うん》が良《よ》かっただけ」

名前《なまえ》の話題《わだい》から離《はな》れたくて話《はなし》を戻《もど》せば、今《いま》までずんずん進《すす》んでいた一条《いちじょう》くんは朗《ほが》らかな笑顔《えがお》で、こちらを見《み》た。

「かなり専門的《せんもんてき》な知識《ちしき》を持《も》っていないと、あんな的確《てきかく》に反論《はんろん》できないぞ。偶然《ぐうぜん》でプロの鑑定士《かんていし》を言《い》い負《ま》かせられるわけがない」

まっすぐ褒《ほ》められて、なんだかこそばゆい。

「え、えへへ……昔《むかし》から骨董品《こっとうひん》とかが好《す》きだから、そのおかげかな？」

「なら、十分《じゅうぶん》蘭《らん》の館《やかた》に招《まね》かれる資格《しかく》はあるだろ。遠慮《えんりょ》するな」

「遠慮《えんりょ》とかじゃなくて」

死活問題《しかつもんだい》なんだよ……！

私《わたし》が一条《いちじょう》くんに招待《しょうたい》されたと綾小路《あやのこうじ》さんが知《し》ったら恐《おそ》ろしいことになるっ！

振《ふ》り返《かえ》った気《き》が進《すす》まない私《わたし》に対《たい》して、一条《いちじょう》くんは、自信《じしん》に満《み》ちた表情《ひょうじょう》をしていた。

「心配《しんぱい》するな、君《きみ》は俺《おれ》の大事《だいじ》な招待客《しょうたいきゃく》だ。誰《だれ》にも文句《もんく》を言《い》わせない」

驚《おどろ》くほどきっぱりと言《い》い切《き》られて、私《わたし》は目《め》を丸《まる》くする。

「もし誰《だれ》かにケチをつけられたら、俺《おれ》のところに連《つ》れてこい。ていねいに君《きみ》のいいところをそいつに教《おし》えてやるから」

一条《いちじょう》くんの真《ま》っ黒《くろ》な瞳《ひとみ》が夕日《ゆうひ》を受《う》けて、あざやかにきらめく。

その目《め》に見《み》つめられていると、私《わたし》はなんだか自分《じぶん》がすごく価値《かち》のある存在《そんざい》になったような気《き》がした。

(ここまで言《い》われたら、さすがに断《ことわ》れないなあ……)

心《こころ》の中《なか》で白《しろ》い旗《はた》を振《ふ》りながら、私《わたし》は小《ちい》さく笑《わら》った。

「じゃあ……今日《きょう》だけ、お邪魔《じゃま》しようかな」

考《かんが》えてみれば、蘭《らん》の館《やかた》に入《はい》るのは別《べつ》に悪《わる》いことじゃない。

一条《いちじょう》くんがこれをお礼《れい》だというなら、むしろ楽《たの》しんだ方《ほう》がいいよね。こんな機会《きかい》でもなければ、蘭《らん》の館《やかた》なんてもう二度《にど》と入《はい》れないだろうし。

見上《みあ》げるほど高《たか》い建物《たてもの》を前《まえ》に、私《わたし》はこっそりため息《いき》をついた。

「ここが入《い》り口《ぐち》だ。警備員《けいびいん》には話《はなし》は通《とお》してあるから、そのまま上《あ》がってくれ」

緊張《きんちょう》と期待《きたい》でドキドキしながら蘭《らん》の館《やかた》に入《はい》る。

「わあ、すごい……」

まず目《め》に飛《と》び込《こ》んできたエントランスは、モダンな雰囲気《ふんいき》ながらシックで落《お》ち着《つ》いていた。

天井《てんじょう》はダークトーンで統一《とういつ》されていて、シャンデリアが温《あたた》かみのある光《ひかり》を落《お》とす。

床《ゆか》から天井《てんじょう》まで丸《まる》ごと覆《おお》うガラス張《ば》りの窓《まど》は内側《うちがわ》から見《み》ても壮観《そうかん》で、自然光《しぜんこう》をたっぷりと取《と》

り込《こ》んで開放感《かいほうかん》と広々《ひろびろ》とした眺《なが》めが本当《ほんとう》に綺麗《きれい》だ。

(学校《がっこう》の一部《いちぶ》とは思《おも》えない……)

共用《きょうよう》スペースと思《おも》われるところにはラベンダー色《いろ》のソファーとシンプルなテーブルがいくつかあり、始業式《しぎょうしき》だったからか今日《きょう》は誰《だれ》もいない。部屋《へや》の奥《おく》にはバーカウンターがあるようで、コックコートを着《き》た男《おとこ》の人《ひと》が笑顔《えがお》で挨拶《あいさつ》してくれた。

(これなら、誰《だれ》かに見《み》られて噂《うわさ》になることはなさそう!)

少《すこ》しほっとしつつ、いまだに手《て》を放《はな》してくれない一条《いちじょう》くんに連《つ》れられて足《あし》を動《うご》かす。

そのまま後《あと》をついていくと、やがて二階《にかい》の奥《おく》にある部屋《へや》にたどり着《つ》いた。慣《な》れた様子《ようす》でドアのデジタルロックを開《あ》ける一条《いちじょう》くんに、アキくんが苦《にが》い顔《かお》をする。

「うわ、蘭《らん》の館《やかた》に個室《こしつ》を持《も》ってるの?」

「オレとソウが一緒《いっしょ》に使《つか》ってるから、個室《こしつ》じゃないよ。……他《ほか》の人《ひと》は入《はい》ってこないけどね」

「それを個室《こしつ》っていうんだよ」

アキくんは部屋《へや》に入《はい》るなり、少《すこ》し引《ひ》いた様子《ようす》で中《なか》を見回《みまわ》した。

あまりのスケールの大《おお》きさに、私《わたし》も開《ひら》いた口《くち》が塞《ふさ》がらない。

(私《わたし》の部屋《へや》より、広《ひろ》いかも)

最後《さいご》に入《はい》ってきた白鳥《しらとり》くんがドアを閉《し》めるのを確認《かくにん》してから、一条《いちじょう》くんはやっと私《わたし》の手《て》を放《はな》してくれた。

嬉《うれ》しいはずなのに、空気《くうき》がやけに冷《つめ》たく感《かん》じてそっと手首《てくび》をさすった。

「周《まわ》りが言《い》うほど堅苦《かたくる》しいところじゃないから、好《す》きに寛《くつろ》いでくれ」

その言葉《ことば》に甘《あま》えて、私《わたし》とアキくんは入《い》り口《ぐち》に近《ちか》いソファーに腰《こし》をかけた。

高級感《こうきゅうかん》のある見《み》た目通《めどお》り、柔《やわ》らかくてとても座《すわ》り心地《ごこち》がいい。

そしてローテーブルを挟《はさ》んで、一条《いちじょう》くんと白鳥《しらとり》くんも私《わたし》たちの向《む》かい側《がわ》に座《すわ》る。

お互《たが》いに一息《ひといき》ついたところで、一条《いちじょう》くんは静《しず》かに切《き》り出《だ》した。

「急《きゅう》に呼《よ》び出《だ》して悪《わる》いな。自己紹介《じこしょうかい》が遅《おそ》くなったけど、俺《おれ》は一条颯馬《いちじょうそうま》だ」

「オレは白鳥桜二《しらどりおうじ》。苗字《みょうじ》は白《しろ》い鳥《とり》で名前《なまえ》は桜《さくら》に数字《すうじ》の二《に》だから、覚《おぼ》えやすいでしょ？」

短《みじか》く名乗《なの》った一条《いちじょう》くんに対《たい》して、白鳥《しらどり》くんはわざわざ漢字《かんじ》まで教《おし》えてくれた。

頭《あたま》の中《なか》で変換《へんかん》するのと同時《どうじ》に、ハッと自分《じぶん》が勘違《かんちが》いしていたことに気づく。

(オウジってあだ名《な》じゃないんだ⁉)

つまりみんなは『王子様《おうじさま》』じゃなくて、『桜二様《おうじさま》』って呼《よ》んでいたんだ。

こうして最初《さいしょ》に漢字《かんじ》を教《おし》えてくれるってことは、よく間違《まちが》えられるのかな。

そんな私《わたし》の考《かんが》えを見抜《みぬ》いたように、白鳥《しらどり》くんはにっこりと笑《わら》った。

とても爽《さわ》やかな王子様《おうじさま》スマイルなのに、威圧感《いあつかん》があるのはなぜだろう。

「白鳥《しらどり》の母親《ははおや》はイギリス人《じん》なんだよ。苗字《みょうじ》とくっつけて弄《いじ》ると『白馬《はくば》の王子様《おうじさま》』になるからって、女子《じょし》たちがオウジサマって呼《よ》んでるの」

「秋兎《あきと》、わざわざ言《い》わなくてもよくない？」

白鳥《しらどり》くんはものすごくいやそうな顔《かお》でアキくんをにらむ。

(鳥《とり》っていう漢字《かんじ》を馬《うま》に変《か》えたのかな？)

うーん、こじつけなような気《き》もしなくはない、けど。

本人《ほんにん》も嫌《いや》そうだし、ここは触《ふ》れないでおこう。

そして共通《きょうつう》の知《し》り合《あ》いであるアキくんを飛《と》ばして、最後《さいご》は私《わたし》。

「私《わたし》は七瀬雪乃《ななせゆきの》です。えっと、七瀬《ななせ》ってよく呼《よ》ばれているよ」

呼《よ》び方《かた》を変《か》えてくれることを期待《きたい》して、それとなく苗字《みょうじ》を強調《きょうちょう》してみる。

「いい名前《なまえ》だね。よろしく、ユキ」

まるで後半《こうはん》だけ聞《き》こえていなかったように、白鳥《しらどり》くんは私《わたし》の愛称《あいしょう》を呼《よ》んで微笑《ほほえ》んだ。

どうやら呼《よ》び方《かた》を変《か》える気《き》はないらしい。

「その呼《よ》び方《かた》、続《つづ》けるつもりなの」

アキくんが咎《とが》めてくれたけど、白鳥《しらどり》くんは笑顔《えがお》を崩《くず》さない。

「仲良《なかよ》くなりたいし、わざわざ変《か》える必要《ひつよう》なくない？　ユキ、ダメ？」

「ダメ。苗字《みょうじ》で呼《よ》んでほしいのに気《き》づいてるでしょ。呼《よ》び方変《かたか》えて、今《いま》すぐ」

冗談《じょうだん》か本気《ほんき》か分《わ》からない白鳥《しらどり》くんの言葉《ことば》に、アキくんが片眉《かたまゆ》を吊《つ》り上《あ》げる。

だけど、白鳥《しらどり》くんはさらに笑《え》みを深《ふか》くするだけだった。

「やーだ♡」

甘《あま》い声《こえ》でそう言《い》った白鳥《しらどり》くんに、アキくんが眉間《みけん》のしわを深《ふか》くした。

「桜二《おうじ》、あんまり秋兎《あきと》をからかうな。秋兎《あきと》も、俺《おれ》の話《はなし》に興味《きょうみ》があったから来《き》たんだろ」

そのまま言《い》い合《あ》いが続《つづ》くかと思《おも》えば、一条《いちじょう》くんが白鳥《しらどり》くんの肩《かた》を叩《たた》いて止《と》める。

そしてゴホンと咳《せき》ばらいをすると、話《はなし》の軌道《きどう》を戻《もど》した。

「今日《きょう》は無理《むり》を言《い》って悪《わる》かった。返事《へんじ》も聞《き》かないで、勝手《かって》に約束《やくそく》したことも謝《あやま》らせてくれ」

一条《いちじょう》くんは一旦言葉《いったんことば》を区切《くぎ》ると、迷《まよ》いを振《ふ》り切《き》るように私《わたし》を見《み》つめた。

「その……どうしても、七瀬《ななせ》に頼《たの》みたいことがあるんだ」

そしてあろうことか、私《わたし》に頭《あたま》を下《さ》げたのだった。

「ちょっ、一条《いちじょう》くん⁉」

突然《とつぜん》の出来事《できごと》に腰《こし》を浮《う》かす私《わたし》とアキくんをよそに、一条《いちじょう》くんは頭《あたま》を下《さ》げたまま。

その隣《となり》では、白鳥《しらどり》くんが暗《くら》い表情《ひょうじょう》で唇《くちびる》を噛《か》んでいた。

◇◇◇

「骨董品《こっとうひん》のことで、七瀬《ななせ》に頼《たの》みたいことがあるんだ」

ひとまず一条《いちじょう》くんに顔《かお》を上《あ》げてもらって、話《はなし》を聞《き》くことにした。

この状況《じょうきょう》に警戒心《けいかいしん》は抱《いだ》くけど、あまりにも真剣《しんけん》な彼《かれ》を見《み》て、私《わたし》は一条《いちじょう》くんの話《はなし》を聞《き》いてみたいと思《おも》ったのだ。放《ほう》っておけなかったと言《い》ってもいいのかもしれない。

急《せ》かさず、一条《いちじょう》くんが口《くち》を開《ひら》くまでゆっくり待《ま》つ。

「どこから話《はな》していいのか……その、変《へん》なお願《ねが》いだと思《おも》う。だけど今《いま》の俺《おれ》が信頼《しんらい》できて、頼《たよ》れるやつは七瀬《ななせ》しか思《おも》いつかなかった」

全部《ぜんぶ》を自力《じりき》で叶《かな》えられそうな一条《いちじょう》くんが、一体私《いったいわたし》に何《なに》を頼《たの》むというのだろう。

その内容《ないよう》が全《まった》く予想《よそう》できなくて、私《わたし》は小《ちい》さく首《くび》を傾《かし》げる。

鑑定士《かんていし》と対峙《たいじ》していたときも、代表挨拶《だいひょうあいさつ》をしていたときも、一条《いちじょう》くんはいつ見《み》ても堂々《どうどう》としていた。

そんな人《ひと》がこんなに言《い》いよどむなんて、よっぽど言《い》いにくいお願《ねが》いなんだろうか。

「……半年前《はんとしまえ》、俺《おれ》の曾祖母《そうそぼ》――ひいばあちゃんが亡《な》くなったんだ」

思《おも》わず息《いき》をのむ。

おばあちゃん子《こ》な私《わたし》はその悲《かな》しみを想像《そうぞう》して、一条《いちじょう》くんにかける言葉《ことば》を失《うしな》ってしまった。

「ああ、気《き》を使《つか》わなくてもいいよ。うちでは遺品整理《いひんせいり》も終《お》わって、ひいばあちゃんの部屋《へや》にも入《はい》れるようになってるんだ。もう落《お》ち込《こ》んでないぞ」

明《あか》るい声《こえ》だったが、一条《いちじょう》くんの目《め》には影《かげ》が落《お》ちている。

まだ気持《きも》ちに整理《せいり》がついていないのは明《あき》らかだったけど、わざわざ指摘《してき》するようなことはしない。

「ちなみに、ユキが取《と》り返《かえ》したあのツボも遺品《いひん》だったんだよ」

しんみりとした空気《くうき》を変《か》えるように、白鳥《しらどり》くんが口《くち》を挟《はさ》む。

「千代《ちよ》さん……ソウのひいおばあちゃんね、骨董品《こっとうひん》とかをたくさん持《も》ってたんだ。一条家《いちじょうけ》は古《ふる》い家柄《いえがら》だからさ、千代《ちよ》さんのコレクションには価値《かち》のある物《もの》も多《おお》いんだって」

うちのおばあちゃんも骨董品《こっとうひん》を集《あつ》めているけど、きっとそれとは比《くら》べ物《もの》にならない規模《きぼ》なんだろうなあ。

ぼんやりとそう考《かんが》えながら、私《わたし》は軽《かる》く相《あい》づちを打《う》った。

「ひいばあちゃんが亡《な》くなって、家族《かぞく》の中《なか》にコレクションをちゃんと管理《かんり》できる人《ひと》が居《い》なくなったんだ。それで父《とう》さんが蔵《くら》で眠《ねむ》らせておくのはもったいないって、一部寄贈《いちぶきぞう》することになったんだが……まさかあんな事件《じけん》が起《お》こるとは思《おも》わなくて」

骨董品《こっとうひん》の話《はなし》だと分《わ》かって、少《すこ》しだけ興味《きょうみ》を惹《ひ》かれる。

百貨店《ひゃっかてん》でのトラブルも、どこかに寄贈《きぞう》しようとして起《お》きたのかな。

骨董品《こっとうひん》の扱《あつか》いって知識《ちしき》がないと難《むずか》しいから、ああいう詐欺《さぎ》めいた事件《じけん》も起《お》きるんだよね……

「あのときは本当《ほんとう》に助《たす》かった。採寸会《さいすんかい》のついでだからと俺《おれ》が骨董品《こっとうひん》を預《あず》かったのはいいが、子《こ》どもだからって足元《あしもと》を見《み》られてな。あのままだと家《いえ》に迷惑《めいわく》をかけていたはずだ」

「一条《いちじょう》くんが気《き》に病《や》む必要《ひつよう》はないよ！」

申《もう》し訳《わけ》なさそうに眉《まゆ》を下《さ》げる一条《いちじょう》くんが見《み》ていられなくて、全力《ぜんりょく》で否定《ひてい》する。

「物《もの》の価値《かち》や歴史《れきし》を見定《みさだ》めて、それを正《ただ》しくいろんな人《ひと》に伝《つた》えるのが鑑定士《かんていし》の仕事《しごと》だもん。相《あい》手《て》を見《み》て仕事《しごと》するなんて、プロ失格《しっかく》だよ！」

骨董品《こっとうひん》の鑑定士《かんていし》には必要《ひつよう》な資格《しかく》や試験《しけん》、専門学校《せんもんがっこう》がない。

自信《じしん》さえあれば誰《だれ》でも「今日《きょう》から私《わたし》は鑑定士《かんていし》だ！」と名乗《なの》れるのだ。

昔《むかし》は経験豊富《けいけんほうふ》な鑑定士《かんていし》のもとで修業《しゅぎょう》するのが普通《ふつう》だったけど、今《いま》はそう見《み》かけない。

ほとんどの人《ひと》は知識《ちしき》を本《ほん》で身《み》につけてから、美術館《びじゅつかん》や博物館《はくぶつかん》で本物《ほんもの》を見《み》て経験《けいけん》を積《つ》むようにしている。

だから能力《のうりょく》は年齢性別《ねんれいせいべつ》にかかわらず本当《ほんとう》にバラバラで、人《ひと》によって得意《とくい》な分野《ぶんや》も違《ちが》うのだ。

(どんな修行《しゅぎょう》をしたとしても、嘘《うそ》を吐《つ》く人《ひと》が鑑定士《かんていし》を名乗《なの》っちゃダメだけどね！)

落《お》ち込《こ》んでほしくなくてそう気合《きあい》を入《い》れて説明《せつめい》したところ、なぜか全員《ぜんいん》から暖《あたた》かい眼差《まなざ》しを向《む》けられてしまった。

「うん、今《いま》の話《はなし》を聞《き》いて、俺《おれ》はやっぱり七瀬《ななせ》しかいないと思《おも》ったよ」

一条《いちじょう》くんは大《おお》きく息《いき》を吐《は》き出《だ》すと、私《わたし》を見《み》て眩《まぶ》しそうに目《め》を細《ほそ》める。

「え？」

「オレも賛成《さんせい》。こんな真剣《しんけん》に向《む》き合《あ》ってくれるんなら、どんな結果《けっか》でも報《むく》われるよね」

「えっと……？」

うんうんと頷《うなず》く一条《いちじょう》くんと白鳥《しらどり》くんは、幼馴染《おさななじ》みらしく何《なに》か通《つう》じ合《あ》っているようだ。

助《たす》けを求《もと》めるようにアキくんに視線《しせん》を向《む》けるけど、私《わたし》の幼馴染《おさななじ》みはどこか誇《ほこ》らしげな顔《かお》をしていた。

「ふふふ、ユキちゃんがすごいって話《はなし》だよ」

「すごいって、急《きゅう》にどうしたの？」

「ぼくの幼馴染《おさななじ》みが認《みと》められて嬉《うれ》しいってこと」

「？？？？？」

どうやら取《と》り残《のこ》されているのは私《わたし》だけらしい。

みんなそれ以上教《いじょうおし》えてくれる様子《ようす》はないので、私《わたし》はたくさんの疑問符《ぎもんふ》を浮《う》かべたまま話《はなし》を戻《もど》した。

「ええと、結局一条《けっきょくいちじょう》くんを悩《なや》ませているのって……？」

ハッとしたように、一条《いちじょう》くんは居住《いず》まいを正《ただ》した。

「話《はなし》が逸《そ》れたな。俺《おれ》が頼《たの》みたいのは、ひいばあちゃんが一番大切《いちばんたいせつ》にしていた寄木細工《よせぎざいく》のことだ」

「寄木細工《よせぎざいく》？」

「ああ。……情《なさ》けないことだが、本当《ほんとう》にいつの間《ま》にか消《き》えていたんだ。でも本当《ほんとう》に大事《だいじ》な物《もの》だから、どうにか見《み》つけたい」

やはり骨董品《こっとうひん》の話《はなし》だ、と気《き》を引《ひ》き締《し》める。

「なくなったって……寄贈《きぞう》した、ってわけじゃないんだよね？」

「あぁ、寄贈品《きぞうひん》リストにはなかった。遺品整理《いひんせいり》のときも一度《いちど》だって見《み》かけなかったし、使用人《しようにん》たちも見《み》てないと言《い》っている」

当《あ》たり前《まえ》のように使用人《しようにん》がいるって、やっぱり住《す》む世界《せかい》が違《ちが》うんだなあ。

「一条《いちじょう》のひいおばあちゃんが亡《な》くなる前《まえ》に手放《てばな》した……とかは？」

アキくんの疑問《ぎもん》に、一条《いちじょう》くんは即座《そくざ》に首《くび》を振《ふ》った。

「いや、あの寄木細工《よせぎざいく》はひいじいちゃんに初《はじ》めてもらったプレゼントらしく、ひいばあちゃんにとっては思《おも》い出《で》の品《しな》なんだは」

確《たし》かにそれなら失《な》くした、売《う》った、寄贈《きぞう》した可能性《かのうせい》は低《ひく》そう。

「じゃあ盗《ぬす》まれた可能性《かのうせい》は？」

「寄木細工自体《よせぎざいくじたい》は貴重《きちょう》なものじゃないから、それも可能性《かのうせい》が低《ひく》いと思《おも》う。これは一条家《いちじょうけ》に出入《でい》りしている人《ひと》が全員知《ぜんいんし》ってることだし、もっと価値《かち》のあるものが至《いた》る所《ところ》に飾《かざ》ってあるからな。盗《ぬす》むにしたって、他《ほか》を置《お》いてわざわざ寄木細工《よせぎざいく》だけを盗《と》るとは思《おも》えない」

「寄木細工《よせぎざいく》だけって……他《ほか》は何《なに》も無《な》くなってないって、確信《かくしん》しているように聞《き》こえるけど」

アキくんがそう言《い》うと、一条《いちじょう》くんはしっかりと頷《うなず》いた。

「うちは骨董品《こっとうひん》の目録《もくろく》を作《つく》っていて、遺品整理《いひんせいり》もそれと照《て》らし合《あ》わせてやっているんだ。何《なに》かが欠《か》けていたらすぐ気《き》づくし、何度《なんど》も確認《かくにん》しているから間違《まちが》いない」

「ソウの家《いえ》は防犯《ぼうはん》もちゃんとしてるし、千代《ちよ》さんが亡《な》くなってからは整理《せいり》とかの移動《いどう》でなくさないように、いつも以上《いじょう》に管理《かんり》の目《め》が厳《きび》しかったんだ。寄木細工《よせぎざいく》に限らず、何《なに》かを屋敷《やしき》の外《そと》に持《も》ち出《だ》すのは難《むずか》しいと思《おも》うね」

つまり、一条《いちじょう》くんたちは寄木細工《よせぎざいく》がまだ家《いえ》の中《なか》にあると自信《じしん》を持《も》っているということだ。

だからこその『見《み》つけたい』なんだろうけど。

「それだけ大事《だいじ》な物《もの》なら、お家《いえ》の人《ひと》が探《さが》してくれてるんじゃない?」

「最初《さいしょ》は両親《りょうしん》も真剣《しんけん》に探《さが》してたんだ。でもずっと見《み》あたらなくて、盗《ぬす》まれていないならそのうち見《み》つかるだろうって諦《あきら》めたんだよ。使用人《しようにん》たちも忙《いそが》しくて、今《いま》じゃ俺以外誰《おれいがいだれ》も探《さが》してないぞ」

「一条《いちじょう》はなんで諦《あきら》めなかったんだ?」

アキくんの言葉《ことば》に、私《わたし》もうなずく。

「寄木細工《よせぎざいく》を俺《おれ》に託《たく》すって、ひいばあちゃんはいつも言《い》ってたんだ。倒《たお》れた後《あと》もずっと言《い》い続《つづ》けていたから、適当《てきとう》にしまってなくしたとは思《おも》えない。みんなが後回《あとまわ》しにするなら、託《たく》された俺《おれ》だけは責任感《せきにんかん》持《も》って見《み》つけないといけないだろう？」

一条《いちじょう》くんは真剣《しんけん》な顔《かお》でそう答《こた》えた。

あまりにもまっすぐなその言葉《ことば》に心《こころ》をひかれる。

「千代《ちよ》さんに限《かぎ》って急《きゅう》に気《き》が変《か》わったわけがないし、ソウに黙《だま》って処分《しょぶん》するとか絶対《ぜったい》にありえない。……ありえないのに、ソウの両親《りょうしん》はそういうこともあるだろって、本気《ほんき》にしてくれないんだよ」

嫌《いや》なことを思《おも》い出《だ》したと、白鳥《しらどり》くんは頭《あたま》を押《お》さえた。

(大事《だいじ》な物《もの》がなくなって、誰《だれ》にも信《しん》じてもらえない)

どこか他人事《ひとごと》だった話《はなし》が、いつの間《ま》にか身《み》に覚《おぼ》えがある問題《もんだい》になっていた。

脳裏《のうり》に浮《う》かぶのは、小学生《しょうがくせい》のときのトラウマ。

……誰《だれ》にも信《しん》じてもらえない無力感《むりょくかん》は、よく分《わ》かる。

「情《なさ》けない話《はなし》だが、実《じつ》は俺《おれ》も諦《あきら》めかけていたんだ。どういうところに保管《ほかん》されているのか見当《けんとう》もつかないし、しらみつぶしに探《さが》しても一向《いっこう》に出《で》てこないんだからな」

私《わたし》の表情《ひょうじょう》が暗《くら》くなってしまったからか、一条《いちじょう》くんは茶化《ちゃか》すように言葉《ことば》を続《つづ》けた。

「いくら警備《けいび》が厳《きび》しくても、うちは人《ひと》の出入《でい》りが多《おお》い。頭《あたま》で否定《ひてい》しても、誰《だれ》かが持《も》ち出《だ》すかもしれないって、そんな嫌《いや》な考《かんが》えがどうしてもチラついちゃうんだ」

「人《ひと》の出入《でい》りが多《おお》い？」

首《くび》を傾《かし》げる私《わたし》に、白鳥《しらどり》くんが教《おし》えてくれた。

「遺品整理《いひんせいり》で、一条家《いちじょうけ》の親戚《しんせき》が毎日《まいにち》押《お》し寄《よ》せてきているんだよね。物《もの》はあっちこっちに動《うご》くし、敷地《しきち》も無駄《むだ》に広《ひろ》いしで……はあ、何回《なんかい》も探《さが》してきたけど毎回《まいかい》ゼロからリスタートって感《かん》じで、けっこう気《き》が滅入《めい》るかな」

「軽《かる》い荷物検査《にもつけんさ》があるから、盗難《とうなん》の心配《しんぱい》はしなくていいぞ」

一条《いちじょう》くんのお家《うち》はテーマパークなのかな……

さっきから入《はい》ってくる情報《じょうほう》が異世界《いせかい》すぎて、遠《とお》い目《め》を浮《う》かべずにはいられない。

「でも、遺品整理《いひんせいり》が落《お》ち着《つ》いたら荷物検査《にもつけんさ》はなくなる。警備《けいび》もそのうち落《お》ち着《つ》いて、もっと自由《じゆう》に人《ひと》が出入《でい》りできるようになる。……そうなると、いつか本当《ほんとう》に盗《ぬす》まれるかもしれないんだ」

一条《いちじょう》くんは悔《くや》しそうにこぶしを握《にぎ》り締《し》める。

でもその手《て》はすぐに開《ひら》かれて、意志《いし》の強《つよ》い黒《くろ》い目《め》が私《わたし》を見《み》つめた。

「でも、君《きみ》と出会《であ》った。七瀬《ななせ》は、俺《おれ》の幸運《こううん》だ」

迷子《まいご》のような表情《ひょうじょう》は消《き》え、一条《いちじょう》くんには獲物《えもの》を前《まえ》にした獅子《しし》のような気迫《きはく》があった。

(まるで、告白《こくはく》みたい)

息《いき》が止《と》まるかと思《おも》った。

本当《ほんとう》に、本心《ほんしん》からの言葉《ことば》で変《へん》な意味《いみ》はないと分《わ》かっているけど、思《おも》わず顔《かお》に熱《ねつ》が集《あつ》まる。

「絶対《ぜったい》に無理《むり》はさせないと約束《やくそく》する。だから、どうか引《ひ》き受《う》けてくれないか。もう一度《いちど》おまえの力《ちから》を——俺《おれ》に貸《か》してくれ！」

もう一度《いちど》頭《あたま》を下《さ》げる一条《いちじょう》くんに、言葉《ことば》が詰《つ》まる。

その強《つよ》い気持《きも》ちは確《たし》かに私《わたし》の心《こころ》を熱《あつ》くさせたが、頭《あたま》の冷静《れいせい》な部分《ぶぶん》が待《ま》ったをかける。

(付喪神《つくもがみ》のことを隠《かく》したまま探《さが》したところで、私《わたし》は一条《いちじょう》くんの期待《きたい》に応《こた》えることができるのかな)

もちろん寄木細工《よせぎざいく》が保管《ほかん》されていそうなところを教《おし》えて、普通《ふつう》の人《ひと》と同《おな》じように探《さが》すことはできる。一緒《いっしょ》に探《さが》す人数《にんずう》が増《ふ》えるだけでも見《み》つかる確率《かくりつ》は上《あ》がるだろう。

たとえそれで見《み》つからなかったとしても一条《いちじょう》くんは怒《おこ》らないと思《おも》うし、諦《あきら》めるきっかけくらいにはなれるかもしれない。

……でもそれは、間違《まちが》いなく最低《さいてい》な行為《こうい》だ。

（一条《いちじょう》くんはこんなに真剣《しんけん》だよ。私《わたし》の都合《つごう》で適当《てきとう》にやりすごすくらいなら……きっと最初《さいしょ》から引《ひ》き受《う》けない方《ほう》がいい）

でも、一条《いちじょう》くんの力《ちから》になりたいという気持《きも》ちは確《たし》かにあるのだ。

『物《もの》』のためにここまで一生懸命《いっしょうけんめい》になれる人《ひと》を助《たす》けてあげたい。

ちゃんと、見《み》つけてあげたいんだ！

（こっそり力《ちから》を使《つか》う？　ううん、きっとすぐにバレる）

隠《かく》れていた私《わたし》のことだって、二人《ふたり》はわずか半日《はんにち》たらずで見《み》つけている。

そんな一条《いちじょう》くんたちと一緒《いっしょ》に行動《こうどう》して、この力《ちから》を隠《かく》し通《とお》せる自信《じしん》がない。

「――ね、困《こま》った？」

俯《うつむ》いて黙《だま》り込《こ》んだ私《わたし》に、白鳥《しらどり》くんが軽《かる》い口調《くちょう》で話《はな》しかけてきた。

「え？　えっと、ちょっと……？」

「ふはっ、なんで疑問形《ぎもんけい》なの」

素直《すなお》に頷《うなず》けなくて、あいまいに答《こた》えれば白鳥《しらどり》くんは小《ちい》さく噴《ふ》き出《だ》した。

「まあ、その反応《はんのう》は想定内《そうていない》だよ。なんなら思《おも》ったよりもいい反応《はんのう》で嬉《うれ》しいくらい」

目《め》を丸《まる》くすれば、白鳥《しらどり》くんはいたずらっぽく目《め》を細《ほそ》める。

教室《きょうしつ》で会《あ》った時《とき》よりも少《すこ》し柔《やわ》らかい表情《ひょうじょう》に、思《おも》わず目《め》を奪《うば》われてしまう。白鳥《しらどり》くん、こんなふうに笑《わら》うんだ。

「だってほら、あの日《ひ》もさっさと帰《かえ》るし、始業式《しぎょうしき》じゃ必死《ひっし》に顔《かお》を隠《かく》していたんでしょ？　休《やす》み時間《じかん》に会《あ》ったときもずっと困《こま》った顔《かお》をしてたから、すぐにオレらと関《かか》わりたくないんだなーって分《わ》かってたよ」

「わ、分《わ》かってたって……それなのに約束《やくそく》を取《と》り付《つ》けたの⁉」

「あはっ、困《こま》ってたのは否定《ひてい》はしないんだ？」

「うっ……」

私《わたし》のささやかな抗議《こうぎ》は意味《いみ》をなさなかった。

これ以上《いじょう》は何《なに》を言《い》っても自分《じぶん》を追《お》い込《こ》むだけだと察《さっ》して、私《わたし》は意味深《いみしん》に微笑《ほほえ》んでいる白鳥《しらどり》くんから目《め》をそらした。

「待《ま》って。始業式《しぎょうしき》って……どうやって気《き》づいたの？　A組《エーぐみ》は最前列《さいぜんれつ》だったんだから、後《うし》ろに座《すわ》ってるC組《シーぐみ》は見《み》えなくない？」

静《しず》かにやり取《と》りを見守《みまも》っていたアキくんが怪訝《けげん》そうに一条《いちじょう》くんを見《み》た。

「ああ、内部生挨拶《ないぶせいあいさつ》のときに気付《きづ》いたんだ。俺《おれ》、代表《だいひょう》だっただろ？」

「……は？　一条《いちじょう》、体育館《たいいくかん》の舞台《ぶたい》にいたじゃん」

「女子《じょし》で一人《ひとり》だけ下《した》を向《む》いてるやつがいたから、つい目《め》がいってな。それが七瀬《ななせ》だって気付《きづ》いたとき、俺《おれ》も驚《おどろ》いたんだぞ」

一条《いちじょう》くんはなんてことないように笑《わら》ったが、驚《おどろ》いたのはこっちである。

(確《たし》かに女《おんな》の子《こ》はみんな食《く》い入《い》るように一条《いちじょう》くんを見《み》ていたけれど……下向《したむ》いていたのが良《よ》くなかったのかな)

始業式《しぎょうしき》で全員《ぜんいん》がずっと顔《かお》を上《あ》げていることなんてありえないことだけど、それだけ一条《いちじょう》くんが人気者《にんきもの》ということだろう。

……つまり、私《わたし》の隠密行動《おんみつこうどう》がすべて無意味《むいみ》どころか、逆効果《ぎゃくこうか》だったということだ。

でも、あの距離《きょり》から人《ひと》の顔《かお》って見《み》えるものなのだろうか。

首《くび》を傾《かし》げる私《わたし》の疑問《ぎもん》を見透《みす》かしたように、白鳥《しらどり》くんが肩《かた》をすくめた。

「こればかりは相手《あいて》が悪《わる》かったね。あの距離《きょり》で顔《かお》を識別《しきべつ》できるの、ソウぐらいだから」

「いやいや、何十《なんじゅう》メートル離《はな》れてたと思《おも》ってるの？」

「ははっ、俺《おれ》は昔《むかし》から目《め》がいいんだ」

一条《いちじょう》くんは胸《むね》を張《は》ったけど……たぶんアキくんは褒《ほ》めてない気《き》がする。

（そういえばあの時《とき》も片手《かたて》で鑑定士《かんていし》を押《お》さえていたなあ。骨《ほね》がきしむ音《おと》も聞《き》こえたし）

普通《ふつう》の人《ひと》よりも身体能力《しんたいのうりょく》が高《たか》いのかもしれない。

少《すこ》し感心《かんしん》したところで、白鳥《しらどり》くんが姿勢《しせい》を崩《くず》してソファーにもたれた。

「それにしても、わっかんないなあ。なんでユキは自分《じぶん》の力《ちから》を隠《かく》すの？」

「……っ」

ストレートに踏《ふ》み込《こ》まれて、思《おも》わず息《いき》をのむ。

私《わたし》の力じゃなくて、知識《ちしき》のことを言《い》っているんだって分《わ》かっている。

分《わ》かっているけど、体《からだ》が勝手《かって》に強張《こわば》ってしまう。

（もうこの際《さい》、クラスメイトとか綾小路《あやのこうじ》さんのことは忘《わす》れよう。……私《わたし》は、どうしたいんだろう）

たったあれだけのことで、私《わたし》をこんなに信頼《しんらい》してくれた一条《いちじょう》くんを助《たす》けたい。放《ほう》っておけない。

でも一条《いちじょう》くんたちが素敵《すてき》な人《ひと》だからこそ、本当《ほんとう》のことを言《い》って二人《ふたり》にまで馬鹿《ばか》にされたら……私《わたし》は今度《こんど》こそ立《た》ち直《なお》れないと思《おも》う。

そうぐるぐる考《かんが》えていると、ふわりとなじみのある柔《やわ》らかい香《かお》りが私《わたし》の鼻《はな》をくすぐった。

「一条《いちじょう》、話《はなし》が急《きゅう》すぎる。あと圧《あつ》が強《つよ》い」

「…………あ、アキくん……」

膝《ひざ》の上《うえ》で手《て》を握《にぎ》りしめて固《かた》まる私《わたし》の代《か》わりに、アキくんが取《と》りなしてくれたらしい。

アキくんの険《けわ》しい雰囲気《ふんいき》をぶつけられて、一条《いちじょう》くんがハッとしたように肩《かた》を揺《ゆ》らす。

「……悪《わる》い。焦《あせ》ってて、つい」

素直《すなお》に謝罪《しゃざい》を口《くち》にする一条《いちじょう》くんに、アキくんがため息《いき》をついた。

「少《すこ》しだけ冷静《れいせい》になって考《かんが》える時間《じかん》を貰《もら》える？　普通《ふつう》の友達同士《ともだちどうし》ならともかく、一条家《いちじょうけ》が関《かか》わっているんだよ。すぐに答《こた》えは出《だ》せない」

その言葉《ことば》に、一条《いちじょう》くんは寂《さび》しそうに顔《かお》を曇《くも》らせる。

心《こころ》が痛《いた》むけど、アキくんが時間《じかん》を作《つく》ってくれて正直助《しょうじきたす》かった。

場《ば》の雰囲気《ふんいき》に押《お》されている自覚《じかく》はあるし、力のこともあるから一度落《いちどお》ち着《つ》いて考《かんが》えたい。

「とりあえず、今日《きょう》はこれで先《さき》に帰《かえ》るよ。……こんな状態《じょうたい》のユキちゃんに答《こた》えを出《だ》させるのは、一条《いちじょう》も本意《ほんい》じゃないでしょ？」

「ああ、当然《とうぜん》だ」

本当《ほんとう》は今《いま》すぐにでも探《さが》しに行《い》きたいだろうに、一条《いちじょう》くんはかけらも気《き》にしてないような爽《さわ》やかな笑顔《えがお》を浮《う》かべた。

……言葉《ことば》の節々《ふしぶし》から、焦《あせ》っているのが分《わ》かるのに。

「白鳥《しらどり》も、それでいいよね」

「うん、もちろん」

そう聞《き》くやいなや、アキくんは私《わたし》の手《て》をつかんで立《た》ち上《あ》がる。

「すぐに答《こた》えられなくてごめんなさい。でも、なるべく早《はや》く返事《へんじ》するから！」

「本当《ほんとう》に気負《きお》わなくて構《かま》わないからな。たとえどんな答《こた》えでも、俺《おれ》は七瀬《ななせ》の気持《きも》ちを尊重《そんちょう》するつもりだから」

最後《さいご》にそう言《い》ってくれた一条《いちじょう》くんに頭《あたま》を下《さ》げて、私《わたし》はアキくんと一緒《いっしょ》に部屋《へや》から出《で》る。

そして扉《とびら》が閉《し》まったのを見《み》て、今《いま》さら呼吸《こきゅう》を思《おも》い出《だ》したかのように大《おお》きく息《いき》を吸《す》う。

……肺《はい》に流《なが》れてくる冷《つめ》たい空気《くうき》に、私《わたし》は長《なが》いこと息《いき》を潜《ひそ》めていたことに気《き》が付《つ》いたのだった。

6　私《わたし》の決意《けつい》

帰《かえ》り道《みち》、アキくんは簡単《かんたん》に英蘭会《えいらんかい》のことを教《おし》えてくれた。

ぼんやりとすごくキラキラした人《ひと》たち、というイメージしかなかったけど……どうやらそんな単純《たんじゅん》な世界《せかい》じゃないらしい。

「生徒会《せいとかい》、とはまた違《ちが》うんだよね？」

「同《おな》じ生徒《せいと》をまとめる組織《そしき》だけど、影響力《えいきょうりょく》は桁違《けたちが》いだよ」

そう言《い》うと、アキくんは遠《とお》い目《め》をした。

「英蘭学園《えいらんがくえん》は生徒《せいと》の自主性《じしゅせい》を大事《だいじ》にしているから、英蘭会《えいらんかい》はもう王《おう》さまって感《かん》じ。ほとんどのことを決《き》められるんだよ」

話《はなし》を聞《き》くに、その絶対的《ぜったいてき》な権力《けんりょく》はちゃんと理由《りゆう》があるみたい。

そもそもここは『英蘭学園《えいらんがくえん》を卒業《そつぎょう》すれば就職《しゅうしょく》に困《こま》らない』と言《い》われるほどの名門校《めいもんこう》で、在校生《ざいこうせい》というだけで評価《ひょうか》される。

そんな中《なか》でも、さらに選《え》りすぐりのトップ集団《しゅうだん》が英蘭会《えいらんかい》だ。

つまり英蘭会《えいらんかい》に所属《しょぞく》する生徒《せいと》は断《だん》トツに優《すぐ》れた家柄《いえがら》と財力《ざいりょく》、そして成績《せいせき》を求《もと》められるが、かわりに学園《がくえん》からも特別待遇《とくべつたいぐう》を受《う》けている……ということである。

そりゃあ全生徒《ぜんせいと》が憧《あこが》れるわけだ。一人《ひとり》納得《なっとく》していると、アキくんが声《こえ》のボリュームを落《お》として真剣《しんけん》な顔《かお》をした。

「昔《むかし》のことだけど、英蘭会《えいらんかい》と揉《も》めて退学《たいがく》させられた人《ひと》もいるらしいよ。噂《うわさ》だし、本当《ほんとう》かは怪《あや》しいけど」

「退学《たいがく》って……漫画《まんが》の世界《せかい》みたい」

「まあ、普通《ふつう》に生活《せいかつ》していたらまず関《かか》わらない人《ひと》たちだから、気《き》にしなくてもいいって思《おも》ってたんだけど……」

「あ、あはは……」

しょんもりと肩《かた》を落《お》とすアキくんに、今度《こんど》は私《わたし》が遠《とお》い目《め》をする番《ばん》になった。

しかも一条《いちじょう》くんと白鳥《しらどり》くんはダントツで人気《にんき》があるらしいから、余計《よけい》に気《き》が重《おも》くなる。

採寸式《さいすんしき》にはたくさん生徒《せいと》がいたのに、まさかピンポイントで二人《ふたり》と関《かか》わるなんて。

「それにしても、本当《ほんとう》にすごい人気《にんき》だったね。一条《いちじょう》くんたちって、芸能人《げいのうじん》だったりする？」

「うーん、ぼくはあの二人《ふたり》と仲《なか》がいいわけじゃないから、あんまり詳《くわ》しくないけど」

そう前置《まえお》きをして、アキくんは思《おも》い出《だ》すように一条《いちじょう》くんたちのことを口《くち》にした。

まず、一条家《いちじょうけ》は何百年《なんびゃくねん》と続《つづ》いている古《ふる》い家柄《いえがら》らしい。

なんでもグループ企業《きぎょう》が世界中《せかいちゅう》にあり、元《もと》は有名《ゆうめい》な大名一族《だいみょういちぞく》とのこと。一条《いちじょう》くんはその直系《ちょっけい》の跡取《あとと》りで、初等部《しょとうぶ》に入学《にゅうがく》するなり先輩《せんぱい》を押《お》しのけて一番《いちばん》に人気《にんき》があったようだ。

「いいやつだとは思《おも》うけど……あんなイノシシが文武両道《ぶんぶりょうどう》の貴公子《きこうし》って呼《よ》ばれてるの、本当《ほんとう》にセンスがない」

「イノシシって……」

それから、白鳥《しらどり》くんのお家《うち》は海外《かいがい》で活躍《かつやく》しているＩＴ《アイティー》企業《きぎょう》らしく、お父《とう》さんがその社長《しゃちょう》をやっているみたいだ。

こちらもかなり大《おお》きなグループみたいで、私《わたし》も聞《き》き覚《おぼ》えのあるメーカーがたくさん含《ふく》まれていた。一条《いちじょう》くんより身近《みぢか》にある分《ぶん》、そのスケールの大《おお》きさがよく実感《じっかん》できる。

「あとこれが一番大事《いちばんだいじ》なんだけど、白鳥《しらどり》の話《はなし》は半分冗談《はんぶんじょうだん》でできてるから本気《ほんき》にしないこと！一条《いちじょう》も天然《てんねん》ボケなところがあるから油断《ゆだん》できないよ！」

「それじゃろくに会話《かいわ》できないよ……」

平穏《へいおん》な生活《せいかつ》のためにも、そんな学校中《がっこうじゅう》の女子《じょし》を敵《てき》にしそうなことはできない。

というかそんな失礼《しつれい》なことをしたら、私《わたし》は噂通《うわさどお》りに退学《たいがく》させられるんじゃ……？

「あれ、私《わたし》、二人《ふたり》に失礼《しつれい》な態度《たいど》とってなかった!?　実《じつ》は断《ことわ》る権利《けんり》がなかったりする……？」

蘭《らん》の館《やかた》に限《かぎ》らず、今《いま》までのやり取《と》りを思《おも》い出《だ》してサッと血《ち》の気《け》が引《ひ》く。

「だいじょうぶだよ。お願《ねが》いを断《ことわ》られた程度《ていど》で退学《たいがく》させるなら、まともな人《ひと》じゃないから。そんなやつの頼《たの》みはむしろ断《ことわ》るべき」

バッサリと切《き》り捨《す》てたアキくんの背後《はいご》には、黒《くろ》いオーラのようなものが漂《ただよ》っている。

その迫力《はくりょく》に思《おも》わずうなずけば、アキくんは満足《まんぞく》そうに小《ちい》さく笑《わら》う。

だけど、なぜかすぐに顔《かお》を伏《ふ》せてしまった。ふわふわの髪《かみ》が顔《かお》に陰《かげ》を作《つく》って、表情《ひょうじょう》がよく見《み》えない。

「だからね、あんな話《はなし》は無理《むり》に受《う》けなくていいんだよ。一条《いちじょう》には悪《わる》いけど、どう考《かんが》えてもきな臭《くさ》いし。大切《たいせつ》にされていた物《もの》なのに、半年《はんとし》も見《み》つからないなんて絶対《ぜったい》におかしいよ」

「でも、一条《いちじょう》くんは本当《ほんとう》に困《こま》ってるんじゃないかな。思《おも》い出《で》の物《もの》みたいだし……できるなら、見《み》つけてあげたい」

「一条家《いちじょうけ》にはもうないかもしれないよ？」

「私《わたし》なら、それをハッキリさせられると思《おも》うの。なくなったって確証《かくしょう》があれば、一条《いちじょう》くんも気《き》持《も》ちを整理《せいり》できるかもしれないし」

正直《しょうじき》、探《さが》し物《もの》に関《かん》しては結構自信《けっこうじしん》がある。

今回《こんかい》なら、一条家《いちじょうけ》にいる他《ほか》の付喪神《つくもがみ》に聞《き》いて回《まわ》れば、何《なに》かしらの情報《じょうほう》を得《え》ることはできるはず。

……私《わたし》の力《ちから》を使《つか》えば、『何《なに》も得《え》られない』という結果《けっか》は絶対《ぜったい》に避《さ》けられるんだ。

「ユキちゃんは、手伝《てつだ》うつもりなの？」

バッと顔《かお》を上《あ》げたアキくんは、信《しん》じられないという顔《かお》をしていた。

「……アキくんとおばあちゃん以外《いがい》で、私《わたし》の知識《ちしき》を馬鹿《ばか》にしないで受《う》け入《い》れた人《ひと》は初《はじ》めてなんだ。付喪神《つくもがみ》のことは言《い》ってないけど、それでも本当《ほんとう》に嬉《うれ》しかったの」

アキくんが息《いき》をのむ音《おと》が聞《き》こえる。

だけど私《わたし》の気持《きも》ちを優先《ゆうせん》してくれたのか、その音《おと》が言葉《ことば》になることはなかった。

「ずっとこの力《ちから》のことで悩《なや》んできたけど……まさか人《ひと》の役《やく》に立《た》てるなんて、少《すこ》しも思《おも》わなかった。だから、それを教《おし》えてくれた一条《いちじょう》くんたちにお返《かえ》しをしたいの」

一条《いちじょう》くんは名前《なまえ》も知《し》らない私《わたし》を頼《たよ》るほど困《こま》っているのに、決《けっ》して誤魔化《ごまか》さなかった。

騙《だま》したり、脅《おど》したり、言《い》うことを聞《き》かせる方法《ほうほう》はいくらでもあったのに、真《ま》っ直《す》ぐ事情《じじょう》を伝《つた》えてくれたのだ。

白鳥《しらどり》くんだって本気《ほんき》で一条《いちじょう》くんのことを心配《しんぱい》していても、私《わたし》の気持《きも》ちを尊重《そんちょう》してくれた。

鋭《するど》いし遠慮《えんりょ》のない人《ひと》だけど、無神経《むしんけい》に踏《ふ》み込《こ》んでくるような人《ひと》たちじゃない。

それが、私《わたし》の心《こころ》を揺《ゆ》さぶった。

(二度《にど》と会《あ》えない人《ひと》が遺《のこ》してくれたはずの物《もの》だもん。簡単《かんたん》に諦《あきら》めきられるわけがない)

大事《だいじ》なものをなくすと、自分《じぶん》の体《からだ》に大《おお》きな穴《あな》が開《あ》いたような気持《きも》ちになる。

大切《たいせつ》であればあるほどその穴《あな》は大《おお》きくなり、どこかで切《き》り替《か》えないと飲《の》み込《こ》まれてしまう。

私《わたし》には、それがよくわかる。

「さっきはついあんな態度《たいど》をとっちゃったけど、一条《いちじょう》くんの期待《きたい》に応《こた》えたいって思《おも》ったのも本《ほん》当《とう》だよ。私《わたし》にできることがあるなら、全力《ぜんりょく》でやってみたい」

あんなに期待《きたい》されるのも、頼《たよ》られるのも初《はじ》めてだ。

だから私《わたし》は変《か》わりたいと思《おも》った。

人目《ひとめ》を気《き》にして、我慢《がまん》して周《まわ》りに合《あ》わせるばかりじゃない。

一条《いちじょう》くんたちのように、自信《じしん》を持《も》って自分《じぶん》らしくいたいって。

——もうほとんど迷《まよ》いはなかった。

「明日《あす》、一条《いちじょう》くんたちに力《ちから》のことを話《はな》してみようと思《おも》うの。それでもし、二人《ふたり》が信《しん》じてくれたら、私《わたし》は本気《ほんき》でがんばりたい！」

覚悟《かくご》が伝《つた》わるように、まっすぐアキくんの目《め》を見《み》つめる。

歩《あゆ》みを止《と》めた私《わたし》につられて、アキくんも立《た》ち止《ど》まって私《わたし》を見《み》た。

じっと探《さぐ》るような視線《しせん》に耐《た》えていれば、やがて根《こん》負《ま》けしたアキくんがふっと笑《わら》う。まだどこか不《ふ》安《あん》そうだったけど、仕方《しかた》ないといった様子《ようす》だ。

「……分《わ》かった。ユキちゃんがそう決《き》めたんなら、ぼくは応援《おうえん》するよ」

アキくんは、私《わたし》が小学校《しょうがっこう》の時《とき》に何《なに》があったのかを全部《ぜんぶ》知《し》っている。

辛《つら》い時《とき》、いつも話《はなし》を聞《き》いてくれて、寄《よ》り添《そ》ってくれた一番《いちばん》の友達《ともだち》だからこそ、そう言《い》ってもらえてすごく嬉《うれ》しかった。

「でも、何《なに》か嫌《いや》なことがあったらいつでも言《い》ってねっ！　今度《こんど》こそ力《ちから》になるから」

「いつも力《ちから》になってくれているんだけどなあ」

さっきまでの重苦《おもくる》しい空気《くうき》はなくなり、私《わたし》たちはどちらからともなく小《ちい》さく笑《わら》った。

（一条《いちじょう》くんはどんな答《こた》えでも受《う》け入《い》れるって言《い》ってくれたけど、きっと予想外《よそうがい》なことにびっくりするだろうなあ）

覚悟《かくご》は決《き》めたけど、不安《ふあん》が全部《ぜんぶ》消《き》えるわけじゃない。

……一条《いちじょう》くんたちは、どう思《おも》うのかな？

◇◇◇

翌朝《よくあさ》、私《わたし》はかなり早《はや》い時間《じかん》に目覚《めざ》めてしまった。

昨日《きのう》の今日《きょう》だから、正直学校《しょうじきがっこう》に行《い》くのは気《き》が重《おも》い。

だけど、このまま怯《おび》えて逃《に》げたら小学校《しょうがっこう》のときと何《なに》も変《か》わらない。

（私《わたし》は変《か》わるって決《き》めたんだ！）

いつもより二倍《にばい》は重《おも》い扉《とびら》を開《あ》けて家《いえ》を出《で》ると、外《そと》にはなぜかアキくんが立《た》っていた。

「えっ、アキくん⁉」

驚《おどろ》いて声《こえ》をあげれば、私《わたし》の姿《すがた》に気《き》づいて柔《やわ》らかい笑顔《えがお》で手《て》を振《ふ》ってくれた。

あまりに自然《しぜん》なその姿《すがた》に流《なが》されそうになるが、時間帯《じかんたい》を思《おも》い出《だ》して冷静《れいせい》になる。

今《いま》、六時半《ろくじはん》だよ⁉

「は、早《はや》いんだね……？」

「おはよ〜。一緒《いっしょ》に学校《がっこう》行《い》こ」

アキくんの家《いえ》はもっと先《さき》にあって、私《わたし》の家《いえ》よりずっと学校《がっこう》に近《ちか》い。

(早起《はやお》きして、わざわざ遠回《とおまわ》りして来《き》てくれたんだ)

心配《しんぱい》してくれたのだろう。久《ひさ》しぶりに会《あ》ったのに、私《わたし》は迷惑《めいわく》ばかりかけてしまっている。

申《もう》し訳《わけ》なさでいっぱいになる私《わたし》をよそに、アキくんは楽《たの》しそうに微笑《ほほえ》んだ。

「今日《きょう》は早《はや》く家《いえ》を出《で》るかなって思《おも》ったけど、当《あ》たってよかった」

「よくないよ！　こんな朝早《あさはや》くに……寒《さむ》かったでしょ」

四月《しがつ》とはいえ、朝《あさ》はまだまだ寒《さむ》い。

顔《かお》を曇《くも》らせる私《わたし》に、アキくんが頬《ほお》を膨《ふく》らませた。

「ぼくがやりたくて勝手《かって》にしたことなんだから、気《き》にしないで。こうやって一緒《いっしょ》に登下校《とうげこう》できるの、本当《ほんとう》に嬉《うれ》しいんだよ」

「それならせめて家《いえ》に入《はい》ってきてよ……」

「おばさんたちを起《お》こしちゃうよ。朝《あさ》の六時半《ろくじはん》だもん」

「アキくんがそれ言《い》うの……？」

早起《はやお》きをしている張本人《ちょうほんにん》の言葉《ことば》に、思《おも》わず半目《はんめ》になる。

「とにかく、次《つぎ》は絶対《ぜったい》に連絡《れんらく》してね。約束《やくそく》だよ」

「はーい」

眉《まゆ》を吊《つ》り上《あ》げてそう言《い》えば、アキくんはなぜか嬉《うれ》しそうに笑《わら》った。

(本当《ほんとう》に反省《はんせい》しているのかな……私《わたし》だって同《おな》じくらい心配《しんぱい》なのに)

ため息《いき》をついて、アキくんと一緒《いっしょ》に学校《がっこう》に向《む》かう。

途中《とちゅう》で昨日《きのう》の話《はなし》になったけど、そこで私《わたし》は一条《いちじょう》くんたちの連絡先《れんらくさき》を知《し》らないことに気付《きづ》いてしまった。

「どうしよう……いつまでに話《はな》すって決《き》めてないし、直接《ちょくせつ》A組《エーぐみ》に行《い》かなきゃいけない……？」

あの注目《ちゅうもく》をもう一度《いちど》、って考《かん》えるだけで足《あし》が重《おも》い。

頭《あたま》を抱《かか》える私《わたし》に、アキくんがそういえばと口《くち》を開《ひら》いた。

「あの二人《ふたり》なら、この時間《じかん》は蘭《らん》の館《やかた》にいると思《おも》うよ。特《とく》に一条《いちじょう》はおじいちゃん並《な》みに朝早《あさはや》いし、女子《じょし》に囲《かこ》まれる前《まえ》にさっさと登校《とうこう》して蘭《らん》の館《やかた》に引《ひ》きこもってるから」

「え、そうなの？」

「逆《ぎゃく》に白鳥《しらどり》はいつも遅刻《ちこく》ギリギリだけどね。でも、今日《きょう》くらいは早《はや》めに来《き》るんじゃない？」

なんで、とは聞《き》かなかった。

どう考《かんが》えても、私《わたし》の返事《へんじ》を待《ま》っているからに違《ちが》いないもの。

「それにあいつらは車《くるま》の送迎《そうげい》があるから、ぼくたちより登校《とうこう》が楽《らく》だし。なんなら、ぼくたちの入館許可《にゅうかんきょか》も取《と》ってるんじゃない？」

「ずいぶん詳《くわ》しいんだね？」

「目立《めだ》つから、嫌《いや》でもライフスタイルとかが耳《みみ》に入《はい》ってくるんだよ。一条《いちじょう》とか特《とく》に単純《たんじゅん》で分《わ》かりやすいし、予想《よそう》しやすいというのもあるけど」

嫌《いや》そうに顔《かお》をしかめるアキくんの言葉《ことば》を信《しん》じて、私《わたし》は気持《きも》ちを固《かた》めた。

「……最初《さいしょ》に、蘭《らん》の館《やかた》に寄《よ》ってみてもいい？」

「もちろん。こうなったら、ぼくも最後《さいご》まで付《つ》き合《あ》うよ！」

朝早《あさはや》いということもあって、校舎《こうしゃ》には誰《だれ》もいなかった。

昨日始業式《きのうしぎょうしき》をやったばかりだから、朝練《あされん》をしている生徒《せいと》の影《かげ》もない。

(誰《だれ》もいなくてラッキー！)

綾小路《あやのこうじ》さんに怪《あや》しまれそうだから、私《わたし》たちは荷物《にもつ》を持《も》ったまま蘭《らん》の館《やかた》に向《む》かうことにした。

アキくんの道案内《みちあんない》で昨日《きのう》も使《つか》った個室《こしつ》の前《まえ》まで来《く》ると、まるでタイミングを計《はか》っていたかのようにドアが開《ひら》いた。

「おはよう、七瀬《ななせ》。それに秋兎《あきと》も」

私《わたし》たちの姿《すがた》を目《め》にすると、一条《いちじょう》くんは朗《ほが》らかな笑顔《えがお》で中《なか》に入《い》れてくれた。

(わ、アキくんの言《い》う通《とお》りだ。蘭《らん》の館《やかた》にもすんなり入《はい》れたし、ずっと待《ま》っててくれていたんだ)

緊張《きんちょう》しながら部屋《へや》の中《なか》に入《はい》れば、白鳥《しらどり》くんが奥《おく》のソファーを独占《どくせん》して寝転《ねころ》がっているのが見《み》えた。元気《げんき》そうな一条《いちじょう》くんとは真逆《まぎゃく》で、ほとんど寝《ね》ているようだ。

「人《ひと》の気配《けはい》を感《かん》じたから開《あ》けたんだが、正解《せいかい》だったみたいだな！」

「ひ、人《ひと》の気配《けはい》……？」

武士《ぶし》かな。

「蘭《らん》の館《やかた》は全部屋《ぜんへや》防音《ぼうおん》だったような気《き》がするけど」

信《しん》じられないといった様子《ようす》のアキくんに、物音《ものおと》で起《お》きたらしい白鳥《しらどり》くんが答《こた》えた。

「ソウの人外身体能力《じんがいしんたいのうりょく》は今《いま》に始《はじ》まったことじゃないでしょ」

白鳥《しらどり》くんは眠《ねむ》そうに目《め》をこすりながら、ゆったりと体《からだ》を起《お》こす。

それを横目《よこめ》にしながら、私《わたし》たちは昨日《きのう》と同《おな》じ配置《はいち》で座《すわ》った。妙《みょう》な緊張感《きんちょうかん》が走《はし》る。

「昨日《きのう》はちゃんと返事《へんじ》できなくてごめんなさい」

先《さき》に口《くち》を開《ひら》いたのは私《わたし》だ。

二人《ふたり》は驚《おどろ》いたように目《め》を丸《まる》くする。

「いや、突然変《とつぜんへん》な話《はなし》をしたのは……」

「頼《たよ》ってもらえたのは凄《すご》く嬉《うれ》しい。でも答《こた》えを出《だ》す前《まえ》に、二人《ふたり》に話《はな》さないといけないことがあるの」

一条《いちじょう》くんの言葉《ことば》を遮《さえぎ》っていたことにも気《き》づかず、一気《いっき》に言《い》い切《き》って頭《あたま》を下《さ》げる。

驚《おどろ》く一条《いちじょう》くんたちを視界《しかい》の隅《すみ》に捉《とら》えながら、私《わたし》はゆっくりと顔《かお》を上《あ》げた。

決心《けっしん》が鈍《にぶ》る前《まえ》に、私《わたし》は昔《むかし》の事《こと》をぼかしながら力についての説明《せつめい》した。

(自分《じぶん》のことながら、物《もの》に宿《やど》った付喪神《つくもがみ》が視《み》えて話《はな》せるって、意味《いみ》わかんないよね……)

話《はな》していくうちに冷静《れいせい》になっていって、だんだんしりすぼみになっていく。

一条《いちじょう》くんは本気《ほんき》で困《こま》っていたのに、突然《とつぜん》こんな話《はな》されたら戸惑《とまど》うだろう。

白鳥《しらどり》くんはオカルトなんて信《しん》じてなさそうだし、ふざけるなって怒《おこ》るかもしれない。

(ううん。それでも、私《わたし》は全部《ぜんぶ》打《う》ち明《あ》けるって決《き》めたんだ)

震《ふる》えそうになる声《こえ》を気合《きあい》で押《お》さえて、私《わたし》は言葉《ことば》を続《つづ》ける。

「――だからこの間《あいだ》の事件《じけん》も、本当《ほんとう》は付喪神《つくもがみ》に力《ちから》を貸《か》して貰《もら》ったんだ。隠《かく》しててごめんなさい。あ、信《しん》じられなくても、私《わたし》はぜんぜん気《き》にしないよ！　なんだったらこの話忘《はなしわす》れるし！」

気《き》に病《や》まないように、なるべく明《あか》るくそう付《つ》け加《くわ》える。

……部屋《へや》を満《み》たす沈黙《ちんもく》が耳《みみ》に痛《いた》い。

永遠《えいえん》にも思《おも》えるような時間《じかん》をじっとこらえていると、一条《いちじょう》くんが小刻《こきざ》みに震《ふる》えていることに気《き》がついた。やはり、怒《おこ》らせてしまったのかな。

「…………す」

「……？」

だけど恐《おそ》る恐《おそ》る一条《いちじょう》くんの顔色《かおいろ》を窺《うかが》えば、なぜか輝《かがや》くような笑顔《えがお》がそこにあった。

「すごいな!!　あんなに知識《ちしき》があるのに、付喪神《つくもがみ》まで見《み》えるんなら最強《さいきょう》じゃないか!?」

「――えっ？」

目《め》を輝《かがや》かせながら私《わたし》の両肩《りょうかた》をバシバシと叩《たた》く一条《いちじょう》くんは、すごいすごいと何度《なんど》も繰《く》り返《かえ》している。私《わたし》の言葉《ことば》を疑《うたが》っている様子《ようす》は全《まった》くない。

(うそ……信《しん》じてくれたの……？)

今度《こんど》は白鳥《しらどり》くんに視線《しせん》を向《む》けると、目《め》を丸《まる》くしてとても面白《おもしろ》い顔《かお》をしていた。驚《おどろ》いた猫《ねこ》のようで、だけど一条《いちじょう》くんと同《おな》じく悪《わる》い感情《かんじょう》はないように見《み》える。

本当《ほんとう》に、二人《ふたり》とも私《わたし》を疑《うたが》っている様子《ようす》がない。

あまりにもあっさりと信《しん》じてくれて、逆《ぎゃく》に不安《ふあん》になってしまうくらいだ。だって、何《なに》が起《お》こっているのか全《まった》く分《わ》からない。

「……嘘《うそ》だって思《おも》わないの？」

思《おも》わずそう問《と》いかければ、一条《いちじょう》くんは肩《かた》を跳《は》ねさせるようにして驚《おどろ》いた。

「え、嘘《うそ》なのか!?」

「違《ちが》う！　違《ちが》うけど……付喪神《つくもがみ》だよ？　そんな現実味《げんじつみ》のない話《はなし》、簡単《かんたん》に信《しん》じられるわけないじゃん」

少《すく》なくとも小学校《しょうがっこう》のころは誰《だれ》も信《しん》じてくれなかった。

だけど、一条《いちじょう》くんはむしろ不思議《ふしぎ》そうな表情《ひょうじょう》を浮《う》かべている。

「でも、君《きみ》にとっては当《あ》たり前《まえ》の存在《そんざい》なんだろ？　そりゃあ、俺《おれ》だって突然《とつぜん》言《い》われたら驚《おどろ》くと思《おも》うが、あのときの七瀬《ななせ》を見《み》ているからな！　桜二《おうじ》もそう思《おも》うだろ？」

「……ん。すごい話《はなし》だけど、オレもユキが嘘《うそ》をついてるって思《おも》わないかな。そんなタイプに見《み》えないし」

さりげなく流《なが》し目《め》を送《おく》られて、ドキリとする。

なんとなく白鳥《しらどり》くんから目《め》をそらすと、昨日《きのう》と少《すこ》しも変《か》わらない目《め》をした一条《いちじょう》くんが太陽《たいよう》のように笑《わら》って見《み》せた。

「七瀬《ななせ》の目《め》には負《ま》けるけど、俺《おれ》の人《ひと》を見《み》る目《め》だってなかなかだぞ？」

その言葉《ことば》に、鼓動《こどう》が速《はや》くなる。

夢《ゆめ》に描《えが》いていた展開《てんかい》よりもずっと素敵《すてき》な結果《けっか》で、胸《むね》がいっぱいになった。

私《わたし》、こんな素敵《すてき》な人《ひと》たちに認《みと》めてもらえたんだ……！

「ところで七瀬《ななせ》、そんな大事《だいじ》な話《はなし》をしてくれたってことは——期待《きたい》してもいいのか？」

「——うん、私《わたし》も一緒《いっしょ》に寄木細工《よせぎざいく》を探《さが》すよ。精一杯頑張《せいいっぱいがんば》るね！」

大《おお》きくうなずくと、一条《いちじょう》くんはホッとしたように息《いき》をついた。

一方《いっぽう》、すっかりいつもの調子《ちょうし》に戻《もど》った白鳥《しらどり》くんは、アキくんに挑発的《ちょうはつてき》な笑《え》みを向《む》けた。

「――で、ユキはああ言《い》ってるけど、秋兎《あきと》はどーする？　ちなみに、人手《ひとで》が増《ふ》えるのは大歓迎《だいかんげい》だよ」

静《しず》かに成《な》り行《ゆ》きを見守《みまも》っていたアキくんは、その言葉《ことば》に盛大《せいだい》に眉《まゆ》をひそめた。

見《み》るからに嫌《いや》そうな表情《ひょうじょう》に、白鳥《しらどり》くんが小《ちい》さく噴《ふ》き出《だ》す。

「ははっ、そんな顔《かお》すんなって。どうせ最初《さいしょ》から仲間《なかま》になるつもりだったよね？」

その答《こた》えなど分《わ》かりきっていると言《い》わんばかりの態度《たいど》に、アキくんは不満《ふまん》そうにしつつも頷《うなず》く。

「――もちろん、ぼくも参加《さんか》するよ。一条《いちじょう》も、いいんだよね？」

窺《うかが》うように尋《たず》ねるアキくんに、一条《いちじょう》くんは朗《ほが》らかに頷《うなず》いた。

「ああ！　芸術特待生《げいじゅつとくたいせい》の秋兎《あきと》がいてくれるなら心強《こころづよ》い！」

その返事《へんじ》に、私《わたし》も思《おも》わずホッとする。

一人《ひとり》はやっぱり心細《こころぼそ》いから、アキくんがいてくれるのは嬉《うれ》しい。

「よし。そうと決《き》まれば、一回話《いっかいはなし》を整理《せいり》しよっか」

7 なんちゃって鑑定団《かんていだん》、始動《しどう》！

話《はな》し合《あ》いが一段落《ひとだんらく》したのを確認《かくにん》して、白鳥《しらどり》くんはパンと手《て》を叩《たた》いて注意《ちゅうい》を集《あつ》めた。

その前《まえ》には、いつの間《ま》にかノートパソコンが用意《ようい》されている。

「話《はなし》が大《おお》きくなりそうだからさ、昨日《きのう》のうちに資料《しりょう》をまとめておいたんだ。っていうか、ソウから渡《わた》された資料《しりょう》が全部腐《ぜんぶくさ》りかけの紙《かみ》だったんだけど。本当《ほんとう》に信《しん》じられない」

「うちは紙保存《かみほぞん》が基本《きほん》なんだ。旧家《きゅうか》のアナログ志向《しこう》は根強《ねづよ》いぞ」

二人《ふたり》の気安《きやす》いやり取《と》りを横目《よこめ》に、アキくんはパソコンを覗《のぞ》き込《こ》む。

「うわ、結構作《けっこうつく》りこんでる……断《ことわ》られる可能性《かのうせい》を考慮《こうりょ》してないの？　昨日《きのう》の今日《きょう》でしょ」

「オレってば天才《てんさい》だから、これくらいすぐに作《つく》れちゃうの。ま、それだけ期待《きたい》してたってことで」

白鳥《しらどり》くんはそう言《い》いながら、パソコンと部屋《へや》にあるプロジェクターを繋《つな》げる。

そしてスクリーンを天井《てんじょう》から下《お》ろすと、カーテンを閉《し》めて部屋《へや》の電気《でんき》を消《け》した。

一瞬《いっしゅん》のラグのあと、映《うつ》された画面《がめん》には見《み》たことのないアプリが立《た》ち上《あ》がっていた。

（えっ、なんで私《わたし》たちの名前《なまえ》があるの!?）

画面《がめん》にデカデカと表記《ひょうき》された『鑑定品《かんていひん》：寄木細工《よせぎざいく》』という見出《みだ》しも気《き》になるが、その下《した》には私《わたし》たちの名前《なまえ》があったのだ。

それも『リーダー：一条颯馬《いちじょうそうま》、書記兼経営顧問《しょきけんけいえいこもん》：白鳥桜二《しらどりおうじ》、専属鑑定士《せんぞくかんていし》：七瀬雪乃《ななせゆきの》、技術顧問《ぎじゅつこもん》：三葉秋兎《みつばあきと》』とそれぞれに謎《なぞ》の肩書《かたがき》がついている。

……これ、まさか白鳥《しらどり》くんが名付《なづ》けたのかな。

「何《なに》、この全体的《ぜんたいてき》に愉快《ゆかい》な構成《こうせい》。白鳥《しらどり》、これ深夜《しんや》テンションで作《つく》ったでしょ」

作《つく》った？

何度《なんど》も聞《き》く言葉《ことば》に首《くび》を傾《かし》げる私《わたし》に、アキくんが説明《せつめい》してくれた。

「白鳥《しらどり》は機械《きかい》いじりが趣味《しゅみ》なんだよ。プログラム系《けい》も得意《とくい》で、こういう管理《かんり》アプリとかも作《つく》れるの」

「じゃあ、これは自作《じさく》ってこと!?」

「ついさっき『付喪神《つくもがみ》の証言《しょうげん》』って項目《こうもく》を追加《ついか》してたから、間違《まちが》いないと思《おも》う」

驚《おどろ》いて白鳥《しらどり》くんを見《み》れば、パチリとウィンクが返《かえ》ってきた。実《じつ》に様《さま》になっている。

「無計画《むけいかく》に探《さが》して痛《いた》い目《め》にあったからね、この機会《きかい》にちゃんとしようって思《おも》ったんだ。それに、なんだか探偵団《たんていだん》みたいでワクワクしない？　……いや、この場合《ばあい》は鑑定団《かんていだん》かな？」

「そっちのが本音《ほんね》だよね」

「ははっ、情報《じょうほう》は慎重《しんちょう》に扱《あつか》うから安心《あんしん》してよ」

楽《たの》しそうに笑《わら》う白鳥《しらどり》くんに、アキくんは苦虫《にがむし》を百匹《ひゃっぴき》くらいかみつぶしたような顔《かお》をした。

何《なに》を言《い》っても効果はないと察《さっ》したのだろう。

一条《いちじょう》くんも満足《まんぞく》そうにしているし、残念《ざんねん》ながらこの肩書《かたがき》が変《か》わることはないだろう。

かくいう私《わたし》も、実《じつ》はちょっと気《き》に入《い》っていたりする。

(鑑定士《かんていし》に憧《あこが》れているから、こんな形《かたち》でもそう思《おも》ってもらえるのは嬉《うれ》しいかも)

もう不満《ふまん》が出《で》ないのを確認《かくにん》した後《あと》、白鳥《しらどり》くんは『資料《しりょう》』というアイコンをクリックして画面《がめん》を変《か》えた。

「さて、そろそろ記念《きねん》すべき第一回《だいいっかい》ミーティングを始《はじ》めるよ。進行《しんこう》は書記《しょき》のオレに任《まか》せて」

意外《いがい》にもノリノリの白鳥《しらどり》くんはそう言《い》うと、パソコンを操作《そうさ》しつつ説明《せつめい》をしてくれた。

「まず、オレらの目的《もくてき》は寄木細工《よせぎざいく》の行方《ゆくえ》を探《さが》すこと。なくなってから半年《はんとし》も経《た》つから、見《み》つからない可能性《かのうせい》も十分《じゅうぶん》にあると思《おも》う。それはオレもソウも分《わ》かってるつもり」

一条《いちじょう》くんも同意《どうい》するように頷《うなず》く。

「俺《おれ》は寄木細工《よせぎざいく》がどうなったのか、その行方《ゆくえ》を知《し》りたいんだ。本当《ほんとう》にひいばあちゃんが処分《しょぶん》したならいいが、盗《ぬす》まれていたら取《と》り返《かえ》したい」

「という感《かん》じで、最初《さいしょ》は普通《ふつう》に探《さが》すつもり。盗《ぬす》まれたってことになったら、またその時《とき》に考《かんが》え直《なお》すよ」

二人《ふたり》の話《はなし》にうなずく。ここまでは聞《き》いていた話《はなし》だ。

「それで問題《もんだい》の寄木細工《よせぎざいく》なんだけど、秘密箱《ひみつばこ》って言《い》われるタイプなんだって。二人《ふたり》ともわかる？」

「うん、私《わたし》は見《み》たことあるよ」

「ぼくも」

寄木細工《よせぎざいく》はいろんな木《き》を組《く》み合《あ》わせて、種類《しゅるい》による色《いろ》の違《ちが》いで模様《もよう》を表現《ひょうげん》した工芸品《こうげいひん》だ。中《なか》でも秘密箱《ひみつばこ》というのは、いろんな仕掛《しか》けが施《ほどこ》されている箱型《はこがた》のものを指《さ》す。中《なか》には物《もの》をしまっておけるスペースがあって、開《あ》けるには決《き》まった手順《てじゅん》で操作《そうさ》する必要《ひつよう》があるのだ。

ちょっとしたパズル要素《ようそ》を楽《たの》しむ物《もの》がほとんどだけど、中《なか》には仕掛《しか》けがすごく難《むずか》しくて、作《つく》った人《ひと》にしか分《わ》からないものもあるんだよね。

「なら話《はなし》は早《はや》いね。これが千代《ちよ》さんの寄木細工《よせぎざいく》の写真《しゃしん》なんだけど……」

白鳥《しらどり》くんが画面《がめん》を変《か》えると、五十歳《ごじゅうさい》くらいの女性《じょせい》が小《ちい》さな箱《はこ》を持《も》っている写真《しゃしん》がスクリーンに表示《ひょうじ》された。

紺色《こんいろ》の着物《きもの》がよく似合《にあ》う、凛々《りり》しい雰囲気《ふんいき》の人《ひと》だ。

どことなく一条《いちじょう》くんと似《に》ている彼女《かのじょ》が千代《ちよ》さんなのだろう。

「いろいろ探《さが》してみたんだが、こんな古《ふる》い写真《しゃしん》しか出《で》てこなかったんだ。寄木細工《よせぎざいく》が小《ちい》さいけど、見《み》えにくくて申《もう》し訳《わけ》ない……」

申《もう》し訳《わけ》なさそうに肩《かた》を落《お》とす一条《いちじょう》くんの言葉通《ことばどお》り、写真《しゃしん》は千代《ちよ》さんをメインに撮《と》ったものだ。

その手《て》に持《も》っているのが問題《もんだい》の寄木細工《よせぎざいく》だと思《おも》うけど、小道具《こどうぐ》のような形《かたち》で写《うつ》っている。

(昔《むかし》って気軽《きがる》に写真《しゃしん》を撮《と》れないから、物《もの》だけを記《き》録《ろく》している写真《しゃしん》はないよね。貴重《きちょう》な骨董品《こっとうひん》でもないみたいだし、仕方《しかた》ない)

写真《しゃしん》をじっと見《み》つめてみるが、小《ちい》さすぎて細《こま》かいところまで分《わ》からない。

白鳥《しらどり》くんが拡大《かくだい》してくれたが、古《ふる》い写真《しゃしん》だから画質《がしつ》の劣化《れっか》が酷《ひど》い。少《すこ》し修正《しゅうせい》してくれているみたいだけど、細《こま》かい模様《もよう》はよく見《み》えないままだ。

「ふぅん、意外《いがい》と小《ちい》さいんだ」

「俺《おれ》の感覚《かんかく》だと十《じゅっ》センチくらいの四角《しかく》い箱《はこ》で、仕掛《しか》けを二十回動《にじゅっかいうご》かせば開《ひら》くものだ」

「二十回《にじゅっかい》か……結構複雑《けっこうふくざつ》なんだね」

動《うご》かす回数《かいすう》だけではなく、仕掛《しか》けの複雑《ふくざつ》さも考《かんが》えると……結構珍《けっこうめずら》しい物《もの》のような気《き》がする。

同《おな》じことを考《かんが》えたらしいアキくんが目《め》を細《ほそ》めて画面《がめん》を睨《にら》んでいる。

「うーん、ぼやけてて模様《もよう》がよく見《み》えないなぁ。制作工房《せいさくこうぼう》とか、他《ほか》に情報《じょうほう》ないの？」

「……悪《わる》い。俺《おれ》に分《わ》かる情報《じょうほう》はこれだけだ。こうなると分《わ》かっていたら、もっとひいばあちゃんから話《はなし》を聞《き》いておくべきだったな」

残念《ざんねん》だけど、仕方《しかた》ないか。

こういう工芸品《こうげいひん》が好《す》きとか、興味《きょうみ》を持《も》っていないとわざわざ聞《き》かないところだもの。

「ユキはどう思《おも》う？」

「私《わたし》も分《わ》からないかも。付喪神《つくもがみ》も、直接《ちょくせつ》じゃないと視《み》えないから」

「ま、そう虫《むし》のいい話《はなし》はないか」

白鳥《しらとり》くんは特《とく》にがっかりしていないようで、少《すこ》し安心《あんしん》する。

でも鑑定士《かんていし》を任《まか》された以上《いじょう》、何《なに》かの情報《じょうほう》は見《み》つけ出《だ》したいところ。

私《わたし》は気《き》を取《と》り直《なお》して、じっと目《め》を凝《こ》らして写真《しゃしん》を観察《かんさつ》する。

「普通《ふつう》に売《う》っているこのサイズの寄木細工《よせぎざいく》と比《くら》べると、仕掛《しか》けの回数《かいすう》が多《おお》い気《き》がする。これって、特注品《とくちゅうひん》だったりするのかな」

「仕掛《しか》けの回数《かいすう》？」

「これくらいのサイズなら、仕掛《しか》けは少《すく》ない……えっと、五回以下《ごかいいか》の物《もの》が多《おお》いんだ」

もっと大《おお》きい箱《はこ》なら二十回《にじゅっかい》は決《けっ》して珍《めずら》しくない回数《かいすう》だけど、手乗《ての》りサイズの寄木細工《よせぎざいく》にそれほどの仕掛《しか》けを作《つく》るのは大変《たいへん》な作業《さぎょう》だ。

「でも、この寄木細工《よせぎざいく》は二十回《にじゅっかい》も動《うご》かせるんだよね？　ぼやけた写真《しゃしん》でも模様《もよう》がたくさん入《はい》っているのは分《わ》かるし、すごく手間《てま》をかけていると思うよ」

「特注品《とくちゅうひん》か……ああ、ひいじいちゃんならやるな」

心当《こころあ》たりはあったみたいで、一条《いちじょう》くんはハッとしたように頷《うなず》いた。

(最初《さいしょ》のプレゼントって言《い》ってたから、気合《きあい》が入《はい》っててもおかしくないよね)

だけど、これ以上写真《いじょうしゃしん》から得《え》られる情報《じょうほう》はなさそうだ。

……さっそく行《い》き詰《づ》まってしまった。

「俺《おれ》が見《み》つけた写真《しゃしん》はこれだけだし、やっぱり資料《しりょう》だけじゃ限界《げんかい》があるな」

暗《くら》くなる空気《くうき》を変《か》えるように、一条《いちじょう》くんは声《こえ》をあげた。

白鳥《しらどり》くんもパソコンを操作《そうさ》しながら、それに頷《うなず》く。

「そもそも半年《はんとし》も見《み》つからなかった物《もの》だからねえ。いきなり上手《うま》くいかないよ。やっぱり実際《じっさい》に動《うご》いてみないとだめかも」

あんな小《ちい》さい寄木細工《よせぎざいく》じゃ、他《ほか》の荷物《にもつ》に埋《う》もれていたら簡単《かんたん》に見《み》つからないだろう。

しかも今《いま》は倉庫整理《そうこせいり》で頻繁《ひんぱん》に配置《はいち》が変《か》わっているというし。

自信満々《じしんまんまん》で引《ひ》き受《う》けちゃったけど、ちゃんと見《み》つけられるかな。

「よし！　七瀬《ななせ》、秋兎《あきと》、桜二《おうじ》。今週土曜《こんしゅうどよう》……日曜《にちよう》でもいい、どっちか空《あ》いてるか？」

進展《しんてん》がないまま一時間目《いちじかんめ》の時間《じかん》が迫《せま》ってくる中《なか》、一条《いちじょう》くんはそう切《き》り出《だ》した。

「えっ、私《わたし》はどっちも空《あ》いてるけど……」

「ぼくも。でもできれば土曜《どよう》の方《ほう》がいいかな。体力使《たいりょくつか》いそうだし、日曜《にちよう》だと月曜日辛《げつようひつら》いかも」

突然変《とつぜんか》わった話《はなし》の流《なが》れについていけなくて首《くび》をかしげる。

反射《はんしゃ》で答《こた》えたが、休日《きゅうじつ》の予定《よてい》を聞《き》いてどうするつもりなんだろう。

「わかった、それじゃあ土曜日《どようび》の朝九時《あさくじ》に蘭《らん》の館《やかた》に来《き》てくれ。俺《おれ》の家《いえ》に案内《あんない》するぞ」

「……へっ⁉」

俺《おれ》の家《いえ》って、一条《いちじょう》くんの家《いえ》⁉　案内《あんない》するって、行《い》くの？　私《わたし》が⁉

ぎょっとする私《わたし》に、一条《いちじょう》くんは心《こころ》の底《そこ》から不思議《ふしぎ》そうな顔《かお》をした。

「何驚《なにおどろ》いてるんだ？　俺《おれ》の家《いえ》でなくなった物《もの》を探《さが》すんだから、俺《おれ》の家《いえ》に来《く》るのは当然《とうぜん》だろ？」

確《たし》かにその通《とお》りなんだけれどもっ！

(だとしてもいきなり同級生《どうきゅうせい》の女《おんな》の子《こ》を家《いえ》に呼《よ》ぶかな⁉　知《し》り合《あ》ったばかりだよ⁉)

助《たす》けを求《もと》めてアキくんに視線《しせん》を投《な》げると、アキくんは小声《こごえ》で耳打《みみう》ちしてくれた。

「ユキちゃん、一条《いちじょう》は トップ企業《きぎょう》の嫡男《ちゃくなん》だよ。行事《ぎょうじ》やパーティーで頻繁《ひんぱん》に家《いえ》に人《ひと》が来《く》るから、ぼくたちとは感覚《かんかく》が違《ちが》うの」

(耳元《みみもと》でしゃべられるとくすぐったい……)

でもアキくんの言《い》い分《ぶん》は分《わ》かる。分《わ》かるけど……！

「ところで、七瀬《ななせ》はどうやって探《さが》すつもりだったんだ？」

戸惑《とまど》っている私《わたし》に、一条《いちじょう》くんが声《こえ》をかける。

「一条《いちじょう》くんに持《も》ってきてもらった骨董品《こっとうひん》を見《み》て、いろんな付喪神《つくもがみ》から話《はなし》を聞《き》いていくつもりだったんけど……」

「何往復《なんおうふく》させる気《き》だ。効率悪《こうりつわる》いし、俺《おれ》には付喪神《つくもがみ》が見《み》えないから、ハズレを持《も》ってくることだってあるだろ」

うっ。

家《いえ》に行《い》くという選択肢《せんたくし》なんて考《かんが》えたこともなかったから、とっさにいい考《かんが》えが浮《う》かばない。

おろおろと視線《しせん》を彷徨《さまよ》わせていると、一条《いちじょう》くんは少《すこ》し呆《あき》れたように続《つづ》けた。

「付喪神《つくもがみ》が宿《やど》る条件《じょうけん》って、百年間大事《ひゃくねんかんだいじ》にされることだろ。でもたいてい、そういうのは価値《かち》がある物《もの》でもある。一《ひと》つ二《ふた》つならともかく、そう何個《なんこ》も学校《がっこう》に持《も》ってこれないぞ」

一《ひと》つ二《ふた》つなら持《も》ち出《だ》せるんだという言葉《ことば》を心《こころ》の底《そこ》にしまった。

一条《いちじょう》くんの言《い》う通《とお》りだったからだ。

「大《おお》きな家《いえ》だけど、一条家《いちじょうけ》は怖《こわ》いところじゃないから安心《あんしん》してくれ。友人《ゆうじん》に変《へん》なルールを押《お》し付《つ》けるつもりもないから、そんなに心配《しんぱい》するな」

「うんうん、ソウの家《いえ》は意外《いがい》と気《き》を遣《つか》うような場所《ばしょ》じゃないよ」

そういう問題《もんだい》じゃないんだけど、また別方面《べつほうめん》で気《き》になる言葉《ことば》が聞《き》こえてしまった。

変《へん》なルールって何《なに》……？

沈黙《ちんもく》を肯定《こうてい》と受《う》けとったのか、言葉《ことば》を失《うしな》っている私《わたし》を置《お》いて話《はなし》はどんどん進《すす》んでいく。

「当日《とうじつ》の捜索《そうさく》メンバーはここにいる四人《よにん》。俺《おれ》、桜二《おうじ》、それから七瀬《ななせ》と秋兎《あきと》だな」

「行《い》くからにはちゃんと手伝《てつだ》うけど、ぼくはあんまり戦力《せんりょく》になれないよ」

「何《なに》を言《い》ってるんだ。俺《おれ》は秋兎《あきと》の芸術《げいじゅつ》センスを頼《たよ》りにしてるんだぞ」

「本音《ほんね》は？」

「人手《ひとで》が欲《ほ》しい」

切実《せつじつ》な問題《もんだい》だった。

一条《いちじょう》くんのお家《うち》、話《はなし》を聞《き》いてるだけでも広《ひろ》いって分《わ》かるもんね。

「……ぼく、ユキちゃんのお手伝《てつだ》いだけするつもりだったんだけど」

「それ、オレたちの手伝《てつだ》いと同《おな》じじゃない？」

私《わたし》もそう思《おも》う。

だけどアキくんの中《なか》では明確《めいかく》に差《さ》があるようで、しっかりと頷《うなず》いて見《み》せた。

「違《ちが》うよ。というか、一条《いちじょう》の家《いえ》でユキちゃんを一人《ひとり》にしたくないんだけど」

「へえ、アキは意外《いがい》と過保護《かほご》なんだ？」

「そういうところなんだけど……って、何《なに》その呼《よ》び方《かた》。急《きゅう》に距離《きょり》を詰《つ》めてこないで」

「何《なに》って、仲間《なかま》になった記念《きねん》？　休日《きゅうじつ》に遊《あそ》ぶ仲《なか》になったし、一人《ひとり》だけあだ名《な》じゃないのはさみしーかなって」

「いやまったく」

にやにやと笑《わら》う白鳥《しらどり》くんに、アキくんは地面《じめん》に落《お》ちたセミを見《み》るような視線《しせん》を向《む》けた。

「それに、ぼくたちは探《さが》し物《もの》を見《み》つけに行《い》くのであって、遊《あそ》びじゃなくてどちらかというと仕《し》事《ごと》だよ。あと一《いち》ミリもさみしくないから今《いま》すぐ適切《てきせつ》な距離《きょり》をとって友達《ともだち》じゃないんだから」

（わ、わあ……さみしくないことを強調《きょうちょう》して二回《にかい》も言《い》った）

一息《ひといき》で言《い》い切《き》ったアキくんに、白鳥《しらどり》くんはすんっと真顔《まがお》になる。

「ふうん。オレは友達《ともだち》じゃないやつの言《い》うことなんて、聞《き》きたくないなあ。そういうことでこれからよろしくね、アキ？」

「今決《いまき》めた。ぼくは一生《いっしょう》おまえの友達《ともだち》にならない」

ぐっと眉《まゆ》をひそめたアキくんに、からっと表情《ひょうじょう》を変《か》えた白鳥《しらどり》くんは声《こえ》をあげて笑《わら》う。

「桜二《おうじ》、あんまり人《ひと》をからかうな」

空気《くうき》が悪《わる》くなる前《まえ》に一条《いちじょう》くんが間《あいだ》に入《はい》った。

「でも、呼《よ》び方《かた》を変《か》えるのはいい考《かんが》えだと思《おも》うぞ。俺《おれ》もよそよそしいって思《おも》ってたんだ」

そしてとても爽《さわ》やかな笑顔《えがお》で、そう付《つ》け加《くわ》えた。

なんだか話《はなし》の雲行《くもゆ》きが怪《あや》しくなってきたような……

「雪乃、俺《おれ》のことは颯馬《そうま》って呼《よ》んでくれ」

その瞬間《しゅんかん》、心臓《しんぞう》が飛《と》び出《で》るかと思《おも》った。

若干鼻《じゃっかんはな》にかかった甘《あま》い声《こえ》で名前《なまえ》を呼《よ》ばれて、私《わたし》は息《いき》をすることも忘《わす》れて固《かた》まった。

すぐに我《われ》に返《かえ》って、その恥《は》ずかしさを誤魔化《ごまか》すように勢《いきお》いよく頭《あたま》を左右《さゆう》に振《ふ》る。

「む、無理《むり》だよっ！」

（い、いまっ、なまえっ）

白鳥《しらどり》くんだけでも怖《こわ》いのに、一条《いちじょう》くんまで呼《よ》び方《かた》が変《か》わったら私《わたし》の学校生活《がっこうせいかつ》が終《お》わってしまう。

必死《ひっし》になって断《ことわ》ろうとする私《わたし》に、一条《いちじょう》くんがムッとした。

「無理《むり》ってことはないだろ。確《たし》かに内部生《ないぶせい》には外部生《がいぶせい》に名前《なまえ》を呼《よ》ばれたくないってひねくれたやつはいるが、俺《おれ》は嬉《うれ》しいぞ」

一条《いちじょう》くんは喜《よろこ》ぶかもしれませんが、ほとんどの女子《じょし》は怒《おこ》るんです。

喉元《のどもと》まで出《で》かかった言葉《ことば》を飲《の》み込《こ》んで、助《たす》けを求《もと》めようとアキくんを見《み》た。

しかしアキくんはまだ白鳥《しらどり》くんと何《なに》か言《い》い合《あ》っていて、こちらに気《き》づかない。

逆《ぎゃく》に向《む》かい側《がわ》に座《すわ》っていた白鳥《しらどり》くんが私《わたし》の視線《しせん》に気《き》づいてしまった。すぐに状況《じょうきょう》を察《さっ》したようで、にこりと眩《まぶ》しい笑顔《えがお》を浮《う》かべた。

「あ、それならオレのことは桜二《おうじ》って呼《よ》んでよ。苗字《みょうじ》で呼《よ》ばれるの好《す》きじゃないし」

もしかして助《たす》けてくれるのかも、という期待《きたい》は一瞬《いっしゅん》で砕《くだ》かれた。

「えっ、いや、」

しかも断《ことわ》りにくい理由《りゆう》をつけないでほしい。

なんとかこの場《ば》を逃《の》がれる方法《ほうほう》を考《かんが》えていると、タイミングよく一時間目《いちじかんめ》を知《し》らせる予鈴《よれい》がなった。

「ああ、もうこんな時間《じかん》か。朝《あさ》から引《ひ》き留《と》めてしまったな。俺《おれ》たちは戸締《とじま》りとかあるから、二人《ふたり》は先《さき》に行《い》っていいぞ」

「ありがとう！　アキくん、行《い》こう！」

ここぞとばかりにアキくんの手《て》をつかんで立《た》ち上《あ》がる。昨日《きのう》とは反対《はんたい》だ。

「それじゃ、また土曜日《どようび》だな。午前九時《ごぜんくじ》、蘭《らん》の館《やかた》の前《まえ》に来《き》てくれ」

鞄《かばん》を片手《かたて》に急《いそ》ぐ私《わたし》に不思議《ふしぎ》そうな顔《かお》をしつつ、一条《いちじょう》くんは改《あらた》めてまとめてくれた。

「あ、一応《いちおう》ここは学校《がっこう》の敷地内《しきちない》だから制服《せいふく》で来《き》てね。必要《ひつよう》な物《もの》はこっちで用意《ようい》するから、当日《とうじつ》は手《て》ぶらで大丈夫《だいじょうぶ》」
パソコンを片付《かたづ》ける手《て》を止《と》めて、ひらりと白鳥《しらどり》くんが手《て》を振《ふ》ってくれた。
それに頷《うなず》いて、私《わたし》とアキくんは周《まわ》りの目《め》につかないように教室《きょうしつ》に向《む》かう。
……名前呼《なまえよ》び、全部忘《ぜんぶわす》れてくれないかな。

なんてことを心配《しんぱい》していた自分《じぶん》が恥《は》ずかしい。
結局《けっきょく》あれから、学校《がっこう》で一条《いちじょう》くんたちに名前《なまえ》を呼《よ》ばれることはなかった。
……というか、クラスが違《ちが》えば顔《かお》を合《あ》わせる機会《きかい》はぐっと減《へ》る。
わざわざ会《あ》いに行《い》かないかぎり、廊下《ろうか》ですれ違《ちが》うこともないのだ。
(付喪神《つくもがみ》の縁《えん》がなければこの程度《ていど》の距離感《きょりかん》だったんだよね……)
ずっと関《かか》わらないままでいたと思《おも》うと、少《すこ》し寂《さび》しい。
(そう考《かんが》えると、休《やす》み時間《じかん》の度《たび》にA組《エーぐみ》まで行《い》く綾小路《あやのこうじ》さんは本当《ほんとう》にすごいよ)
ちなみにあの後《あと》、私《わたし》はまた綾小路《あやのこうじ》さんたちに囲《かこ》まれた。
「お二人《ふたり》とはどんな話《はなし》をしていたの？」

って。それも最初《さいしょ》みたいに教室《きょうしつ》じゃなくて、一人《ひとり》になったところを狙《ねら》われた。

きっと警告《けいこく》だったと思《おも》う。これ以上一条《いじょういちじょう》くんたちと仲良《なかよ》くするのは許《ゆる》さないよっていう意味《いみ》。

一条《いちじょう》くんたちが声《こえ》をかけた子《こ》には、毎回《まいかい》こうやって圧力《あつりょく》をかけてきたんだろう。お互《たが》いに牽制《けんせい》しあって、抜《ぬ》け駆《が》けをしないように。

いいところのお嬢様《じょうさま》といっても、普通《ふつう》の女《おんな》の子《こ》と変《か》わらないんだなってしみじみしてしまう。

(そんな綾小路《あやのこうじ》さんが英蘭会《えいらんかい》のメンバーじゃないこともびっくりだけど)

そう考《かんが》えると、恐《おそ》ろしい存在《そんざい》じゃないような気《き》もしてくる。

もちろん目《め》を付《つ》けられたくないのは確《たし》かだから、一条《いちじょう》くんたちのことは秘密《ひみつ》だ。

8　いざ一条家《いちじょうけ》へ

そしてついにやってきた土曜日《どようび》。

アキくんと友達《ともだち》の家《いえ》に遊《あそ》びに行《い》くと言《い》うと、ママはとても嬉《うれ》しそうにしていた。

「まあ、もうそんな仲《なか》のいい友達《ともだち》ができたの？　あなた、小学校《しょうがっこう》のときはまったくそういう話《はなし》しなかったから、心配《しんぱい》していたのよ。……って、なんで制服《せいふく》を着《き》てるのよ」

全部説明《ぜんぶせつめい》すると長《なが》くなっちゃうから、私《わたし》は待《ま》たせちゃうと言《い》って急《いそ》いでウエストポーチを掴《つか》んで家《いえ》を出《で》た。

このポーチはおばあちゃんの蔵《くら》を探検《たんけん》するときにも使《つか》っている物《もの》で、かわいらしい赤色《あかいろ》がお気《き》に入《い》りだ。中《なか》にはルーペとペンライト、ピンセットといった鑑定《かんてい》に使《つか》う物《もの》から作業手袋《さぎょうてぶくろ》まで入《い》れている。

あんまりたくさんは入《はい》らないから、ここ数日悩《すうじつなや》みながら選《えら》んだ大事《だいじ》な装備品《そうびひん》だ。

（白鳥《しらどり》くんは手《て》ぶらでいいって言《い》ってくれたけど、よく使《つか》う道具《どうぐ》くらいは持《も》っていった方《ほう》がいいよね）

アキくんは美術部《びじゅつぶ》に用《よう》があるみたいで、先《さき》に学校《がっこう》に向《む》かっている。。

スマホに追加《ついか》の連絡《れんらく》が来《き》てないことを確認《かくにん》してから、私《わたし》は誰《だれ》とも会《あ》わないように、と願《ねが》いながら学校《がっこう》に向《む》かった。

◇◇◇

「おーい、雪乃《ゆきの》！　こっちだ！」

校門《こうもん》をくぐって蘭《らん》の館《やかた》に向《む》かえば、館《やかた》の前《まえ》から一条《いちじょう》くんの声《こえ》が聞《き》こえた。

(う……そういえば名前《なまえ》……慣《な》れないなあ)

ぎこちなく笑《わら》った私《わたし》は、気恥《きは》ずかしくて視線《しせん》を一条《いちじょう》くんから逸《そ》らす。

そこにはスマホを触《さわ》っている白鳥《しらどり》くんがいて、少《すこ》し間《あいだ》を開《あ》けてアキくんが立《た》っていた。足元《あしもと》にはボストンバッグがおいてあり、妙《みょう》に膨《ふく》らんでいる。

「ごめん、遅《おく》れちゃった」

慌《あわ》てて駆《か》け寄《よ》る。早《はや》めに出《で》たつもりだけど、私《わたし》が一番遅《いちばんおそ》かったみたいだ。

「いや、俺《おれ》たちが早《はや》すぎたんだ」

「あれ、そのポーチ……ユキもいろいろ用意《ようい》してくれたんだ？　言《い》ってくれれば、全部《ぜんぶ》ソウが準備《じゅんび》したのに」

「それは申《もう》し訳《わけ》ないかな……」

そう言《い》う白鳥《しらどり》くんも小脇《こわき》に小《ちい》さい鞄《かばん》を抱《かか》えている。

本当《ほんとう》に準備《じゅんび》してきてよかった。

「頼《たの》んだのは俺《おれ》だから気《き》にしないでほしいんだが……まあ、他《ほか》に必要《ひつよう》な物《もの》があったらいつでも言《い》ってくれ。すぐに用意《ようい》する」

「ありがとう。そのときは頼《たよ》らせてもらうね」

何《なに》が必要《ひつよう》か、実際《じっさい》に見《み》てみないと分《わ》からないし。

「みんな揃《そろ》ったし、ちょっと早《はや》いけどもう行《い》く？」

「そうだな。車《くるま》は裏門《うらもん》で待《ま》たせてるから、このまま向《む》かっても構《かま》わないぞ。忘《わす》れ物《もの》はないか？」

確認《かくにん》するようにこちらを見《み》る一条《いちじょう》くんに頷《うなず》き返《かえ》す。

「それじゃあ、俺《おれ》の家《いえ》に行《い》くぞ」

歩《ある》き出《だ》した一条《いちじょう》くんの後《あと》に続《つづ》いて、私《わたし》たちも移動《いどう》し始《はじ》める。

案内《あんない》されたのは黒塗《くろぬ》りの高級車《こうきゅうしゃ》で、私《わたし》は緊張《きんちょう》しながら乗《の》り込《こ》んだ。

そして車内《しゃない》を汚《よご》さないように気《き》を付《つ》けつつ、車《くるま》に乗《の》って三十分《さんじゅうふん》ほど。

私《わたし》たちは、まるで大河《たいが》ドラマに出《で》てくるような日本家屋《にほんかおく》の大御殿《だいごてん》の前《まえ》で下《お》ろされた。

(こ、ここまで広《ひろ》いと、友達《ともだち》の家《いえ》っていう緊張感《きんちょうかん》は確《たし》かにないかも。……別《べつ》の緊張感《きんちょうかん》が生《う》まれているけど)

軽《かる》い足取《あしど》りで立派《りっぱ》な数奇屋門《すきやもん》をくぐる一条《いちじょう》くんたちに続《つづ》いて、恐《おそ》る恐《おそ》る屋敷《やしき》に足《あし》を踏《ふ》み入《い》れる。

果《は》てが見《み》えないほど長《なが》い塀《へい》に囲《かこ》まれた敷地内《しきちない》には何個《なんこ》も建物《たてもの》があり、庭《にわ》の池《いけ》では錦鯉《にしきごい》が優雅《ゆうが》に泳《およ》いでいる。

私《わたし》の想像《そうぞう》の何倍《なんばい》も凄《すご》くて、正直《しょうじき》『家《いえ》』と呼《よ》ぶには抵抗《ていこう》があるくらいに立派《りっぱ》なお屋敷《やしき》だ。

「ちゃんと案内《あんない》してやればよかったんだが、今日《きょう》は大広間《おおひろま》の方《ほう》がバタバタしててな。そっちには近《ちか》づくなって言《い》われてるんだ」

私《わたし》があまりにもキョロキョロしていたからか、一条《いちじょう》くんが申《もう》し訳《わけ》なさそうに振《ふ》り返《かえ》った。

「どうりで人《ひと》が多《おお》いわけね。観光地《かんこうち》に来《き》た気分《きぶん》」

アキくんの言《い》う通《とお》り、さっきから何人《なんにん》ものスーツを着《き》た大人《おとな》たちが出入《でい》りしている。

中《なか》には着物《きもの》を着《き》ている人《ひと》もいたけど、みんな早足《はやあし》で移動《いどう》していて忙《いそが》しそうだ。

「ここ一か月《いっげつ》くらい、ずっとこんな感《かん》じなんだ。騒《さわ》がしくて悪《わる》いな」

「別邸《べってい》の鍵《かぎ》が見《み》つからないんだっけ。ソウのひいおじいちゃんが使《つか》ってた」

顎《あご》に手《て》を当《あ》てて首《くび》を傾《かし》げる白鳥《しらどり》くんに、アキくんは片眉《かたまゆ》を上《あ》げた。

「物《もの》をなくしすぎじゃない？」

「耳《みみ》が痛《いた》いな。今《いま》までこんなことはなかったんだが」

「ちなみに、鍵《かぎ》の捜索《そうさく》に人員《じんいん》が割《さ》かれているせいで寄木細工《よせぎざいく》が放置《ほうち》されているんだよ」

話《はなし》を聞《き》くと、どうやら今《いま》までは千代《ちよ》さんが別邸《べってい》を管理《かんり》していたらしい。

それで遺品整理《いひんせいり》と同《おな》じタイミングで別邸《べってい》にも入《はい》ろうとしたところ、鍵《かぎ》がなくなっていることに気づいたようだ。

「鍵屋《かぎや》さんは呼《よ》ばないの？」

「もちろん鍵屋《かぎや》に相談《そうだん》したが、なかなか古《ふる》くて珍《めずら》しい鍵《かぎ》みたいでな。なるべく壊《こわ》したくないっていう父《とう》さんの一声《ひとこえ》で親戚《しんせき》も巻《ま》き込《こ》んだ大捜索《だいそうさく》が続《つづ》いてるんだが……両親《りょうしん》もそれで忙《いそが》しくて、今日《きょう》も出《で》かけているんだ」

「ねえ、本当《ほんとう》に寄木細工《よせぎざいく》は盗《ぬす》まれてないの？　家主《やぬし》もいないし、こんな状況《じょうきょう》じゃ盗《ぬす》まれてても分《わ》かんないじゃん」

怪訝《けげん》そうなアキくんの声《こえ》に、私《わたし》も頷《うなず》く。

「みんな別邸《べってい》に夢中《むちゅう》だからな」

一条《いちじょう》くんはどこか寂《さび》しそうにそう零《こぼ》した。

なんでも別邸《べってい》には一条《いちじょう》くんのひいおじいちゃんが残《のこ》した貴重《きちょう》な物《もの》がたくさんあるみたいで、親戚《しんせき》の人《ひと》たちは分《わ》け前《まえ》を期待《きたい》して熱心《ねっしん》に探《さが》しているらしい。

重要《じゅうよう》な書類《しょるい》もあるから仕方《しかた》ないと微笑《ほほえ》む一条《いちじょう》くんは、いつもより小《ちい》さく見《み》えた。

(どっちもこの家《いえ》にあるんだから、一緒《いっしょ》に探《さが》せばいいのに)

千代《ちよ》さんが大切《たいせつ》に持《も》っていた寄木細工《よせぎざいく》のことを思《おも》い出《だ》して、私《わたし》まで悲《かな》しくなってしまった。

「さ、大人《おとな》たちに引《ひ》き留《と》められても面倒《めんどう》だから、先《さき》にひいばあちゃんの部屋《へや》に向《む》かうぞ。ちゃんともてなせなくて悪《わる》いな」

「大丈夫《だいじょうぶ》！　気持《きも》ちだけで十分《じゅうぶん》だから！」

むしろ助《たす》かった。

知《し》らない大人《おとな》たちに囲《かこ》まれたお屋敷《やしき》の広間《ひろま》でゆっくりなんて、できるわけがない。作法《さほう》もよく分《わ》からないし、何《なに》より不相応《ふそうおう》すぎて緊張《きんちょう》する。

「ひいばあちゃんの部屋《へや》は敷地《しきち》の一番奥《いちばんおく》だ。その近《ちか》くにひいばあちゃんが個人的《こじんてき》に集《あつ》めている骨董品《こっとうひん》をしまっている蔵《くら》がある。そこをメインに探《さが》すつもりだ」

一条《いちじょう》くんを先頭《せんとう》に、私《わたし》たちはどんどん屋敷《やしき》の奥《おく》に進《すす》んでいく。

白鳥《しらどり》くんは慣《な》れた様子《ようす》だけど、私《わたし》とアキくんは言葉《ことば》を失《うしな》って呆然《ぼうぜん》と案内《あんない》されるままついていくしかない。くねくねとした長《なが》い渡《わた》り廊下《ろうか》はまるで迷宮《めいきゅう》のようで、少《すこ》しでも離《はな》れたら迷子《まいご》になる自信《じしん》がある。

もはや文化遺産《ぶんかいさん》を見学《けんがく》している気分《きぶん》で、足《あし》を止《と》めずに付《つ》いていくのが精《せい》いっぱいだった。

「ここ、眼鏡《めがね》を外《はず》したらそこら中《じゅう》にいそうだね」

興味深《きょうみぶか》そうに屋敷《やしき》を見回《みまわ》していたアキくんは、年季《ねんき》の入《はい》った柱《はしら》に目《め》を向《む》けた。

「家自体《いえじたい》も古《ふる》いから、住《す》み着《つ》きやすいのかも」

ひょっとしたら、この屋敷自体《やしきじたい》が付喪神《つくもがみ》になっているのかもしれない。

上手《うま》く言《い》えないけど、屋敷《やしき》に入《はい》ったときから空気《くうき》が違《ちが》う気《き》がするのだ。

直感的《ちょっかんてき》にいる、と思《おも》わされたというか。

「――坊《ぼっ》ちゃん」

すっかり圧倒《あっとう》されている私《わたし》を現実《げんじつ》に戻《もど》すかのように、突然《とつぜん》聞《き》き覚《おぼ》えのない声《こえ》が聞《き》こえた。

パッと顔《かお》を上《あ》げると、着物《きもの》の上《うえ》にエプロンを着《つ》けた女性《じょせい》が私《わたし》たちの進路《しんろ》を遮《さえぎ》るように立《た》っていた。黒《くろ》い髪《かみ》はきっちり後《うし》ろでお団子《だんご》にしていて、私《わたし》のママより少《すこ》し年上《としうえ》だと思《おも》う。使用人《しようにん》というより、女中《じょちゅう》さんという言葉《ことば》が似合《にあ》う人《ひと》だ。

「あれ、葵《あおい》さん」

「おかえりなさいませ、颯馬坊《そうまぼっ》ちゃん。桜二様《おうじさま》も、よくいらっしゃいました」

葵《あおい》さんと呼《よ》ばれたその人《ひと》はお辞儀《じぎ》をすると、私《わたし》とアキくんの方《ほう》を見《み》た。にらまれる、というほど鋭《するど》くないが、どこか冷《つめ》たいまなざしだ。

「そちらの方《かた》たちは」

「俺《おれ》の友達《ともだち》だ。二人《ふたり》とも骨董品《こっとうひん》に興味《きょうみ》があるから誘《さそ》ったんだ。父《とう》さんたちには言《い》ってある」

「……そうでしたか。坊《ぼっ》ちゃんの大事《だいじ》なお客様《きゃくさま》とは知《し》らず、大変失礼《たいへんしつれい》しました」

淡々《たんたん》とした感《かん》じで、葵《あおい》さんはもう一度《いちど》頭《あたま》を下《さ》げた。

「ところで、この先《さき》は広間《ひろま》ではなく千代様《ちよさま》のお部屋《へや》になりますが」

再《ふたた》び顔《かお》を上《あ》げた葵《あおい》さんは、少《すこ》し眉《まゆ》をひそめてそう言《い》った。

私《わたし》たちを拒絶《きょぜつ》するような声色《こわいろ》だが、一条《いちじょう》くんは気《き》にせず朗《ほが》らかに笑《わら》う。

「なくなった寄木細工《よせぎざいく》の話《はなし》をしたら、こいつらも探《さが》すのを手伝《てつだ》うって言《い》ってくれてな。もう半年《はんとし》になるし、これで最後《さいご》にするつもりで手《て》を貸《か》してもらうことにしたんだ」

「さようでしたか。見学《けんがく》でしたら母屋《おもや》にある蔵《くら》の方《ほう》がきれいで見《み》やすいかと思《おも》ったのですが、要《い》らぬ気遣《きづか》いでしたね」

葵《あおい》さんの雰囲気《ふんいき》がわずかに柔《やわ》らかくなったような気《き》がして、すかさず白鳥《しらどり》くんが話題《わだい》を変《か》えた。

「そうだ、葵《あおい》さん。お昼《ひる》も千代《ちよ》さんの部屋《へや》で食《た》べちゃうから、十二時《じゅうにじ》くらいに四人分《よにんぶん》持《も》ってきてくれる？」

「承《うけたまわ》りました」

短《みじか》く返事《へんじ》した葵《あおい》さんは、微笑《ほほえ》みを浮《う》かべて私《わたし》とアキくんの方《ほう》を見《み》た。

「自己紹介《じこしょうかい》が遅《おく》れました。私《わたし》は吉田葵《よしだあおい》と申《もう》します。千代様付《ちよさまつ》きの女中《じょちゅう》でした」

私《わたし》に冷《つめ》たいように見《み》えるのは、それだけ千代《ちよ》さんを尊重《そんちょう》しているのかもしれない。

見知《みし》らぬ子《こ》どもに大切《たいせつ》な人《ひと》の部屋《へや》を荒《あ》らされたくないよね。

嫌《いや》な思《おも》いをさせないように、私《わたし》はなるべく礼儀正《れいぎただ》しく見《み》えるように自己紹介《じこしょうかい》した。

アキくんも後《あと》に続《つづ》く。

「ご丁寧《ていねい》にありがとうございます。……三葉様《みつばさま》、お荷物《にもつ》をお運《はこ》びしましょうか？」

「お気遣《きづか》いありがとうございます。見《み》た目《め》より軽《かる》いので、自分《じぶん》で持《も》ちますよ」

ボストンバッグに目《め》をとめた葵《あおい》さんに、アキくんはよそ行《ゆ》きの笑顔《えがお》を浮《う》かべる。

葵《あおい》さんはそれ以上《いじょう》食《く》い下《さ》がらず、軽《かる》く頭《あたま》を下《さ》げると静《しず》かに私《わたし》たちの横《よこ》を通《とお》り過《す》ぎた。

その後《うし》ろ姿《すがた》が完全《かんぜん》に見《み》えなくなってから、一条《いちじょう》くんが苦笑《にがわら》いを浮《う》かべた。

「葵《あおい》さんはずっとひいばあちゃんに仕《つか》えていた古株《ふるかぶ》の使用人《しようにん》なんだ。……ちょっと口数《くちかず》が少《すく》ないけど、本当《ほんとう》は悪《わる》い人《ひと》じゃないぞ」

「オレはあの人《ひと》のこと、好《す》きじゃないけどね」

「桜二《おうじ》」

フォローも虚《むな》しく、短《みじか》くそう言《い》い残《のこ》した白鳥《しらどり》くんはさっさと歩《ある》きだした。

一条《いちじょう》くんは大《おお》きなため息《いき》をつくと、仕方《しかた》なさそうに笑《わら》って見《み》せる。

「俺《おれ》たちも行《い》くか。ひいばあちゃんの部屋《へや》はこの角《かど》を曲《ま》がったらすぐだ」


案内《あんない》されたのは、うっすらとお香《こう》の匂《にお》いが残《のこ》る角部屋《かどべや》だった。

遠《とお》くに昔《むかし》ながらの蔵《くら》が見《み》えて、その周《まわ》りを取《と》り囲《かこ》むようにヒノキ林《はやし》が広《ひろ》がっている。

十八畳《じゅうはちじょう》もある広々《ひろびろ》とした和室《わしつ》は少《すこ》しガランとしており、棚《たな》や開《あ》け放《はな》たれた押《お》し入《い》れは空白《くうはく》が目立《めだ》つ。おそらく整理《せいり》された後《あと》なのだろう。

「母《かあ》さんから許可《きょか》はとったから、荷物《にもつ》は好《す》きにおいてくれ」

「でもここって、千代《ちよ》さんの部屋《へや》じゃ」

ためらいがちに聞《き》けば、困《こま》ったような笑顔《えがお》が返《かえ》ってくる。

「もう親戚《しんせき》たちが好《す》き放題《ほうだい》漁《あさ》った後《あと》なのに？」

なんと返《かえ》したらいいか分《わ》からなくて、私《わたし》は黙《だま》って一条《いちじょう》くんの言葉《ことば》に従《したが》った。

それでも罪悪感《ざいあくかん》がぬぐい切《き》れなくて、腰《こし》にウエストポーチをつけたまま端《はし》っこに座《すわ》る。

アキくんは私《わたし》の近《ちか》くに来《く》ると、ボストンバッグを横《よこ》に置《お》いて腰《こし》を下《お》ろした。ガコッとプラスチックのような音《おと》がしたが、一体何《いったいなに》が入《はい》ってるんだろうか。

「けっこうな大荷物《おおにもつ》だね」

白鳥《しらどり》くんが聞《き》くと、アキくんはボストンバッグを開《ひら》いて見《み》せてくれた。

「土汚《つちよご》れを落《お》とすためのハケとか、バケツとかだよ。何《なに》かに使《つか》えないかなって、今朝《けさ》部室《ぶしつ》から借《か》りてきたんだ」

「言《い》ってくれれば俺《おれ》が用意《ようい》したのに……。雪乃《ゆきの》は何《なに》を持《も》ってきたんだ？」

「私《わたし》はペンライトとか、作業手袋《さぎょうてぶくろ》だよ」

アキくんにならって、私《わたし》もポーチを広《ひろ》げて二人《ふたり》に見《み》せる。

結構使《けっこうつか》い古《ふる》したものもあるから、あんまりまじまじ見《み》ないでほしいけど。

「わ、本格的《ほんかくてき》な装備《そうび》……っていうか、手袋《てぶくろ》！　やばっ、オレたち今《いま》まで普通《ふつう》に素手《すで》で触《さわ》っちゃってたじゃん」

興味深《きょうみぶか》そうに覗《のぞ》いてきた白鳥《しらどり》くんがハッとしたように顔色《かおいろ》を悪《わる》くする。

「そんなに気《き》にしなくても大丈夫《だいじょうぶ》だよ。手袋《てぶくろ》をつけると物《もの》によっては逆《ぎゃく》に滑《すべ》りやすくなるし、手袋《てぶくろ》の繊維《せんい》が引《ひ》っかかって逆《ぎゃく》に傷《いた》めちゃうこともあるから」

でも今日《きょう》は他人《たにん》の所蔵品《しょぞうひん》に触《さわ》るということもあって、私《わたし》は念《ねん》のために手袋《てぶくろ》を持《も》ってきたのだ。

「それより、マスクとかの方《ほう》が大事《だいじ》かも」

ホコリ対策《たいさく》と、唾《つば》を散《ち》らさないようにする大事《だいじ》な装備《そうび》だ。

特《とく》に私《わたし》は付喪神《つくもがみ》と話《はな》すことが必要《ひつよう》だから、マスクはいつもつけるようにしている。

「よし、俺《おれ》はマスクを持《も》ってくるから、桜二《おうじ》は二人《ふたり》に間取《まど》りを見《み》せてやってくれ」

「ん、任《まか》せて」

早足《はやあし》で出《で》ていく一条《いちじょう》くんには目《め》もくれず、白鳥《しらどり》くんは部屋《へや》の隅《すみ》に置《お》いてあった鞄《かばん》を開《ひら》いた。

中《なか》から取《と》り出《だ》したのは、先日蘭《せんじつらん》の館《やかた》でも見《み》たノートパソコンだ。

白鳥《しらどり》くんはささっと準備《じゅんび》を整《ととの》えると、この間《あいだ》も使《つか》っていたアプリを立《た》ち上《あ》げた。

「ハイ、これがこの部屋《へや》付近《ふきん》の間取《まど》り図《ず》ね。大人《おとな》のジジョーで印刷《いんさつ》できないから、確認《かくにん》したいときはオレに言《い》って」

画面《がめん》に表示《ひょうじ》された間取《まど》り図《ず》を三人《さんにん》で覗《のぞ》き込《こ》む。

この部屋《へや》を中心《ちゅうしん》に記《しる》されており、図面《ずめん》の左上《ひだりうえ》にはさっき遠《とお》くに見《み》えた蔵《くら》があった。

間取《まど》り図《ず》から考《かんが》えるに蔵《くら》は三階建《さんかいだ》てで、ファミリーレストランくらいの広《ひろ》さはありそうだ。

(こんなときじゃなければゆっくり見学《けんがく》したいくらい)

そんな気持《きも》ちをぐっとこらえて、私《わたし》は間取《まど》りを頭《あたま》に入《い》れていく。

「あれ、この部屋《へや》の隣《となり》も千代《ちよ》さんの部屋《へや》なの？」

「ここは千代《ちよ》さんにとってリビングみたいなところだよ。寝室《しんしつ》は隣《となり》。ほら」

白鳥《しらどり》くんは立《た》ち上《あ》がると、私《わたし》たちが入《はい》ってきた方《ほう》とは逆《ぎゃく》にある襖《ふすま》を開《あ》けた。

今私《いまわたし》たちがいる部屋《へや》と違《ちが》って、そちらの方《ほう》はまだ生活感《せいかつかん》が残《のこ》っている。

「蔵《くら》の方《ほう》はいったん庭《にわ》を通《とお》る必要《ひつよう》があるから、先《さき》にこの二《ふた》つの部屋《へや》を調《しら》べるつもり。そのあとに蔵《くら》を探《さが》して、それでもなかったら母屋《おもや》の方《ほう》って順番《じゅんばん》に見《み》ていくよ」

「分《わ》かった」

白鳥《しらどり》くんの言葉《ことば》に頷《うなず》いて、私《わたし》はさっそくマスクと手袋《てぶくろ》を装着《そうちゃく》しておく。

ちょうど同《おな》じ頃《ころ》にこちらに近《ちか》づいてくる足音《あしおと》が聞《き》こえて、数秒《すうびょう》もしないうちにスパーンと障《しょう》子《じ》が開《ひら》かれた。

手《て》にマスクの箱《はこ》と……たくさんの布《ぬの》を持《も》った一条《いちじょう》くんだ。

「ずいぶんな大荷物《おおにもつ》だね。その布《ぬの》の山《やま》は何《なに》？」

ドサッとちゃぶ台《だい》の上《うえ》に置《お》かれた布《ぬの》を一枚摘《いちまいつま》み上《あ》げて、アキくんは怪訝《けげん》そうに言《い》った。

「葵《あおい》さんに何《なに》か手伝《てつだ》うことはありますかって聞《き》かれたからさ、役《やく》に立《た》つかもって用意《ようい》してもらったんだ。ついでに寄木細工《よせぎざいく》のことも聞《き》いてきたぞ」

マスクの箱《はこ》を開封《かいふう》しながら、一条《いちじょう》くんは自信満々《じしんまんまん》に話《はな》し始《はじ》めた。

「葵《あおい》さんは二十年《にじゅうねん》もひいばあちゃんのお世話《せわ》をしていたから、何《なに》か知《し》ってるかもって思《おも》ったんだ。今《いま》まで寄木細工《よせぎざいく》がどこに行《い》ったのかって話《はなし》はしてても、そのものについては聞《き》かなかったからな」

「その反応《はんのう》はアタリだったたって感《かん》じだね」

「収穫《しゅうかく》はあったぞ。とりあえず、あの寄木細工《よせぎざいく》は特注品《とくちゅうひん》で間違《まちが》いないらしい。雪乃《ゆきの》の見立《みた》てが正《ただ》しかったんだ！」

一条《いちじょう》くんにきらきらした視線《しせん》を向《む》けられて、少《すこ》し照《て》れくさい。

「工房《こうぼう》まではさすがに分《わ》からないらしいが、ひいばあちゃんが二十歳《はたち》のときに貰《もら》った物《もの》だと言《い》っていたぞ」

「今《いま》から八十年《はちじゅうねん》くらい前《まえ》か……」

「付喪神《つくもがみ》が宿《やど》るには百年《ひゃくねん》かかるんだっけ？」

「じゃあ、付喪神《つくもがみ》はいないのかな？」

私《わたし》に視線《しせん》を向《む》ける白鳥《しらどり》くんに首《くび》を振《ふ》って答《こた》える。

「ううん、八十年《はちじゅうねん》も経《た》っているなら、自我《じが》くらいは芽生《めば》えてもおかしくないよ。でも、こちらの呼《よ》びかけに答《こた》えてもらうのは厳《きび》しいかも……」

付喪神《つくもがみ》と呼《よ》ばれるのは、本体《ほんたい》である『物《もの》』とは別《べつ》の姿《すがた》をとることができる霊的存在《れいてきそんざい》だ。

この間《あいだ》のツボの小人《こびと》のように本体《ほんたい》から離《はな》れて自由《じゆう》に動《うご》けて会話《かいわ》ができ、個性《こせい》や感情《かんじょう》を持《も》つ。

しかし付喪神《つくもがみ》に成《な》れていない状態《じょうたい》なら、本体《ほんたい》である『物《もの》』から離《はな》れることはできない。

どうやら付喪神《つくもがみ》を呼《よ》び出《だ》して、本体《ほんたい》があるところまで案内《あんない》してもらうのは難《むずか》しそうだ。

「姿《すがた》がないんなら、雪乃《ゆきの》はどうやって探《さが》すつもりなんだ？」

「付喪神《つくもがみ》は、大切《たいせつ》にされている仲間に敏感《びんかん》なんだ。八十年《はちじゅうねん》も千代《ちよ》さんがそばに置《お》き続《つづ》けていたなら、きっと他《ほか》の付喪神《つくもがみ》の印象《いんしょう》に残《のこ》ってるはずだよ」

「まあ、つまりは聞《き》き込《こ》みだね」

いまいちピンと来《き》ていない様子《ようす》の二人《ふたり》に、アキくんが言《い》い直《なお》してくれた。

最初《さいしょ》は屋敷《やしき》を回《まわ》りながら寄木細工《よせぎざいく》の付喪神《つくもがみ》を呼《よ》ぼうとも思《おも》ったけど、その対象《たいしょう》が他《ほか》の付喪神《つくもがみ》に変《か》わっただけだ。

幸《さいわ》いこの屋敷《やしき》には古《ふる》い物《もの》がたくさんあるし、手間《てま》はかかるけど確実《かくじつ》に成果《せいか》は得《え》られるだろう。

「任《まか》せっきりになるけど……雪乃《ゆきの》、頼《たの》めるか？」

申《もう》しわけなさそうな顔《かお》をする一条《いちじょう》くんに、力強《ちからづよ》く頷《うなず》き返《かえ》す。

「うん、任《まか》せて！」


——深呼吸《しんこきゅう》して、眼鏡《めがね》のつるに手《て》をかける。


そのまま眼鏡《めがね》をはずして、失《な》くさないようにウエストポーチに入《い》れた。

「！　眼鏡《めがね》で見《み》えなくしていたのか」

「オレたちと視線《しせん》の動《うご》きがあんまり変《か》わらないと思《おも》ってたけど、そーいうことね」

「一条《いちじょう》も白鳥《しらどり》も静《しず》かにして」

三人《さんにん》のやり取《と》りを聞《き》き流《なが》しながら、私《わたし》は改《あらた》めて周《まわ》りを見渡《みわた》した。

9　調査開始《ちょうさかいし》

付喪神《つくもがみ》の姿《すがた》が目《め》に飛《と》び込《こ》んできたとたん、たくさんの声《こえ》が押《お》し寄《よ》せてくる。

『やっとその忌々《いまいま》しい目隠《めかく》しをとってくれた！』

『聞《き》こえる？　聞《き》こえる？　もう聞《き》こえてるよね？』

今《いま》ここにいる子《こ》たちは特《とく》に好奇心《こうきしん》が強《つよ》くて、生《う》まれたばかりの子《こ》なのだろう。

ただ自由《じゆう》に動《うご》けることが楽《たの》しくて、その命《いのち》がどれほど得難《えがた》いものなのかをまだ知《し》らない。だからこんなふうに、本体《ほんたい》から離《はな》れて行動《こうどう》する。

今《いま》ここいるのは十《じゅう》ほどだが、成りたてがこれだけいるのなら、強《つよ》い付喪神《つくもがみ》もいるはず。長《なが》い間《あいだ》この家《いえ》にいれば、寄木細工《よせぎざいく》をどこかで見《み》ているかもしれない。

「いたか……？」

黙《だま》り込《こ》んでいる私《わたし》を心配《しんぱい》して、一条《いちじょう》くんが声《こえ》をかけてくれた。

心《こころ》なしか少《すこ》し目《め》が輝《かがや》いている。

（いつもみたいに自己完結《じこかんけつ》しちゃだめだ。一条《いちじょう》くんたちにも分《わ》かるようにしなきゃ）

どう説明《せつめい》すべきか悩《なや》んで、私《わたし》は見《み》たままを話《はな》すことにした。

「いっぱいいるよ。大広間《おおひろま》の方《ほう》から来《き》てる子《こ》もいるみたい」

他《ほか》にも絵本《えほん》に出《で》てくる妖精《ようせい》のような子《こ》もいれば、ころころとした小人《こびと》のような子《こ》もいる。

この部屋《へや》の近《ちか》くに本体《ほんたい》がある付喪神《つくもがみ》もいるけど、片付《かたづ》けられた後《あと》のせいかその数《かず》は少《すく》ない。

「やっぱりカメラには映《うつ》らないいか」

スマホを構《かま》えたまま、白鳥《しらどり》くんは残念《ざんねん》そうにつぶやいた。

それを横目《よこめ》に、私《わたし》はひとまず目《め》の前《まえ》の子《こ》たちに話《はな》しかけてみる。

「この部屋《へや》に住《す》んでいた人《ひと》のこと、分《わ》かる？」

『分《わ》かる！　分《わ》かる！　優《やさ》しくて綺麗《きれい》な人《ひと》だった！』

『アタシたちを大切《たいせつ》にしてくれていた！』

『でも、ちょっと前《まえ》に亡《な》くなったのよ。悲《かな》しい、寂《さみ》しい』

きゃらきゃらと、まるで子《こ》どものように騒《さわ》がしい声《こえ》が部屋《へや》に広《ひろ》がる。

ここまで騒《さわ》がしければ家《いえ》の人《ひと》から苦情《くじょう》が来《き》そうだが、この声《こえ》は私《わたし》にしか聞《き》こえない。

小学生《しょうがくせい》の頃《ころ》はそれがちょっと苦手《にがて》だったけど、今《いま》はとても心強《こころづよ》かった。

「その人《ひと》……千代《ちよ》さんが一番大切《いちばんたいせつ》にしていた物《もの》があったんだけど、見覚《みおぼ》えある？」

金色《きんいろ》の鳥《とり》に尋《たず》ねる。

子《こ》どものような声《こえ》の中《なか》で、一番《いちばん》はっきりとした物言《ものい》いをしていた子《こ》だ。

『ええ、寄木細工《よせぎざいく》でしょう？　彼女《かのじょ》、いつも肌身離《はだみはな》さず持《も》っていたから、大広間《おおひろま》の置物《おきもの》である私《わたし》もよく見《み》かけたわ』

「本当《ほんとう》!?　その寄木細工《よせぎざいく》が見《み》つからないみたいなの。どこかで見《み》かけたりしてないかな」

付喪神《つくもがみ》と会話《かいわ》している私《わたし》の声《こえ》は普通《ふつう》に聞《き》こえるので、一条《いちじょう》くんたちは息《いき》をのんでこちらを見《み》ている。だけど、金色《きんいろ》の鳥《とり》から返《かえ》ってきたのは申《もう》しわけなさそうな言葉《ことば》だった。

『ごめんなさい、きれいな目《め》をした子《こ》。私《わたし》は鳥《とり》の姿《すがた》をしているけれど、飛《と》べるようになったのは最近《さいきん》。大広間《おおひろま》の外《そと》はあんまり詳《くわ》しくないの』

「雪乃《ゆきの》、付喪神《つくもがみ》はなんて？」

金色《きんいろ》の鳥《とり》の言葉《ことば》をそのまま伝《つた》えると、一条《いちじょう》くんは少《すこ》し悲《かな》しそうな顔《かお》をした。

でもそれは一瞬《いっしゅん》のことで、すぐにいつもの朗《ほが》らかな笑顔《えがお》に戻《もど》る。

「まだ最初《さいしょ》だしな！　付喪神《つくもがみ》も、ありがとう」

金色《きんいろ》の鳥《とり》はじっとそれを見《み》つめたかと思《おも》うと、ふわりと飛《と》び立《た》った。

『私《わたし》は力《ちから》になれない。でも、知《し》ってそうな仲間《なかま》なら心当《こころあ》たりがあるわ』

「本当《ほんとう》⁉」

ぱっと表情《ひょうじょう》を明《あか》るくすれば、金色《きんいろ》の鳥《とり》は小《ちい》さく笑《わら》った。

『椿《つばき》の間《ま》に行《い》って。右奥《みぎおく》のタンス、上《うえ》から三番目《さんばんめ》の鍵付《かぎつ》きの中《なか》に。彼女《かのじょ》ほどの古株《ふるかぶ》なら、きっと力《ちから》になれるはずよ』

「あ、ありがとう！」

金色《きんいろ》の鳥《とり》はそれだけ言《い》うと、今さら鳥《とり》のような声《こえ》で鳴《な》いた。

ピイ、ときれいな声《こえ》が響《ひび》き、騒《さわ》いでいた他《ほか》の付喪神《つくもがみ》はぴたりと静《しず》かになる。彼《かれ》らは名残惜《なごりお》しそうに私《わたし》を見上《みあ》げるが、金色《きんいろ》の鳥《とり》に促《うなが》されてぞろぞろと部屋《へや》から出《で》て行《い》った。

(持《も》ち主《ぬし》の家族《かぞく》だから、一条《いちじょう》くんに特別《とくべつ》な思《おも》い入《い》れがあるのかもね)

少《すこ》し分《わ》かりにくいけど、どうやら力《ちから》になってくれそうな古《ふる》い付喪神《つくもがみ》の居場所《いばしょ》を教《おし》えてくれたらしい。私《わたし》には見当《けんとう》もつかないので、教《おし》えてもらったことをそのまま一条《いちじょう》くんに伝《つた》える。

「椿《つばき》の間《ま》か。確《たし》かにひいばあちゃんがよく使《つか》ってた母屋《おもや》の部屋《へや》だが……」

一条《いちじょう》くんが珍《めずら》しく言《い》い淀《よど》む。

「部屋《へや》には鍵《かぎ》がかかっているんだ。部屋《へや》の鍵《かぎ》は母《かあ》さんが持《も》ってて、今日《きょう》は家《いえ》にいない」

本日何度目《ほんじつなんどめ》かの謝罪《しゃざい》を口《くち》にした一条《いちじょう》くん対《たい》して、アキくんが不敵《ふてき》な笑《え》みを浮《う》かべた。

「鍵《かぎ》のことなら任《まか》せて」

あまりにも短《みじか》い説明《せつめい》に、白鳥《しらどり》くんは訝《いぶか》しむように目《め》を細《ほそ》めた。

「任《まか》せてって、どーするの？　いくらアキが器用《きよう》でも、今《いま》から鍵《かぎ》を作《つく》るのは無理《むり》があると思《おも》うけど」

「ふふ、そんな面倒《めんどう》なことをするわけないじゃん～」

「言外《げんがい》に作《つく》ろうと思《おも》えば作《つく》れるって言《い》ってるんだけど、それ」

「カードキーとか電子《でんし》ロックは専門外《せんもんがい》だけど、普通《ふつう》の鍵《かぎ》ならぼくの敵《てき》じゃないね」

今《いま》までのお返《かえ》しとばかりに楽《たの》しそうに笑《わら》うアキくんに、白鳥《しらどり》くんがとうとう音《ね》を上《あ》げた。

「ああー、もう！　つまり何《なに》が言《い》いたいわけ？」

「秋兎《あきと》、俺《おれ》も全《まった》く見当《けんとう》がつかない。もしかして部室《ぶしつ》に寄《よ》ったのと関係《かんけい》あるのか？」

もどかしそうな二人《ふたり》に、アキくんが得意《とくい》げに胸《むね》を張《は》った。

そして女《おんな》の子《こ》もびっくりするような可愛《かわい》らしい笑《え》みを浮《う》かべると――

「ふふふ。ぼくってね、ピッキングが得意《とくい》なんだ」

そんな耳《みみ》を疑《うたが》う言葉《ことば》を口《くち》にした。

「「……………は？」」

数秒《すうびょう》の沈黙《ちんもく》の後《あと》。一条《いちじょう》くんと白鳥《しらどり》くんは、まったく同《おな》じタイミングで間《ま》の抜《ぬ》けた声《こえ》を出《だ》した。

先《さき》に衝撃《しょうげき》から立《た》ち直《なお》ったのは、白鳥《しらどり》くんだった。

湖面《こめん》のように青《あお》い目《め》をまん丸《まる》にして、アキくんの肩《かた》をガシリと掴《つか》んだ。

「いやいやいや、ピッキングが得意《とくい》って何《なに》⁉　オレは今犯罪予告《いまはんざいよこく》を聞《き》かされた？？」

「別《べつ》にピッキング技術《ぎじゅつ》は犯罪《はんざい》じゃないよ。ぼく専用道具《せんようどうぐ》も持《も》ってないし」

「いやそういうことじゃなくてね……うん、もうこの際《さい》なんでピッキングが得意《とくい》なのかは聞《き》かないけど、開《あ》けられるのってアレだよね？　おもちゃ箱《ばこ》の鍵《かぎ》とか、普通《ふつう》の家《いえ》の鍵《かぎ》とか」

「桜二《おうじ》、君《きみ》も混乱《こんらん》してるぞ。普通《ふつう》の家《いえ》だとしても、勝手《かって》に鍵《かぎ》を開《あ》けたらそれは犯罪《はんざい》だ」

そういうことでもないと思《おも》う。

「ぼくは大抵《たいてい》の鍵《かぎ》を開《あ》けられるよ。そうじゃないなら、このタイミングで名乗《なの》りを上《あ》げないでしょ」

うん、やっぱりいつ聞《き》いてもインパクトの強《つよ》い特技《とくぎ》だ。

私《わたし》は初《はじ》めてアキくんの特技《とくぎ》を知《し》った日《ひ》を思《おも》い出《だ》して、思《おも》わず遠《とお》い目《め》をした。

「昔《むかし》、刑事《けいじ》ドラマで見《み》たピッキング技術《ぎじゅつ》がかっこよくて。がんばって習得《しゅうとく》して、いろんな鍵《かぎ》を開《あ》けて回《まわ》ったんだ〜」

「趣味《しゅみ》の悪《わる》い子《こ》どもだねぇ」

えへへと照《て》れ臭《くさ》そうに笑《わら》ったアキくんに、白鳥《しらどり》くんが半目《はんめ》になる。

それからため息《いき》をつくと、やれやれといった感《かん》じで首《くび》を振《ふ》った。

「ピッキングできるのは分《わ》かったけど、この屋敷《やしき》の鍵《かぎ》が市販《しはん》の物《もの》と同《おな》じだと思《おも》わない方《ほう》がいいよ。一見古臭《いっけんふるくさ》そうなセキュリティでも、全部最新式《ぜんぶさいしんしき》の特注《とくちゅう》モノに取《と》り換《か》えられてる。母屋《おもや》の蔵《くら》とか、大手銀行《おおてぎんこう》と同《おな》じレベルだよ」

「……桜二《おうじ》、今《いま》まで俺《おれ》んちの鍵《かぎ》を古臭《ふるくさ》いと思《おも》っていたのか？」

「やだなあ、言葉《ことば》のあやだよ。ははっ」

ここまで言《い》われても、アキくんは柔《やわ》らかい笑顔《えがお》を崩《くず》さなかった。

「うん、知《し》ってるよ。さっき道《みち》すがらにいろいろ見《み》たけど、使《つか》われてなさそうな部屋《へや》は見《み》た目《め》通《どお》りの古《ふる》い鍵《かぎ》で、人通《ひとどお》りが多《おお》いところはパスワード入力《にゅうりょく》に指紋認証《しもんにんしょう》、声紋認証《せいもんにんしょう》だよね？」

「…………よく見《み》てるんだな」

一条《いちじょう》くんははっきりとは肯定《こうてい》しなかったが、その返事《へんじ》が答《こた》えだった。

「あれくらいならちょっと工夫《くふう》すれば開《ひら》くよ。手先《てさき》が器用《きよう》なの、知《し》ってるでしょ？」

「それは手先《てさき》が器用《きよう》で済《す》ませられることか？」

まだ混乱《こんらん》しているのか、一条《いちじょう》くんはさっきから自信《じしん》なさそうに首《くび》を傾《かし》げている。

「まあ、実際《じっさい》に鍵《かぎ》の形《かたち》を確認《かくにん》するまでは絶対《ぜったい》に開《ひら》くとは言《い》えないけどね。でも、ぼくは試《ため》してみる価値《かち》はあると思《おも》ってるよ」

アキくんはそう言《い》いながら、ボストンバッグから小《ちい》さなプラスチック容器《ようき》を取《と》り出《だ》した。乳《にゅう》白色《はくしょく》のそれは中《なか》の物《もの》が少《すこ》し透《す》けて見《み》える。

セロハンテープと……細長《ほそなが》い針金《はりがね》のような物《もの》がたくさん入《はい》っているみたいだ。

「ピッキング道具《どうぐ》を常備《じょうび》してるのか……」

「え〜、これはどこにでもある普通《ふつう》のテープと針金《はりがね》だよ。技術顧問《ぎじゅつこもん》なら用意《ようい》しておく範囲内《はんいない》でしょ」

「オレはそういうのに期待《きたい》してアキを技術顧問《ぎじゅつこもん》にしたわけじゃないんだけどね……ていうか、一番《いちばん》ノリ気《き》じゃなかったじゃん」

遠《とお》い目《め》をした白鳥《しらどり》くんは力《ちから》なく頭《あたま》を押《お》さえる。

「でもま、オレもちょっと気《き》になってきたし、お手並《てな》み拝見《はいけん》といこーかな」

「家主《やぬし》の俺《おれ》を置《お》いて何《なに》を言《い》ってるんだ」

開《ひら》き直《なお》って楽《たの》しそうな白鳥《しらどり》くんに、一条《いちじょう》くんがじとりとした視線《しせん》を向《む》ける。

だがそれでもにこにこしている白鳥《しらどり》くんを呆《あき》れた表情《ひょうじょう》で眺《なが》めたかと思えば、仕方《しかた》なさそうに大《おお》きなため息《いき》をついた。

「だが、他《ほか》に手《て》がないのも事実《じじつ》か……分《わ》かった、ここは秋兎《あきと》に任《まか》せよう」

（納得《なっとく》しちゃったーっ！）

かくして、探《さが》し物《もの》をしに来《き》たはずの私《わたし》たちは、他人《たにん》の家《いえ》で鍵《かぎ》をピッキングすることになった。

一条《いちじょう》くん自《みずか》らお願《ねが》いしているし、きっと大丈夫《だいじょうぶ》なはず！

◇◇◇

椿《つばき》の間《ま》は、千代《ちよ》さんの部屋《へや》とは逆《ぎゃく》の位置《いち》にある。

そのため、どうしても中央《ちゅうおう》にある大広間《おおひろま》の近《ちか》くを通《とお》らなければならなかった。

中《なか》に入《はい》らなくてもよさそうだが、それでも大人《おとな》がたくさんいるだろう。うろうろするなと叱《しか》られそうで少《すこ》し怖《こわ》い。

そして、悪《わる》い予感《よかん》ほどよく当《あ》たるものである。

「クッソ！　なんでこんなに見《み》つからねぇんだよ！　もう一《いっ》か月《げつ》は探《さが》してるんだぞ⁉」

大広間《おおひろま》を少《すこ》し過《す》ぎたところにある部屋《へや》の中《なか》から、男《おとこ》の人《ひと》の不機嫌《ふきげん》そうな声《こえ》が聞《き》こえた。

「落《お》ち着《つ》けよ兄《にい》さん。そんな大声《おおごえ》出《だ》したら聞《き》かれるだろ」

「みんな鍵探《かぎさが》しに夢中《むちゅう》でここには誰《だれ》もいねえよ！」

私《わたし》たちはそっと通《とお》り過《す》ぎようとしたが、耳《みみ》に入《はい》ってくる会話《かいわ》に思《おも》わずといった様子《ようす》で一条《いちじょう》くんが足《あし》を止《と》めた。

「ったく、やっと婆《ばあ》さんの喪《も》があけて本家《ほんけ》に来《こ》られたのに、今度《こんど》は爺《じい》さんの別邸《べってい》の鍵《かぎ》が見《み》つからないときた！　あの中《なか》には爺《じい》さんが大切《たいせつ》にしてたもんがあるんだろ？」

「ああ、なんでも地下《ちか》に宝物庫《ほうもつこ》があるらしい。全部売《ぜんぶう》れば、一生遊《いっしょうあそ》んで暮《く》らせる金《かね》が手《て》に入《はい》るって話《はなし》だぞ」

「ふん、当主《とうしゅ》さまもさっさと扉《とびら》なんて壊《こわ》しちまえばいいのによ。わざわざ鍵探《かぎさが》しなんて面倒《めんどう》なことして、俺《おれ》たちの時間《じかん》を無駄《むだ》にしやがって」

……てっきり、みんな親切心《しんせつしん》で鍵《かぎ》を探《さが》しているのだと思《おも》っていた。

一条《いちじょう》くんみたいに、『大切《たいせつ》にしていた物《もの》を失《な》くしたままにしたくない』っていう気持《きも》ちを持《も》っているのだと思《おも》っていた。

(少《すく》なくとも、この人《ひと》たちは違《ちが》うみたい)

お金《かね》のために動《うご》いている。物《もの》を大切《たいせつ》にしようって、少《すこ》しも考《かんが》えてない。

男《おとこ》たちの話《はなし》を聞《き》いているうちにムカつきはじめて、鍵《かぎ》なんて見《み》つからなければいいと思《おも》った。

「一条《いちじょう》くん、椿《つばき》の間《ま》に行《い》こうよ」

声《こえ》を潜《ひそ》めて一条《いちじょう》くんに話《はな》しかける。

「……そうだな」

こんな話《はなし》、これ以上《いじょう》一条《いちじょう》くんに聞《き》かせたくなかった。

早《はや》くこの場《ば》から離《はな》れたくて、私《わたし》は立《た》ち尽《つ》くす一条《いちじょう》くんの背中《せなか》を押《お》した。

男《おとこ》たちの話《はな》し声《ごえ》が聞《き》こえなくなったところで、一条《いちじょう》くんはくるりと振《ふ》り向《む》いた。

「一条《いちじょう》くん？」

その顔《かお》はひどく真剣《しんけん》で、私《わたし》は思《おも》わず足《あし》を止《と》める。

「雪乃《ゆきの》、言《い》いにくいんだが」

さっきのことを気《き》にしているのかな。

なんて声《こえ》をかけようかと迷《まよ》っていると、先《さき》に一条《いちじょう》くんが口《くち》を開《ひら》く。

「――椿《つばき》の間《ま》はこっちじゃない」

「…………へ？」

私《わたし》の周《まわ》りだけ、時《じ》間《かん》が止《と》まったような気《き》がした。

一条《いちじょう》くんの言《こと》葉《ば》を理《り》解《かい》した瞬《しゅん》間《かん》、私《わたし》は一《いっ》気《き》に恥《は》ずかしさと気《き》まずさに襲《おそ》われる。

「……あっ、そうなんだ!?　あ、あはは、よく考《かんが》えたら私《わたし》、椿《つばき》の間《ま》がどこにあるか全《まった》く知《し》らなかったな……あはは」

一《いっ》瞬《しゅん》で顔《かお》が赤《あか》くなるのを感《かん》じながら、私《わたし》はなんとか笑《わら》った。穴《あな》があったら入《はい》りたい。

(そういうことは早《はや》く言《い》ってほしかった……みんな何《なに》も言《い》わないで進《すす》むから、こっちだと思《おも》ったよ……)

気《き》まずさで小《ちい》さくなっていると、一条《いちじょう》くんはひどく優《やさ》しい笑《え》顔《がお》で言《い》った。

「ありがとう、雪乃《ゆきの》。嬉《うれ》しかったぞ」

その笑《え》顔《がお》はまるで木《こ》漏《も》れ日《び》みたいに暖《あたた》かくて、私《わたし》は違《ちが》う意《い》味《み》でドキドキしてしまった。

「……ど、どういたしまして？」

なんだかすごくいたたまれなくなって、私《わたし》はそう答《こた》えるのが精《せい》いっぱいだった。

「ちょっと、ぼくたちもいるんだけど」

まっすぐ一条《いちじょう》くんの顔《かお》を見《み》られなくなった私《わたし》を、とてもいい笑顔《えがお》を浮《う》かべたアキくんが背中《せなか》に隠《かく》してくれた。

「ところでさ。ユキ、さっき一条くんって言《い》わなかった？」

今度《こんど》は後《うし》ろから、不満《ふまん》そうな声《こえ》が聞《き》こえた。

振《ふ》り向《む》けば、少《すこ》し拗《す》ねたようにこちらを見下《みお》ろす白鳥《しらどり》くんの姿《すがた》が。

「この間《あいだ》、桜二《おうじ》って呼《よ》んでってって言《い》ったよね？　その感《かん》じじゃ、どーせオレも『白鳥《しらどり》くん』なんでしょ」

ぎくりと身《み》を固《かた》くした私《わたし》に、じとりとした視線《しせん》が刺《さ》さる。全《まった》く誤魔化《ごまか》せてなかった。

白鳥《しらどり》くんは苗字《みょうじ》で呼《よ》ばれるのは好《す》きじゃないって言《い》ってたから、余計《よけい》に気《き》にしているのかも。

「で、でも……」

「あーあ、オレ、悲《かな》しくてユキが名前《なまえ》を呼《よ》んでくれるまで毎日会《あ》いに行《い》っちゃうかも。C組《シーぐみ》に」

脅迫《きょうはく》だ！

そんなわけないと否定《ひてい》したいところだが、二人《ふたり》にはすでに突撃《とつげき》してきた前科《ぜんか》がある。

綾小路《あやのこうじ》さんの冷《つめ》たい視線《しせん》を思《おも》い出《だ》して、私《わたし》は真剣《しんけん》に悩《なや》んだ。

「…………分《わ》かった、桜二《おうじ》くん」

仕方《しかた》がない。

ここは私《わたし》が折《お》れた方《ほう》がいいだろう。学校《がっこう》で会《あ》わなければ、そして私《わたし》が二人《ふたり》を名前《なまえ》で呼《よ》ばなければいいことだ。私《わたし》が気《き》を付《つ》ければいい分《ぶん》、毎日《まいにち》C組《シーぐみ》に来《こ》られるよりずっとマシ。

私《わたし》があまりにも苦《にが》い顔《かお》をしていたからか、白鳥《しらどり》……じゃない、桜二《おうじ》くんは声《こえ》を上《あ》げて笑《わら》った。

「あははっ、すっごい渋々《しぶしぶ》。でもオレ、そういうの嫌《きら》いじゃないよ。むしろ好《す》きかも」

私《わたし》を覗《のぞ》き込《こ》むようにして、桜二《おうじ》くんはクスッと笑《わら》った。

(……からかわれている)

もしかして女《おんな》の子《こ》はみんなそう言《い》っておけば機嫌《きげん》が直《なお》るとでも思《おも》っているのだろうか。

そう考《かんが》えるとムカついてきたので、私《わたし》は桜二《おうじ》くんをにらんだ。

「ははっ、ユキはかわいいね」

ダメージを受《う》けたのは私《わたし》だけだった。

冗談《じょうだん》だとしても初《はじ》めて男《おとこ》の子《こ》にそう言《い》われたから、どう反応《はんのう》すればいいかわからない。

「し・ら・ど・り！」

アキくんが語気《ごき》を強《つよ》めると、桜二《おうじ》くんが観念《かんねん》したように手《て》を上《あ》げた。

さっきよりも赤《あか》くなった顔《かお》を見《み》られたくなくて、私《わたし》は少《すこ》しうつむく。顔《かお》が熱《あつ》い。

（『白鳥《しらどり》の話《はなし》は半分冗談《はんぶんじょうだん》でできてるから本気《ほんき》にしない』ってアキくんが言《い》った理由《りゆう》、分《わ》かったかも……）

もうこうなったら、桜二《おうじ》くんって堂々《どうどう》と呼《よ》んでやる。他《ほか》の女《おんな》の子《こ》に詰《つ》め寄《よ》られて後悔《こうかい》すればいいんだ！

「そ、それより、早《はや》く椿《つばき》の間《ま》に行《い》こうよ！」

少《すこ》しだけ照《て》れてしまったことが悔《くや》しくて、私《わたし》は無理《むり》やり話《はなし》を戻《もど》した。

桜二《おうじ》くんはいまだに笑《わら》っていて、声《こえ》を震《ふる》わせてこっちだよと教《おし》えてくれた。

もうこれ以上《いじょう》は何《なに》も言《い》わないからね！

◇◇◇

遠巻《とおま》きに私《わたし》たちを見《み》る付喪神《つくもがみ》を視界《しかい》の端《はし》に入《い》れつつ、私《わたし》は目《め》の前《まえ》の扉《とびら》を見上《みあ》げた。

大広間《おおひろま》の右側《みぎがわ》、椿《つばき》の間《ま》がある方《ほう》は洋風《ようふう》の造《つく》りになっていて、椿《つばき》の間自体《まじたい》も洋風《ようふう》の部屋《へや》だ。

木製《もくせい》の大《おお》きな観音開《かんのんびら》きの扉《とびら》が私《わたし》たちの侵入《しんにゅう》を拒《こば》んでいる。金色《きんいろ》のドアハンドルには椿《つばき》の花《はな》が彫《ほ》られていて、その下《した》には同《おな》じく椿《つばき》の花《はな》を象《かたど》った赤《あか》い鍵穴《かぎあな》があった。

「あんなにいろいろ言《い》ってたからどんな鍵《かぎ》かと思《おも》ったら、典型的《てんけいてき》な中世《ちゅうせい》のウォード錠《じょう》じゃん」

さっそく鍵穴《かぎあな》を覗《のぞ》き込《こ》んだアキくんが肩透《かたす》かしを食《く》らったようにそう言《い》った。

「ウォード錠《じょう》って？」

「古《ふる》いタイプの鍵《かぎ》と錠前《じょうまえ》の仕組《しく》みで、内部《ないぶ》に『ウォード』っていう障害物《しょうがいぶつ》がある錠前《じょうまえ》だよ。それに合《あ》う鍵《かぎ》でしか開《ひら》かないようになってるんだけど、作《つく》り自体《じたい》は複雑《ふくざつ》じゃないんだ。今《いま》じゃセキュリティのレベルが低《ひく》くてほとんど使《つか》われていないくらい」

首《くび》を傾《かし》げる私《わたし》に、アキくんは簡単《かんたん》に説明《せつめい》してくれた。

セキュリティのレベルが低《ひく》いという言葉《ことば》に、颯馬《そうま》くんは不満《ふまん》げに眉《まゆ》をひそめる。

「一応《いちおう》、今《いま》まで不法侵入《ふほうしんにゅう》されたことはないんだぞ」

「それは入《い》り口付近《ぐちふきん》の鍵《かぎ》がしっかりしてるからじゃない？　オレが知《し》っているだけでも、屋敷《やしき》の人通《ひとどお》り多《おお》いところと少《すく》ないところで使《つか》っている鍵《かぎ》が違《ちが》うし」

「……そうなのか？」

自分《じぶん》より家《いえ》の鍵事情《かぎじじょう》に詳《くわ》しい桜二《おうじ》くんに、颯馬《そうま》くんは怪訝《けげん》そうに返《かえ》す。

それに気《き》づかず、桜二《おうじ》くんはじっと鍵穴《かぎあな》を見《み》つめいている。

「鍵《かぎ》が違《ちが》うのは結構昔《けっこうむかし》から気《き》づいてたよ。そんで、オレもウォード錠《じょう》はガードが甘《あま》いって聞《き》いたことがあるから、開《あ》けられないかなーって試《ため》したことがあるんだ」

「試《ため》したのか、ピッキングを。人《ひと》の家《いえ》で、こっそり」

「まあ、失敗《しっぱい》したけどね。残念《ざんねん》」

「その前《まえ》に桜二《おうじ》、幼馴染《おさななじ》みに家《いえ》の鍵《かぎ》をピッキングされた俺《おれ》に何《なに》か言《い》うことはないか？」

かわいそう。

さすがに反省《はんせい》しているのか、桜二《おうじ》くんは気《き》まずそうに視線《しせん》を泳《およ》がせた。

「い、いやあ、テレビの影響《えいきょう》でつい手《て》が滑《すべ》って……さすがに反省《はんせい》してるよ」

「してもらわなきゃ困《こま》る。前《まえ》から思《おも》っていたが、おまえはもう少《すこ》し倫理観《りんりかん》をだな――」


ガチャ。

鍵穴《かぎあな》から響《ひび》いた乾《かわ》いた音《おと》が、颯馬《そうま》くんの言葉《ことば》をさえぎった。

小《ちい》さい頃《ころ》からアキくんの鍵開《かぎあ》けに付《つ》き合《あ》ってきた私《わたし》には聞《き》きなれた音《おと》だが、颯馬《そうま》くんたちは何《なに》が起《お》きたか分《わ》かってないようだ。

「開《ひら》いたよ」

開錠《かいじょう》の音《おと》である。

「えっ、は……？」

「いや、一分《いっぷん》も経《た》ってないんだけど……？」

恐《おそ》る恐《おそ》るといったように桜二《おうじ》くんが扉《とびら》を押《お》す。

ギィという音《おと》を立《た》てて、扉《とびら》がすんなり開《ひら》いた。

「本当《ほんとう》に開《あ》いてる……」

ウォード錠《じょう》が敗北《はいぼく》した瞬間《しゅんかん》である。

「くそ、手元《てもと》を見《み》てればよかった。さすが技術顧問《ぎじゅつこもん》」

「それはおまえが勝手《かって》に任命《にんめい》したんだけど、書記兼経営顧問《しょきけんけいえいこもん》くん」

調子《ちょうし》のいい桜二《おうじ》くんにアキくんは眉間《みけん》にしわを寄《よ》せる。

こうなってくると、いよいよ技術顧問《ぎじゅつこもん》の意味《いみ》が変《か》わってきそうだ。

「今回《こんかい》は助《たす》かったが……その、秋兎《あきと》は泥棒《どろぼう》に向《む》いてるんだな……？」

「颯馬《そうま》くん、それは褒《ほ》めてないと思《おも》うよ」

混乱《こんらん》しているのか、颯馬《そうま》くんは褒《ほ》めているつもりで、とんでもない言葉《ことば》を口《くち》にしている。

「おお、壁紙《かべがみ》が赤《あか》い。使《つか》ってない部屋《へや》なのに、綺麗《きれい》に片付《かたづ》いてるね」

わくわくしたように部屋《へや》の中《なか》に入《はい》っていく桜二《おうじ》くんに続《つづ》いて、私《わたし》たちも急《いそ》いで中《なか》に入《はい》って扉《とびら》を閉《し》める。

椿《つばき》を意識《いしき》しているのか、部屋《へや》は全体的《ぜんたいてき》に赤系統《あかけいとう》の色《いろ》が使《つか》われている。

天蓋《てんがい》つきベッドも古臭《ふるくさ》いというイメージはなく、華《はな》やかな雰囲気《ふんいき》の洋室《ようしつ》だと思《おも》う。

定期的《ていきてき》に掃除《そうじ》されているのか、今《いま》すぐ寝泊《ねと》まりできるほどに清潔感《せいけつかん》がある部屋《へや》。

「ええと……右奥《みぎおく》のタンス、上《うえ》から三番目《さんばんめ》の鍵付《かぎつ》き引《ひ》き出《だ》しだったな」

探《さが》し物《もの》に意識《いしき》を切《き》り替《か》えた颯馬《そうま》くんは、さっそく金色《きんいろ》の鳥《とり》が言《い》っていたタンスを探《さが》し始《はじ》める。

自然《しぜん》と手分《てわ》けしていく中《なか》、部屋《へや》の右奥《みぎおく》に私《わたし》の身長《しんちょう》と同《おな》じくらいの衣装《いしょう》タンスを見《み》つけた。

「あ、あれじゃないかな」

それを指《ゆび》さして、みんなに呼《よ》びかける。

「他《ほか》に鍵《かぎ》がついてるタンスはなさそうだし、これっぽいね」

桜二《おうじ》くんが頷《うなず》けば、颯馬《そうま》くんが前《まえ》に出《で》てタンスに手《て》をかける。取《と》っ手《て》を引《ひ》っ張《ぱ》って開《あ》けようとするが、ガタガタと音《おと》がするだけで開《ひら》きそうな様子《ようす》はない。

「む……やはり鍵《かぎ》がかかっているか」

私《わたし》たちの視線《しせん》が再《ふたた》びアキくんに集《あつ》まる。

すぐにその意味《いみ》を理解《りかい》したアキくんは、得意《とくい》げな笑《え》みを浮《う》かべた。

「うん、任《まか》せてよ」

鍵穴《かぎあな》を覗《のぞ》き込《こ》みながら、手早《てばや》く手《て》にしている針金《はりがね》の形《かたち》を変《か》えていく。その時間《じかん》はわずか数秒《すうびょう》。

顔《かお》を上《あ》げたアキくんは、なんのためらいもなく針金《はりがね》を鍵穴《かぎあな》に入《い》れた。

「……手慣《てな》れているな」

思《おも》わずといった様子《ようす》で颯馬《そうま》くんが小《ちい》さく呟《つぶや》く。

その間《あいだ》にも開錠作業《かいじょうさぎょう》が進《すす》んでいき、あっという間《ま》にカチャと子気味《こきみ》いい音《おと》が鍵穴《かぎあな》から響《ひび》いた。

「開《あ》けるよ」

今度《こんど》は誰《だれ》も驚《おどろ》かなかった。

息《いき》をのんで見守《みまも》る中《なか》、当《あ》たり前《まえ》のようにタンスは開《ひら》かれる。

中《なか》に入《はい》っていたのはキレイな着物《きもの》で、生地《きじ》は茄子《なす》のような濃紺《のうこん》だ。金糸《きんし》や藤色《ふじいろ》などの淡《あわ》い色《いろ》で施《ほどこ》されている椿《つばき》の刺繍《ししゅう》のおかげで、暗《くら》い印象《いんしょう》をまったく抱《いだ》かない。

「あっ。この着物《きもの》、千代《ちよ》さんのだよね？　あの写真《しゃしん》で着《き》ていたのと似《に》てる気《き》がする」

写真《しゃしん》じゃわからなかったが、近《ちか》くで見《み》るとこの着物《きもの》はとんでもなく高級《こうきゅう》な物《もの》だと分《わ》かる。

こんな無造作《むぞうさ》にタンスにしまわれていていいモノじゃないと思《おも》うけど……

「ああ。これはひいばあちゃんが一番《いちばん》気《き》に入《い》ってた着物《きもの》だ。見《み》ないと思《おも》ったら、こんなところにあったのか」

驚《おどろ》いたような、嬉《うれ》しそうな声《こえ》でそう言《い》うと、颯馬《そうま》くんは着物《きもの》を引《ひ》き出《だ》しごと取《と》り出《だ》して絨毯《じゅうたん》の上《うえ》に置《お》いた。

私《わたし》は付喪神《つくもがみ》を見《み》ようと目《め》を凝《こ》らすが、不思議《ふしぎ》と気配《けはい》を感《かん》じることができない。

「あれ、付喪神《つくもがみ》がいるとしたら、この着物《きもの》しかないはずなんだけど……」

ぜんっぜん姿《すがた》が見《み》えない。

というか、この部屋《へや》のどこにも付喪神《つくもがみ》はいない。家具《かぐ》はどれも古《ふる》そうだし、一人《ひとり》二人《ふたり》はいてもおかしくなさそうなのに。

（あの金色《きんいろ》の鳥《とり》が嘘《うそ》をついたとは思《おも》えないけど……）

少《すこ》し悩《なや》んで、私《わたし》は颯馬《そうま》くんに許可《きょか》を貰《もら》ってから着物《きもの》をめくってみる。生地《きじ》の間《あいだ》になにか挟《はさ》まっているかもしれないからだ。

手袋《てぶくろ》をつけたままでよかった。

『そんなにおっかなびっくり触《さわ》らなくとも、妾《わらわ》は破《やぶ》れたりせん』

「うわっ⁉」

突然背後《とつぜんはいご》から話《はな》しかけられて、私《わたし》は声《こえ》を上《あ》げて驚《おどろ》いた。

その声《こえ》に釣《つ》られて、颯馬《そうま》くんたちも警戒《けいかい》したように周囲《しゅうい》を見回《みまわ》す。

(誰《だれ》かに気付《きづ》かれた⁉)

慌《あわ》てて声《こえ》がした方《ほう》を振《ふ》り返《かえ》ると、人《ひと》とは思《おも》えないほど美《うつく》しい女《おんな》の人《ひと》が私《わたし》を見下《みお》ろしているのが目《め》に入《はい》る。

床《ゆか》に届《とど》くほど長《なが》くて真《ま》っ黒《くろ》な髪《かみ》は滝《たき》のように流《なが》れ、夜空《よぞら》を閉《と》じ込《こ》めたような不思議《ふしぎ》な瞳《ひとみ》はけぶるようなまつ毛《げ》に縁《ふち》どられている。目元《めもと》に施《ほどこ》された赤《あか》い化粧《けしょう》はどこか神秘的《しんぴてき》で、身《み》にまとう着物《きもの》は私《わたし》がさっきまでめくっていた物《もの》と似《に》て——そこでやっと、私《わたし》はこの女《おんな》の人《ひと》が付喪神《つくもがみ》だと気《き》づいた。

(この人《ひと》、颯馬《そうま》くんに似《に》てるかも)

いや、この場合《ばあい》は千代《ちよ》さんに似《に》ているっていうべきか。付喪神《つくもがみ》は一番思《いちばんおも》い入《い》れのある人《ひと》から姿《すがた》を借《か》りるから、実際《じっさい》にこの着物《きもの》を着《き》ていた千代《ちよ》さんに容姿《ようし》を寄《よ》せているのだろう。

「ユキちゃん？」

名前《なまえ》を呼《よ》ばれてハッと我《われ》に返《かえ》る。見《み》とれている場合《ばあい》じゃない。

「あ、あの！　金色《きんいろ》の鳥《とり》の姿《すがた》をした子《こ》に、あなたのところに来《く》るように言《い》われたんです」

思《おも》わず敬語《けいご》になる。ただ立《た》っているだけなのに、彼女《かのじょ》にはそうさせる迫力《はくりょく》があった。尻込《しりご》みしそうになるのをこらえて、付喪神《つくもがみ》に状況《じょうきょう》を説明《せつめい》する。

それだけでみんなは付喪神《つくもがみ》と話《はな》しているのが分《わ》かったようで、口《くち》をつぐんでこちらの様子《ようす》を伺《うかが》った。

『――ああ、あの金色《きんいろ》の。それで、珍《めずら》しい目《め》をした娘《むすめ》。妾《わらわ》になんの用《よう》だ』

「千代《ちよ》さんが、大事《だいじ》にしていた寄木細工《よせぎざいく》が見当《みあ》たらないんです。もし行方《ゆくえ》を知《し》っているのでしたら、教《おし》えていただけませんか？」

私《わたし》がはっきりとそう口《くち》にしたことで、颯馬《そうま》くんは息《いき》をのんだ。緊張《きんちょう》した面持《おもも》ちで私《わたし》の目線《めせん》の先《さき》を見《み》つめている。

『ほう。他人《たにん》のために、末席《まっせき》とはいえ神《かみ》の座《ざ》に名《な》を連《つら》ねる我《われ》らの助《たす》けを求《もと》めるのか？　高《たか》くつくかもしれんぞ』

品定《しなさだ》めするような視線《しせん》を受《う》け止《と》めて、私《わたし》は強《つよ》く頷《うなず》く。

『あはははは！　何《なん》ともまあ恐《おそ》れ知《し》らずで欲張《よくば》りなことよ』

そうひとしきりに笑《わら》った後《あと》、着物《きもの》の付喪神《つくもがみ》は愉快《ゆかい》そうに唇《くちびる》を歪《ゆが》めた。

格《かく》の高《たか》い付喪神《つくもがみ》には、稀《まれ》にこういう神《かみ》に近《ちか》い感覚《かんかく》を持《も》つ存在《そんざい》がいる。彼女《かのじょ》もそうなのだろう。

『良《よ》い、良《よ》い。その我《われ》らを視《み》る目《め》のために、そして我《われ》らを愛《あい》する心《こころ》のために。おまえたちを、愛《あい》してやろう。対価《たいか》もいらぬ。おまえのような童《わらべ》から絞《しぼ》り取《と》るほど、妾《わらわ》は落《お》ちぶれておらん』

つまり、無条件《むじょうけん》で私《わたし》たちを助《たす》けてくれるということだ。

そう理解《りかい》した瞬間《しゅんかん》、私《わたし》はみんなの方《ほう》を見《み》た。

「やった！　話《はなし》を聞《き》いてくれるみたいだよ！」

「本当《ほんとう》か⁉」

颯馬《そうま》くんの顔《かお》がパッと華《はな》やぐ。まだ何《なに》も解決《かいけつ》していないのに、私《わたし》まで嬉《うれ》しくなるような笑顔《えがお》だ。

我《わ》が子《こ》を見守《みまも》るような目《め》で私《わたし》たちを見《み》つめたかと思《おも》うと、着物《きもの》の付喪神《つくもがみ》はふと思《おも》い出《だ》したようにこちらを見《み》た。

『しかし、そなたのような友人《ゆうじん》がいてよかったわい。颯《そう》の字《じ》は千代《ちよ》と似《に》てな、一度《いちど》こうと決《き》めたらテコでも動《うご》かんのだ。こやつが半年《はんとし》もアレをやみくもに探《さが》してるのを見《み》て、妾《わらわ》もいい加減《かげん》可哀想《かわいそう》になっていたところよ』
よよよ、と袖口《そでぐち》で顔《かお》を隠《かく》して泣《な》くふりをする着物《きもの》の付喪神《つくもがみ》。
人《ひと》の姿《すがた》を取《と》っているだけあって、感情表現《かんじょうひょうげん》が豊《ゆた》かだ。
しかしあくまでも冗談《じょうだん》だったようで、すぐに泣《な》き真似《まね》をやめてしまった。
『さてさて、ここで妾《わらわ》は謝《あやま》らねばならんことがあるんだが』
すっと涙《なみだ》を消《け》して真剣《しんけん》な顔《かお》つきになった付喪神《つくもがみ》が私《わたし》を見《み》つめる。
『その寄木細工《よせぎざいく》を隠《かく》したのは他《ほか》でもない、この妾《わらわ》なのじゃ』

10　寄木細工《よせぎざいく》の行方《ゆくえ》

「……え？」

ぺろっと舌《した》を出《だ》して片目《かため》をつぶってみせたお茶目《ちゃめ》な付喪神《つくもがみ》に、私《わたし》は思《おも》わず裏返《うらがえ》った声《こえ》で返事《へんじ》をしてしまう。

私《わたし》があまりにも困《こま》った顔《かお》をしていたのだろう、みんな心配《しんぱい》そうに私《わたし》を見《み》ている。

どうやってこの真実《しんじつ》を伝《つた》えようかと悩《なや》んでいると、着物《きもの》の付喪神《つくもがみ》は慌《あわ》てたように言葉《ことば》を続《つづ》けた。

『ああ、なにも妾《わらわ》はいたずらで隠《かく》したわけじゃあない。誰《だれ》の手《て》も及《およ》ばぬところに隠《かく》してほしいと言《い》ってきたのは、かの寄木細工《よせぎざいく》の方《ほう》だ』

「えっ……？」

難《むずか》しい話《はなし》になりそうな気《き》がしたので、私《わたし》はひとまず今《いま》のやり取《と》りをそのままみんなに伝《つた》えた。

(隠《かく》して欲《ほ》しいって寄木細工《よせぎざいく》が自分《じぶん》から頼《たの》んだって、どういうことなの……？)

いきなり事態《じたい》が大《おお》きく進《すす》み、三人《さんにん》とも狐《きつね》に化《ば》かされたような顔《かお》になる。

最初《さいしょ》に沈黙《ちんもく》を破《やぶ》ったのは、桜二《おうじ》くんだ。口《くち》ごもる颯馬《そうま》くんを見《み》て、かわりに質問《しつもん》してくれた。

「なんで寄木細工《よせぎざいく》がそんな頼《たの》み事《ごと》をしたのか、理由《りゆう》はわかる？」

『む。確《たし》かあおいのがどうのこうのと言《い》っていたような気《き》がしたのだが……よう覚《おぼ》えとらんのう。ほれ、最近物《さいきんもの》の移動《いどう》が多《おお》かっただろう？　落《お》ち込《こ》むひよっこどもを慰《なぐさ》めるので手一杯《ていっぱい》だったのじゃ』

「そこをどうにか思《おも》い出《だ》していただけませんか……！」

着物《きもの》の付喪神《つくもがみ》が考《かんが》え込《こ》むのを横目《よこめ》に、私《わたし》はもう一度部屋《いちどへや》の中《なか》を見回《みまわ》した。

（もしかして活動《かつどう》している付喪神《つくもがみ》が少《すく》ないのは、みんな眠《ねむ》りについてるからなのかな）

きっと別邸《べってい》の鍵探《かぎさが》しで、さっきの男《おとこ》の人《ひと》たちのような人《ひと》がたくさんいたのだろう。売《う》って金《かね》を稼《かせ》ごうっていう声《こえ》が聞《き》こえている中《なか》で、仲間《なかま》たちがどんどん違《ちが》う場所《ばしょ》に移動《いどう》されていく。

知性《ちせい》が低《ひく》い付喪神《つくもがみ》なら、遺品《いひん》の整理《せいり》をするところ見《み》て「捨《す》てられる」って勘違《かんちが》いしてもおかしくない。

付喪神《つくもがみ》の本質《ほんしつ》は道具《どうぐ》で、人《ひと》に生《う》み出《だ》されて使《つか》われることが存在意義《そんざいいぎ》だ。人《ひと》の愛《あい》によって生《う》まれた彼《かれ》らにとって、壊《こわ》れるよりも捨《す》てられる方《ほう》が怖《こわ》いのだ。

この感《かん》じじゃ、他《ほか》の付喪神《つくもがみ》から情報《じょうほう》を得《え》るのは難《むずか》しいかもしれない。

「それにしても『隠《かく》して欲《ほ》しい』、か……」

隠《かく》してほしいって、まるで何《なに》かに狙《ねら》われているような言《い》い方《かた》だ。

「私《わたし》が予想《よそう》していたよりも自我《じが》がはっきりしているのかも。すごく大事《だいじ》にされていた物《もの》は付喪神化《つくもがみか》が早《はや》いこともあるし」

ほとんど独《ひと》り言《ごと》のような呟《つぶや》きだったが、着物《きもの》の付喪神《つくもがみ》がそれを聞《き》いて顔《かお》を上《あ》げた。

『なんだ、知《し》らんのか。あの寄木細工《よせぎざいく》は早熟《そうじゅく》でな。もう姿《すがた》を持《も》っておるぞ』

「えっ？」

『今《いま》にでも消《き》えてしまいそうな妖精《ようせい》ではあったが、たった八十年《はちじゅうねん》でよくあそこまで化《ば》けたものよ』

たくさん使《つか》われれば、早《はや》く付喪神《つくもがみ》になることはある。それでも二十年《にじゅうねん》も早《はや》く姿《すがた》を得《え》るのはかなり珍《めずら》しい。

驚《おどろ》きで何《なに》も言《い》えない私《わたし》に、着物《きもの》の付喪神《つくもがみ》はマイペースに微笑《ほほえ》んだ。

『まあ、そなたら相手《あいて》なら隠《かく》さなくともよいな。隠《かく》した寄木細工《よせぎざいく》を持《も》って行《い》ってやろう』

「え、いいんですか？」

『構《かま》わん構《かま》わん。颯《そう》の字《じ》もおるのだ。これであやつも安心《あんしん》できようぞ』

もう少《すこ》し手間《てま》取《ど》るだろうと思《おも》っていたので、あっけない終《お》わりに現実感《げんじつかん》が湧《わ》かない。

一瞬呆然《いっしゅんぼうぜん》としかけて、慌《あわ》てて一条《いちじょう》くんに伝《つた》えようと口《くち》を開《ひら》く。しかしその前《まえ》に、着物《きもの》の付喪神《つくもがみ》はポンッと手《て》を叩《たた》いた。

『そうじゃ！　あの小《ちい》さきもの、他《ほか》にも鍵《かぎ》がどうのこうの言《い》っておったぞ』

「へっ、鍵《かぎ》？」


結局着物《けっきょくきもの》の付喪神《つくもがみ》はそれ以上何《いじょうなに》も言《い》わず、意味深《いみしん》な笑顔《えがお》だけ残《のこ》して姿《すがた》を消《け》した。

残《のこ》された私《わたし》たちは、お互《たが》いに顔《かお》を見合《みあ》わせて話《はな》し合《あ》いに戻《もど》る。

「鍵《かぎ》って、まさか今一条家《いまいちじょうけ》を騒《さわ》がせている別邸《べってい》の鍵《かぎ》じゃないよね？」

そう切《き》り出《だ》した桜二《おうじ》くん自身《じしん》、困《こま》ったように眉《まゆ》をハの字《じ》にした。

「別邸《べってい》の鍵《かぎ》を管理《かんり》していたのはひいばあちゃんで、寄木細工《よせぎざいく》は物入《ものい》れ。……もっと早《はや》く気付《きづ》くべきだったな」

颯馬《そうま》くんは大《おお》きなため息《いき》をついて、頭《あたま》が痛《いた》いといわんばかりに眉間《みけん》を押《お》さえた。

アキくんも難《むずか》しい顔《かお》をして考《かんが》え込《こ》んでいる。

「つまり、寄木細工《よせぎざいく》は別邸《べってい》を開《あ》けてほしくないってこと？『隠《かく》して』ってってことは、悪意《あくい》から自分《じぶん》を守《まも》ろうとしているんだと思《おも》うけど」

「他《ほか》のヒントって言《い》えば……青《あお》いって言葉《ことば》くらいか？　でも、屋敷《やしき》に青《あお》い部屋《へや》はないぞ。物《もの》なら結構《けっこう》あるが、逆《ぎゃく》に絞《しぼ》り込《こ》めないな」

「それより、誰《だれ》かがこっそり鍵《かぎ》を使《つか》って別邸《べってい》に入《はい》ろうとしているのが問題《もんだい》でしょ。ピッキングを試《ため》したオレが言《い》うのもあれだけど、絶対《ぜったい》にろくなことを考《かんが》えてないね」

いろんな意見《いけん》が飛《と》び交《か》い、私《わたし》たちの間《あいだ》に再《ふたた》び重《おも》い沈黙《ちんもく》が流《なが》れた。

颯馬《そうま》くんですら、寄木細工《よせぎざいく》の中《なか》に何《なに》が入《はい》っていたのか知《し》らなかったらしい。颯馬《そうま》くんの両親《りょうしん》も寄木細工《よせぎざいく》にこだわっていなかったところを見《み》るに、彼《かれ》らも知《し》らなかったのだろう。

寄木細工《よせぎざいく》は千代《ちよ》さんが亡《な》くなったのと同《おな》じ時期《じき》に消《き》えている。

つまり、その誰《だれ》かは前《まえ》から鍵《かぎ》の在《あ》り処《か》を知《し》っていて、ずっと寄木細工《よせぎざいく》の中《なか》にある鍵《かぎ》を狙《ねら》っていたということだ。

「くそ、そうとも知《し》らずに俺《おれ》はのんびり蔵《くら》を漁《あさ》ってたのか」

颯馬《そうま》くんがイラ立《だ》ったように前髪《まえがみ》をぐしゃっとかき上《あ》げる。

「ソウがずっと寄木細工《よせぎざいく》を探《さが》してたから、犯人《はんにん》も大《おお》っぴらに動《うご》けなかったんじゃない？　オレは無駄《むだ》じゃないと思ってるよ」

「もう犯人扱《はんにんあつか》いしてる……」

寄木細工《よせぎざいく》は着物《きもの》の付喪神《つくもがみ》が千代《ちよ》さんの部屋《へや》まで届《とど》けてくれるということで、私《わたし》たちは空気を変えるためにも一旦お昼《ひる》を挟むことにした。

食事《しょくじ》が運《はこ》ばれてくる時間《じかん》も近《ちか》いので、あまりのんびりしている時間《じかん》はない。千代《ちよ》さんの部屋《へや》に戻《もど》る途中《とちゅう》でも、人目《ひとめ》を気《き》にしながら私《わたし》たちは推理《すいり》を続《つづ》けた。

「せめてもの救《すく》いといえば、寄木細工《よせぎざいく》を俺《おれ》たちのもとに置《お》いておけることくらいか……肌身離《はだみはな》さずに持《も》っていれば、さすがに取《と》られないはずだ」

ちなみに、着物《きもの》の付喪神《つくもがみ》は寄木細工《よせぎざいく》を別邸《べってい》に隠《かく》していたらしい。まさに付喪神《つくもがみ》だから隠《かく》せる場所《ばしょ》だ。

道理《どうり》で鍵《かぎ》も寄木細工《よせぎざいく》も見《み》つからないわけである。

(こんなことになるなんて思《おも》わなかったな……)

寄木細工《よせぎざいく》を見《み》つけて一件落着《いっけんらくちゃく》と思《おも》いきや、別《べつ》の大《おお》きな問題《もんだい》が発生《はっせい》したのだ。

当初《とうしょ》の目的《もくてき》は果《は》たせたが、悪意《あくい》を持《も》つ誰《だれ》かが別邸《べってい》に侵入《しんにゅう》しようとしている事実《じじつ》を放置《ほうち》することはできない。

しかしこちらには捕《つか》まえられるだけの証拠《しょうこ》はないし、それどころか犯人《はんにん》もその目的《もくてき》も分《わ》からないのだ。寄木細工《よせぎざいく》を手《て》に入《い》れたところで、私《わたし》たちは警戒《けいかい》することしか出来《でき》ない。

「向《む》こうがボロを出《だ》してくれるのが一番《いちばん》だけど、これだけ長《なが》い間潜《あいだひそ》んでるヤツが簡単《かんたん》に出《で》てくるわけないいか」

スマホを触《さわ》りながら、桜二《おうじ》くんはイライラしたように言《い》った。

その隣《となり》には、険《けわ》しい顔《かお》をした颯馬《そうま》くんがいる。

「……たぶん、のんびり証拠《しょうこ》を探《さが》している時間《じかん》はないぞ」

視線《しせん》が颯馬《そうま》くんに集《あつ》まる。颯馬《そうま》くんは周《まわ》りを見回《みまわ》して、声量《せいりょう》を落《お》として口《くち》を開《ひら》いた。

「父《とう》さんたちが別邸《べってい》の鍵《かぎ》を壊《こわ》して取《と》り換《か》えようって話《はなし》をしてたんだ。なにしろ半年《はんとし》も鍵《かぎ》が見《み》つからなかったからな」

「は⁉　その話《はなし》が出《で》たのいつ⁉」

桜二《おうじ》くんも初耳《はつみみ》だったらしく、目《め》をむいて驚《おどろ》いていた。

「――先週《せんしゅう》だ」

思《おも》ったよりも最近《さいきん》の事《こと》だ。

「もしかして、おじさんたちが出《で》かけてるのってその件《けん》？　朝《あさ》言ってたよね」

桜二《おうじ》くんは目線《めせん》を鋭《するど》くして颯馬《そうま》くんに問《と》いかける。確《たし》かに言《い》っていた気《き》がする。

（あの時《とき》、不用心《ふようじん》だなって思《おも》ったんだっけ）

みんな何《なに》も言《い》わなかったから、颯馬《そうま》くんの家《いえ》ではよくあるものだと思《おも》っていた。

でもお客《きゃく》さんがいるのに、使用人《しようにん》がいるとはいえ家主《やぬし》不在《ふざい》はおかしいよね。

「いや、用事《ようじ》は聞《き》いてない。ただ、百貨店《ひゃっかてん》に行《い》くとは言《い》っていたような……」

「この辺《へん》の百貨店《ひゃっかてん》って言《い》ったら、制服《せいふく》の採寸《さいすん》したところだよね？　残念《ざんねん》だけど、あそこには鍵《かぎ》屋《や》があるよ。相談《そうだん》しに行《い》ってる可能性《かのうせい》はあるんじゃない」

桜二《おうじ》くんはそう言《い》いながら、スマホの画面《がめん》を見《み》せてくれた。

そこにはあの百貨店《ひゃっかてん》のホームページが開《ひら》かれていて、フロア情報《じょうほう》のところに鍵屋《かぎや》らしき店《みせ》の名前《なまえ》がある。

「ただ買《か》い物《もの》に行《い》っている可能性《かのうせい》もあるけど、最悪《さいあく》の事態《じたい》を想定《そうてい》して動《うご》いた方《ほう》がいいね」

「最悪《さいあく》の事態《じたい》？」

「今日《きょう》にでも鍵《かぎ》が取《と》り替《か》えられるかもってこと。そしたら犯人《はんにん》は、寄木細工《よせぎざいく》もその中《なか》の鍵《かぎ》も必要《ひつよう》じゃなくなる。ゆっくり考《かんが》えている時間《じかん》はないよ」

早足《はやあし》で千代《ちよ》さんの部屋《へや》に向《む》かいながら、私《わたし》たちは改《あらた》めて情報《じょうほう》を整理《せいり》した。

突然《とつぜん》できたタイムリミットで焦《あせ》る気持《きも》ちを抑《おさ》えて、私《わたし》も必死《ひっし》に考《かんが》えた。

「そういえば大広間《おおひろま》にいた人《ひと》たちが宝物庫《ほうもつこ》の話《はなし》をしていたけど、これって関係《かんけい》あるよね？」

「別邸《べってい》の地下《ちか》に宝物庫《ほうもつこ》があるってやつ？　少《すく》なくとも犯人《はんにん》は本気《ほんき》で信《しん》じてるんじゃない？」

桜二《おうじ》くんはつりあがった目《め》をわずかに細《ほそ》めてうっすらと笑《わら》った。

どこか馬鹿《ばか》にした表情《ひょうじょう》だ。

「鍵《かぎ》が変《か》われば寄木細工《よせぎざいく》は狙《ねら》われなくなるはずだが、犯人《はんにん》がそれで諦《あきら》めるとは思《おも》えない。別邸《べってい》にはひいじいちゃんの遺産《いさん》や資料《しりょう》が遺《のこ》っているから、盗《ぬす》みに入《はい》られては困《こま》る」

「貴重品《きちょうひん》ならまだいいけど、目的《もくてき》が書類《しょるい》とかだったら読《よ》まれたらアウトじゃない？　大財閥《だいざいばつ》が情報流出《じょうほうりゅうしゅつ》とか、ニュースで見《み》たくないんだけど」

顔色《かおいろ》を悪《わる》くしたアキくんが問《と》いかければ、颯馬《そうま》くんも苦《くる》しい顔《かお》で考《かんが》え込《こ》んだ。

「おじさんたちに任《まか》せてもいいと思《おも》うけど、信《しん》じてもらえるかだよねえ。……で、ソウはどうしたい？」

桜二《おうじ》くんは挑発《ちょうはつ》するような言《い》い方《かた》で颯馬《そうま》くんに問《と》いかけた。

ギチギチと音《おと》がなるほど握《にぎ》りしめた拳《こぶし》から、颯馬《そうま》くんの葛藤《かっとう》が痛《いた》いほど伝《つた》わってくる。

「別邸《べってい》にあるものは、ひいじいちゃんたちが大事《だいじ》に管理《かんり》してきた物だ。それを盗《ぬす》もうだなんて、絶対《ぜったい》に許《ゆる》さない」

颯馬《そうま》くんは大《おお》きく息《いき》を吸《す》い込《こ》むと、力強《ちからづよ》く桜二《おうじ》くんを見《み》つめ返《かえ》した。

「父《とう》さんたちが信《しん》じられないなら、証拠《しょうこ》を用意《ようい》すればいい。証拠《しょうこ》がないなら、誘《さそ》い出《だ》して現行《げんこう》犯《はん》で捕《つか》まえればいいだろ。チャンスがやってくるのをひたすら待《ま》つだけの臆病者《おくびょうしゃ》に、俺《おれ》たちが遅《おく》れをとるわけがない」

そう言《い》いながら、自信《じしん》あふれる顔《かお》で私《わたし》たちを見回《みまわ》した。

颯馬《そうま》くんは人《ひと》をやる気《き》にさせるという点《てん》において、素晴《すば》らしい才能《さいのう》を持《も》っていると思《おも》う。

大人《おとな》に相談《そうだん》した方《ほう》がいいと思《おも》っていた私《わたし》も、あっという間《ま》に自分《じぶん》たちの手《て》で犯人《はんにん》を捕《つか》まえたいと思《おも》ってしまった。

「ぼくは危《あぶ》ないと思《おも》うな。相手《あいて》は大人《おとな》で人数《にんずう》も分《わ》からないんでしょ？　ミイラ取《と》りがミイラになっちゃうよ」

アキくんはどこか冷《つめ》たさすら感《かん》じる声《こえ》でそういった。

「こんなに長《なが》い間《あいだ》、狙《ねら》いを隠《かく》して潜伏《せんぷく》してるんだ。相手《あいて》はほぼ一人《ひとり》だと思《おも》う。それに、一条家《いちじょうけ》は怪《あや》しい人物《じんぶつ》を何人《なんにん》も見落《みお》とすほど甘《あま》くないぞ」

「中学生《ちゅうがくせい》にピッキングされたクセによく言《い》うよ」

険《けわ》しい顔《かお》をしたアキくんの肩《かた》に、悪《わる》い笑顔《えがお》を浮《う》かべた桜二《おうじ》くんが腕《うで》を回《まわ》す。

「へえ。じゃあ、アキのピッキングは誰《だれ》にでもできる程度《ていど》の技術《ぎじゅつ》ってわけ？」

「そんな分《わ》かりやすい挑発《ちょうはつ》には乗《の》らないから。それにぼくが言《い》いたいのは、本当《ほんとう》に犯人《はんにん》を捕《つか》まえられるのかってこと。誘《さそ》い出《だ》すにしても、逆《ぎゃく》に人質《ひとじち》に取《と》られたらどうすんの」

「もちろん捕《つか》まえる自信《じしん》があるから言《い》っている」

颯馬《そうま》くんが即答《そくとう》したから、逆《ぎゃく》に私《わたし》が驚《おどろ》いてしまった。

アキくんが視線《しせん》を鋭《するど》くする。

「ずいぶん自信《じしん》があるんだ？」

「忘《わす》れたのか？　俺《おれ》たちには雪乃《ゆきの》がいるんだ」

「えっ」

急《きゅう》に名指《なざ》しされて、思《おも》わず目《め》を丸《まる》くする。

「ユキちゃんを危《あぶ》ない目《め》に遭《あ》わせるつもり？」

「そんなことするわけないだろ。寄木細工《よせぎざいく》から話《はなし》を聞《き》いて、犯人《はんにん》の情報《じょうほう》を集《あつ》めるんだよ。たとえ特定《とくてい》できなくても何《なに》かしらの情報《じょうほう》は手《て》に入《はい》るだろうし、それをもとに罠《わな》を張《は》るつもりだ。監《かん》視《し》カメラとボイスレコーダーを仕込《しこ》んで、証拠《しょうこ》を押《お》さえたあとに俺《おれ》がねじ伏《ふ》せる」

「ねじふせる」

あまりにも力技《ちからわざ》だ。

確《たし》かに颯馬《そうま》くんは片手《かたて》で成人男性《せいじんだんせい》を押《お》さえていたけど、いくらなんでも危険《きけん》すぎる。

「危《あぶ》ないよ……」

「心配《しんぱい》しないでくれ。こう見《み》えても剣道《けんどう》で全国優勝《ぜんこくゆうしょう》してるし、たとえ暴漢《ぼうかん》に襲《おそ》われたとしても、十人《じゅうにん》までなら返《かえ》り討《う》ちにしてやるぞ」

「後半《こうはん》は自慢《じまん》するところじゃないから！　おまえは御曹司《おんぞうし》でしょ」

アキくんは疲《つか》れたように長《なが》い溜息《ためいき》をつく。あまりにも力技《ちからわざ》な颯馬《そうま》くんに力《ちから》が抜《ぬ》けたらしい。

ちょうど千代《ちよ》さんの部屋《へや》が見《み》えたから、話《はなし》は一旦《いったん》そこで終《お》わりになった。


「あら、皆《みな》さんおそろいで」

「うわっ」

先頭《せんとう》を歩《ある》いていた颯馬《そうま》くんが障子《しょうじ》を開《ひら》くと、部屋《へや》の隅《すみ》に葵《あおい》さんが座《すわ》り込《こ》んでいた。

真顔《まがお》でひっそり隅《すみ》にいられると、正直《しょうじき》めちゃくちゃ怖《こわ》い。

私《わたし》は喉元《のどもと》まで出《で》かかった悲鳴《ひめい》をなんとか飲《の》み込《こ》んだが、桜二《おうじ》くんは堂々《どうどう》と声《こえ》を上《あ》げて驚《おどろ》いた。

しかし葵《あおい》さんは気《き》を悪《わる》くした素振《そぶ》りはなく、何事《なにごと》もなかったように頭《あたま》を下《さ》げた。

「お食事《しょくじ》の時間《じかん》になりましたので様子《ようす》を見《み》に来《き》たのですが……どなたもいらっしゃらなかったので、勝手《かって》ながら少々《しょうしょう》待《ま》たせていただきました」

「悪《わる》い、椿《つばき》の間《ま》に行《い》ってたんだ。飯《めし》はそこに置《お》いておいてもよかったのに」

「そういうわけにはまいりません。坊《ぼ》っちゃんにはぜひ暖《あたた》かい食事《しょくじ》を召《め》し上《あ》がっていただきたいので」

そう言《い》って頭《あたま》を上《あ》げた葵《あおい》さんだが、部屋《へや》から出《で》ようとする素振《そぶ》りはない。

私《わたし》たちもなんとなく部屋《へや》に入《はい》りづらくなってしまって、結果的《けっかてき》にお互《たが》いに見《み》つめ合《あ》うような状況《じょうきょう》になってしまった。

それでも葵《あおい》さんは無表情《むひょうじょう》のまま黙《だま》り込《こ》んでいる。まるで何《なに》かを警戒《けいかい》しているように。

「――あの」

お互《たが》いの息遣《いきづか》いすら聞《き》こえそうな沈黙《ちんもく》の後《あと》、先《さき》に口《くち》を開《ひら》いたのは葵《あおい》さんだった。

「出過《です》ぎた発言《はつげん》ですが、どうして椿《つばき》の間《ま》に？」

「ああ、それは――」

やはり知《し》らない人《ひと》が家《いえ》をうろうろしているのが気《き》にくわないのだろうか。

しかし葵《あおい》さんの問《と》いに颯馬《そうま》くんが答《こた》えようとしたとき。

「千代《ちよ》さんって椿《つばき》の間《ま》を物置《ものおき》として使《つか》ってたでしょ？　そっちに寄木細工《よせぎざいく》がないかなーって探《さが》しに行《い》ってきたんだ」

まるで颯馬《そうま》くんの言葉《ことば》をさえぎるように、桜二《おうじ》くんがにこやかに間《あいだ》に入《はい》る。

私《わたし》たちはなんで桜二《おうじ》くんがそうしたのか分《わ》からず、こっそり顔《かお》を見合《みあ》わせた。

「椿《つばき》の間《ま》に入《はい》るには、奥様《おくさま》がお持《も》ちになっている鍵《かぎ》が必要《ひつよう》なはずですが」

葵《あおい》さんの声色《こわいろ》が冷《つめ》たい。

だが問《と》い詰《つ》めるような物言《ものい》いにも臆《おく》することなく、桜二《おうじ》くんは明《あか》るい調子《ちょうし》で答《こた》える。

「昨日《きのう》のうちに借《か》りたんだ。ね、ソウ」

「……ああ」

颯馬《そうま》くんも桜二《おうじ》くんに話《はなし》を合《あ》わせることにしたみたいだ。

「あの厳《きび》しい奥様《おくさま》からですか？　……いつもは旦那様《だんなさま》にすら触《さわ》らせたりしないのに」

驚《おどろ》きで目《め》をわずかに見張《みは》った葵《あおい》さんは、小声《こごえ》で悪態《あくたい》をついた。

どうやら私《わたし》たちがやったことに気《き》づいているわけではなさそうだけど、意外《いがい》な姿《すがた》に戸惑《とまど》う。

颯馬《そうま》くんの話《はなし》だと、献身的《けんしんてき》に千代《ちよ》さんに仕《つか》えていたということだが……私《わたし》の目《め》にはあまりそうは見《み》えなかった。

「おばさん、屋敷《やしき》の鍵《かぎ》を何個《なんこ》か取《と》り換《か》えるって言《い》ってたから、そのせいじゃないかな？」

「……鍵《かぎ》を、ですか？」

「おい、桜二《おうじ》」

「葵《あおい》さんなら別《べつ》に話《はな》してもいいでしょ？」

颯馬《そうま》くんは慌《あわ》てたように口《くち》を挟《はさ》むが、桜二《おうじ》くんはそれを手《て》で制《せい》した。

「ほら、別邸《べってい》の鍵《かぎ》を失《な》くしたままじゃん？　そこの錠《じょう》を変《か》えるついでに、ってことじゃない」

桜二《おうじ》くんはいかにも悪《わる》いことを考《かんが》えてますっていう笑《え》みを浮《う》かべた。

そばで見《み》ている私《わたし》でも背筋《せすじ》にぞぞっと悪寒《おかん》が走《はし》ったが、夢中《むちゅう》で桜二《おうじ》くんの話《はなし》を聞《き》いている葵《あおい》さんは気《き》づかなかったようだ。

「そういえばおばさんたち、今日鍵屋《きょうかぎや》に行《い》くって言《い》ってたような気《き》がするなあ。今日明日《きょうあす》にでも鍵《かぎ》を取《と》り換《か》えるかもね？」

「……ずいぶん、突然《とつぜん》なお話《はなし》ですね」

「さあ、話《はなし》は前《まえ》からあったんじゃない？」

こちらの反応《はんのう》を探《さぐ》るように、葵《あおい》さんは目《め》を細《ほそ》める。

桜二《おうじ》くんはまるでそれに気《き》づいていないように言葉《ことば》を続《つづ》けた。

「オレたちにすんなり鍵《かぎ》を貸《か》してくれたってことは、今の鍵はもう大事《だいじ》に守《まも》る必要《ひつよう》がなくなったってことでしょ？　元《もと》は合鍵《あいかぎ》を作《つく》らせないためにおばさんが管理《かんり》してたんだから」

嘘《うそ》をつくときは少《すこ》し真実《しんじつ》を混《ま》ぜる、というのは誰《だれ》の言葉《ことば》だったたか。

今《いま》の桜二《おうじ》くんはまさにそんな感《かん》じだ。何《なに》かしらの目的《もくてき》をもって葵《あおい》さんを騙《だま》そうとしている。

騙《だま》すというと、人聞《ひとぎ》きが悪《わる》いかもしれないけど。

（……桜二《おうじ》くんは、葵《あおい》さんを疑《うたが》ってるんだ）

さすがにここまでやられたら、私《わたし》でも桜二《おうじ》くんの意図《いと》が分《わ》かる。

葵《あおい》さんを犯人《はんにん》だと考《かんが》えているから、わざと刺激《しげき》して反応《はんのう》を見極《みきわ》めているんだ。

「っ、でしたら、またお屋敷《やしき》が騒《さわ》がしくなりますね。そういったお話《はなし》を伺《うかが》っていなかったので少々驚《しょうしょうおどろ》いてしまいました。長々《ながなが》とお時間《じかん》をとらせて申《もう》し訳《わけ》ありません。ただいまお食事《しょくじ》をお持《も》ちいたしますね」

葵《あおい》さんは早口《はやくち》でそう言《い》い残《のこ》すと、急《いそ》ぎ足《あし》で私《わたし》たちの横《よこ》を通《とお》って部屋《へや》を出《で》て行《い》った。

「――おまえ、葵《あおい》さんが犯人《はんにん》だって思《おも》ってるのか？」

葵《あおい》さんの姿《すがた》が見《み》えなくなった途端《とたん》、颯馬《そうま》くんは桜二《おうじ》くんに詰《つ》め寄《よ》った。

眉間《みけん》に深《ふか》いしわが刻《きざ》まれており、今《いま》にも桜二《おうじ》くんの胸《むな》ぐらを掴《つか》みかねない勢《いきお》いだ。

「怒《おこ》る相手《あいて》が違《ちが》うでしょ。ソウだって見《み》たよね？　現実《げんじつ》から目《め》を背《そむ》けるなよ」

怒《いか》りを正面《しょうめん》から浴《あ》びても桜二《おうじ》くんは動《どう》じることなく、真剣《しんけん》な目《め》でそう返《かえ》した。

(見《み》たって……何《なに》を？)

気《き》になりはするけど、さすがにこの空気《くうき》の中《なか》では切《き》り出《だ》せない。

しかし一緒《いっしょ》に首《くび》を傾《かし》げていたアキくんはそんなことなど気《き》にも留《と》めず、ため息《いき》をついてにらみ合《あ》っている二人《ふたり》の間《あいだ》に割《わ》って入《はい》った。

「そこまでにして。何《なに》を見《み》たのか知《し》らないけど、いったん落《お》ち着《つ》いてね」

距離《きょり》ができたことで我《われ》に返《かえ》ったらしく、颯馬《そうま》くんは一度《いちど》深呼吸《しんこきゅう》すると口《くち》をつぐんだ。そしてすぐに悲《かな》しそうな表情《ひょうじょう》を浮《う》かべて、さっきまで葵《あおい》さんがいた場所《ばしょ》に移動《いどう》した。

桜二《おうじ》くんは横目《よこめ》でそれを見届《みとど》けると、ドカリと乱暴《らんぼう》に畳《たたみ》に座《すわ》り込《こ》んだ。

「で、いきなりどうしたの。というか、葵《あおい》さんにあんなこと言《い》ってよかったの？」

アキくんはそんな二人《ふたり》に呆《あき》れたような視線《しせん》を向《む》けながら、桜二《おうじ》くんに尋《たず》ねた。

二人《ふたり》の圧《あつ》に負《ま》けて何《なに》も言《い》えない私《わたし》とは違《ちが》い、アキくんはなんのためらいもなく踏《ふ》み込《こ》んでいく。

「寄木細工《よせぎざいく》が言《い》っていた『あおい』は色《いろ》のことじゃなくて、葵《あおい》さんのことだったんだよ」

「……確《たし》かに同《おな》じ『あおい』だけど、それだけで決《き》めつけるのはいくらなんでも早計《そうけい》じゃない？」

私《わたし》も同《おな》じ意見《いけん》だ。無視《むし》できない共通点《きょうつうてん》だが、長年働《ながねんはたら》いてきた葵《あおい》さんだ。今更盗《いまさらぬす》みを働《はたら》く理由《りゆう》はない……ような気《き》がする。

しかし、答《こた》えは意外《いがい》なところから返《かえ》ってきた。

「……………見《み》えてしまったんだ。葵《あおい》さんがこっそり棚《たな》を漁《あさ》っているのを」

棚《たな》の中《なか》を覗《のぞ》き込《こ》んでいた颯馬《そうま》くんはこちらを向《む》かないまま、暗《くら》い声《こえ》でそう言《い》った。

先《さき》に襖《ふすま》を開《あ》けた二人《ふたり》には、葵《あおい》さんが棚《たな》を漁《あさ》っているところが見《み》えたらしい。

そのあと慌《あわ》てて誤魔化《ごまか》したから、怪《あや》しいと思《おも》った桜二《おうじ》くんが揺《ゆ》さぶりをかけたみたいだ。

「掃除《そうじ》をしていた……わけじゃないんだよね？」

「だったら嘘《うそ》をつく必要《ひつよう》はなかったでしょ」

わずかに期待《きたい》してそう問《と》いかけたけど、あっさり否定《ひてい》される。

「それに、オレは十二時頃《じゅうにじころ》にご飯《はん》を持《も》ってきてって頼《たの》んであるのに、今《いま》はまだ十一時半《じゅういちじはん》くらいだよ。いつもの葵《あおい》さんなら時間《じかん》ぴったりにくるし、勝手《かって》に部屋《へや》に入《はい》らないね」

私《わたし》よりもずっと付《つ》き合《あ》いの長《なが》い桜二《おうじ》くんにそう言《い》われてしまえば、私《わたし》は口《くち》をつぐむしかない。

「くそっ、見間違《みまちが》いじゃなかったか。物《もの》の位置《いち》が変《か》わってる」

棚《たな》を確認《かくにん》し終《お》えた颯馬《そうま》くんが眉《まゆ》をひそめてそう吐《は》き捨《す》てた。

「あれだけ鍵《かぎ》の話《はなし》に食《く》いついてたんだ、ほぼクロで間違《まちが》いないと思《おも》うね。ユキたちが来《き》たから焦《あせ》り出《だ》して、見《み》つけられる前《まえ》に寄木細工《よせぎざいく》を手《て》に入《い》れたかったんじゃない？」

桜二《おうじ》くんはそう言《い》うとノートパソコンを取《と》り出《だ》し、何《なに》やら調《しら》べ始《はじ》めた。

「本気《ほんき》？　別邸《べってい》の財産《ざいさん》を狙《ねら》っていた人《ひと》がずっと千代《ちよ》さんに仕《つか》えてたってことだよ」

アキくんが戸惑《とまど》ったように声《こえ》を上《あ》げた。

葵《あおい》さんが本当《ほんとう》に犯人《はんにん》なら、千代《ちよ》さんは長年《ながねん》に渡《わた》って裏切《うらぎ》られていたということになる。颯馬《そうま》くんも信頼《しんらい》していたみたいだし、そんなのあんまりだ。

「……はは、雪乃《ゆきの》に人《ひと》を見《み》る目《め》はあるって言《い》ったのにな。嘘《うそ》をついてしまった」

茶化《ちゃか》すように笑《わら》って見《み》せる颯馬《そうま》くんだけど、いつになく心細《こころぼそ》そうだ。まるで迷子《まいご》の子《こ》どものようで、私《わたし》はなんて答《こた》えればいいのか分《わ》からなかった。

でも颯馬《そうま》くんは別《べつ》に返事《へんじ》は求《もと》めていなかったようで、それだけ言《い》うと再《ふたた》び棚《たな》の中《なか》に視線《しせん》を戻《もど》す。私《わたし》は完全《かんぜん》に声《こえ》をかけるタイミングを失《うしな》ってしまって、アキくんと一緒《いっしょ》に二人《ふたり》の言葉《ことば》を待《ま》つことしかできなかった。

カタカタと、キーボードをたたく音《おと》だけが部屋《へや》に響《ひび》く。

『なんじゃ、みんなして辛気臭《しんきくさ》い顔《かお》じゃのう。盗人探《ぬすびとさが》しが行《い》き詰《づ》まっておるのか？』

どれくらいそうしていたか分《わ》からないが、ふと聞《き》き覚《おぼ》えのある女《おんな》の人《ひと》の声《こえ》が頭《あたま》の上《うえ》から降《ふ》ってきた。

パッと顔《かお》を上《あ》げると、小《ちい》さな箱を持《も》った着物《きもの》の付喪神《つくもがみ》が覗《のぞ》き込《こ》むように後《うし》ろに立《た》っていた。

「着物《きもの》の付喪神《つくもがみ》！」

「来《き》てくれたのか？」

颯馬《そうま》くんがパッと顔《かお》を輝《かがや》かせ、こちらに寄《よ》ってくる。

私《わたし》はその嬉《うれ》しそうな様子《ようす》に少《すこ》しだけ安心《あんしん》して、できるだけ明《あか》るい声《こえ》を意識《いしき》して着物《きもの》の付喪神《つくもがみ》に声《こえ》をかける。

「持《も》ってきてくださってありがとうございます。本当《ほんとう》に助《たす》かりました」

『ほれ、これが千代《ちよ》の寄木細工《よせぎざいく》じゃ。しばらく人《ひと》の手《て》を離《はな》れていたせいか、少《すこ》しばかり弱《よわ》っておるがのう』

ずいっと差《さ》し出《だ》された寄木細工《よせぎざいく》を落《お》とさないように両手《りょうて》で受《う》け取《と》る。

私《わたし》の両手《りょうて》いっぱいにちょうど収《おさ》まる大《おお》きさで、ところどころささくれ立《だ》っていた。

使《つか》い込《こ》まれた寄木細工《よせぎざいく》の上《うえ》には、親指《おやゆび》サイズの妖精《ようせい》が横《よこ》になっていた。

(この子《こ》が寄木細工《よせぎざいく》の付喪神《つくもがみ》かな？　小《ちい》さいし弱《よわ》っているけど、ちゃんと人型《ひとがた》だ！)

妖精《ようせい》の背中《せなか》にはトンボのような翅《はね》があり、全体的《ぜんたいてき》に黄色《きいろ》っぽい。

「うわっ、急《きゅう》に寄木細工《よせぎざいく》が雪乃《ゆきの》の手《て》に現《あらわ》れたぞ⁉」

「まじの怪奇現象《かいきげんしょう》じゃん」

「こればかりは何度《なんど》見《み》ても驚《おどろ》くなあ」

着物《きもの》の付喪神《つくもがみ》の手《て》から離《はな》れたから、寄木細工《よせぎざいく》の存在《そんざい》はみんなにも見《み》えるようになった。その上《うえ》にいる付喪神《つくもがみ》は見《み》えていないようだけど。

颯馬《そうま》くんは声《こえ》に出《だ》して驚《おどろ》いているし、少《すこ》し離《はな》れたところで見《み》ていた桜二《おうじ》くんも目《め》を丸《まる》くしている。アキくんは何度《なんど》か見《み》ているから、二人《ふたり》に比《くら》べて落《お》ち着《つ》いた様子《ようす》だ。

『ふう。久《ひさ》しぶりに術《じゅつ》を使《つか》うと、すぐに疲《つか》れてかなわんな。妾《わらわ》は着物《きもの》に戻《もど》って少《すこ》し休《やす》む。また何《なに》かあれば起《お》こすとよい』

付喪神《つくもがみ》は長生《ながい》きだからか、基本的《きほんてき》にはマイペースだ。

着物《きもの》の付喪神《つくもがみ》は用事《ようじ》だけ終《お》わらせると、さっさと壁《かべ》をすり抜《ぬ》けて帰《かえ》ってしまった。

このまま最後《さいご》まで付《つ》き合《あ》ってほしかったけど、さすがに厳《きび》しいか。

(それにしてもこの子《こ》、本当《ほんとう》に弱《よわ》ってるな……すぐに終《お》わらせるからね！)

半分眠《はんぶんねむ》りかけている寄木細工《よせぎざいく》の付喪神《つくもがみ》に謝《あやま》りつつ、そっと声《こえ》をかける。

反応《はんのう》がないので、今度《こんど》はちょんちょんと控《ひか》えめに突《つ》っつく。

『……うっ』

寄木細工《よせぎざいく》の付喪神《つくもがみ》は小《ちい》さなうめき声《ごえ》を上《あ》げると、ゆっくりと体《からだ》を起《お》こした。

『……あれ、ここは』

「辛《つら》いのに、起《お》こしてごめんね」

『ひゃっ!? あ、あなたはだれ!?』

私《わたし》の顔《かお》を見《み》た瞬間《しゅんかん》、寄木細工《よせぎざいく》の付喪神《つくもがみ》は真《ま》っ青《さお》になって怯《おび》えた。

付喪神《つくもがみ》にこんな反応《はんのう》をされるのは初《はじ》めてで、少《すこ》し戸惑《とまど》う。

(……あ、そっか。この子《こ》はずっと人《ひと》から隠《かく》れていたから)

付喪神《つくもがみ》は人《ひと》に愛《あい》されて生《う》まれた存在《そんざい》なので、基本的《きほんてき》には好意的《こういてき》に接《せっ》してくれる。だけどこの子《こ》は、千代《ちよ》さんが亡《な》くなってからずっと周《まわ》りを警戒《けいかい》しなければならなかった。

私《わたし》は少《すこ》し考《かんが》えて、付喪神《つくもがみ》が乗《の》っている寄木細工《よせぎざいく》を颯馬《そうま》くんの方《ほう》に差《さ》し出《だ》した。千代《ちよ》さんとよく遊《あそ》んだって言《い》っていたし、きっと颯馬《そうま》くんの顔《かお》なら覚《おぼ》えているはずだ。

警戒《けいかい》を解《と》いてくれると嬉《うれ》しいんだけど……。

『わ、わっ、そうまさま！』

効果《こうか》はてきめんだった。

付喪神《つくもがみ》はパッと顔《かお》を赤《あか》らめ、嬉《うれ》しそうに颯馬《そうま》くんの名前《なまえ》を呼《よ》んだ。突然鼻先《とつぜんはなさき》に寄木細工《よせぎざいく》を突《つ》き付《つ》けられた颯馬《そうま》くんはキョトンとしているけど。

「私《わたし》は颯馬《そうま》くんの……その、な、仲間《なかま》です。私《わたし》たちは、あなたが守《まも》っている鍵《かぎ》を狙《ねら》う犯人《はんにん》を捜《さが》しています」

そう言《い》って、少《すこ》しドキドキしながらそっと颯馬《そうま》くんの顔色《かおいろ》を窺《うかが》った。

仲間《なかま》と言《い》った時《とき》も、少《すこ》しも嫌《いや》そうな顔《かお》をしていない。よ、よかった……。

『なかま、分《わ》かる！　かぎ、だいじ！』

着物《きもの》の付喪神《つくもがみ》が言《い》っていた通《とお》り、寄木細工《よせぎざいく》の付喪神《つくもがみ》はかなり弱《よわ》い。話《はな》す言葉《ことば》もおぼつかなくて、単語《たんご》を話《はな》すのが精《せい》いっぱいのようだ。

「この子《こ》、あんまり難《むずか》しいことは話《はな》せないみたい。あんまり込《こ》み入《い》った話《はなし》は聞《き》けないと思《おも》う」

「いや、最低限《さいていげん》の情報《じょうほう》があれば十分《じゅうぶん》だ。犯人《はんにん》さえ分《わ》かれば、他《ほか》のことは捕《つか》まえてから直接本人《ちょくせつほんにん》に聞《き》けばいいからな」

とはいえ、私《わたし》たちの会話《かいわ》は普通《ふつう》に理解《りかい》できるようだ。

付喪神《つくもがみ》は大《おお》きくうなずくと、単語《たんご》を並《なら》べていく。

『かぎ、しった、たまたま』

認識《にんしき》に差《さ》が出《で》ないように、私《わたし》は付喪神《つくもがみ》の言葉《ことば》をそのまま繰《く》り返《かえ》す。

すると、今《いま》まで黙《だま》っていた桜二《おうじ》くんが口《くち》を開《ひら》いた。

「犯人《はんにん》が鍵《かぎ》の存在《そんざい》を知《し》ったのは、偶然《ぐうぜん》ってことかな？」

『うん！　あるじのせわ、しているとき、たまたまみた』

「……っ、それは」

このあとに続《つづ》く言葉《ことば》が予想《よそう》できてしまう。

急《きゅう》に口《くち》ごもった私《わたし》に、アキくんが心配《しんぱい》そうに声《こえ》をかけてくれた。

「ユキちゃん？　大丈夫《だいじょうぶ》？」

「……うん、私《わたし》は平気《へいき》」

小《ちい》さく頷《うなず》き返《かえ》して、私《わたし》は付喪神《つくもがみ》の言葉《ことば》をそのまま伝《つた》えた。

颯馬《そうま》くんは少《すこ》し考《かんが》えるような素振《そぶ》りをして、再《ふたた》び問《と》いかける。

「その主《つかさど》って、誰《だれ》のことなんだ？」

『ちよさま』

久《ひさ》しぶりに、私《わたし》しかこの声《こえ》が聞《き》こえていないことを呪《のろ》った。

だって、こんなのほぼ答《こた》えを言《い》っているようなものだ。

(言《い》いにくい……けど)

それは、身《み》を削《けず》ってまで頑張《がんば》った付喪神《つくもがみ》に失礼《しつれい》だ。

彼女《かのじょ》の言葉《ことば》を伝《つた》えられるのは私《わたし》しかいないのに、その努力《どりょく》を踏《ふ》みにじることはできない。

「……千代様《ちよさま》、だって」

なんとか声《こえ》を絞《しぼ》り出《だ》すが、颯馬《そうま》くんは傷《きず》ついた素振《そぶ》りを見《み》せず、ただまっすぐその言葉《ことば》を受《う》け入《い》れた。

「じゃあ、鍵《かぎ》を狙《ねら》ってるのは、誰《だれ》だ？」

颯馬《そうま》くんの黒《くろ》い瞳《ひとみ》が、力強《ちからづよ》く輝《かがや》く。

そこにはもう不安《ふあん》げな表情《ひょうじょう》はかけらも残《のこ》っていなくて、ただ真実《しんじつ》を知《し》りたいという揺《ゆ》るぎない意思《いし》が伝《つた》わってきた。その強《つよ》さが羨《うらや》ましくて。

『あおい。よしだあおい』

純粋《じゅんすい》にすごいと思《おも》った。

だから私《わたし》も、自分《じぶん》の力《ちから》が誰《だれ》かの人生《じんせい》に影響《えいきょう》を与《あた》えると分《わ》かりつつも、恐《おそ》れることなく真実《しんじつ》を伝《つた》えることができた。

「吉田葵《よしだあおい》さんと、言《い》っています」

颯馬《そうま》くんは一瞬《いっしゅん》泣《な》きそうな顔《かお》をしたが、私《わたし》は見《み》ないふりをした。

桜二《おうじ》くんも、アキくんも何《なに》も言《い》わない。

「本当《ほんとう》に葵《あおい》さん、なんだな……」

自分《じぶん》に言《い》い聞《き》かせるように数度《すうど》つぶやくと、颯馬《そうま》くんは再《ふたた》び寄木細工《よせぎざいく》を見《み》つめた。

「他《ほか》に鍵《かぎ》を狙《ねら》ってるやつはいるか？」

『いない。しってるの、あおいだけ』

「他《ほか》にはいないみたい。鍵《かぎ》のことを知《し》っているのは葵《あおい》さんだけだって」

「ん。なら、オレたちだけで問題《もんだい》ないね」

しんみりとした空気《くうき》を変《か》えるように、桜二《おうじ》くんは挑発《ちょうはつ》するように目《め》を細《ほそ》めて笑《わら》う。

一瞬呆気《いっしゅんあっけ》にとられたような顔《かお》をした颯馬《そうま》くんだが、それに答《こた》えるように悪《わる》い笑《え》みを浮《う》かべた。

「当然《とうぜん》だ。俺《おれ》は葵《あおい》さんに聞《き》かなきゃいけないことがたくさんあるからな」

そうかっこよく言《い》い切《き》ったところで、颯馬《そうま》くんのお腹《なか》が盛大《せいだい》に鳴《な》った。

アキくんが真《ま》っ先《さき》に噴《ふ》き出《だ》す。

「その前《まえ》にご飯《はん》だね。かっこつけてるところ悪《わる》いけど、もう作戦会議《さくせんかいぎ》できる空気《くうき》じゃないよ。そろそろ葵《あおい》さんが来《く》るかもしれないし、いったん休憩《きゅうけい》しよう」

「……悪《わる》い、燃費《ねんぴ》が悪《わる》くてな」

「っ、あっはは！　あんなにかっこよく決《き》めたのにっ、台無《だいな》しにも、ほどがあるでしょ」

顔《かお》を赤《あか》らめた颯馬《そうま》くんに、ここぞとばかりに笑《わら》い転《ころ》げる桜二《おうじ》くん。

私《わたし》とアキくんは目《め》を見合《みあ》わせて、どちらからともなく笑《わら》った。

(喧嘩《けんか》にならなくてよかった)

そうして、私《わたし》たちは運《はこ》ばれてきたご飯《はん》を食《た》べながら、わずかな休憩《きゅうけい》を挟《はさ》んだ。

11　犯人《はんにん》を捕《と》らえろ！

ご飯《はん》を食《た》べた後《あと》、私《わたし》たちは葵《あおい》さんに片《かた》づけをお願《ねが》いする前《まえ》に作戦会議《さくせんかいぎ》を開《ひら》いた。

第二回《だいにかい》ミーティングである。

見《み》つからないように隠《かく》していた寄木細工《よせぎざいく》を取《と》り出《だ》すと、その上《うえ》に横《よこ》たわる付喪神《つくもがみ》はすでに眠《ねむ》りについていた。最後《さいご》の力《ちから》を振《ふ》り絞《しぼ》ってくれたのだろう。

「無理《むり》に起《お》こさなくてもいいよ。ここからはオレたちが頑張《がんば》る番《ばん》だから、ゆっくり休《やす》ませてあげて」

進行《しんこう》は変《か》わらず、自称書記《じしょうしょき》の桜二《おうじ》くんだ。

すでに考《かんが》えがあるらしく、余裕《よゆう》のある表情《ひょうじょう》で笑《わら》って見《み》せた。

「さっきソウがいじけてる間《あいだ》に葵《あおい》さんの情報《じょうほう》を洗《あら》っておいたんだ。個人情報《こじんじょうほう》だから、オレのパソコン画面《がめん》で我慢《がまん》してね」

「いじけてない。動機《どうき》を考《かんが》えてただけだ」

颯馬《そうま》くんはじとりとした視線《しせん》を送《おく》ったが、桜二《おうじ》くんはうっそりと笑《わら》った。

二人《ふたり》のやり取《と》りを無視《むし》して、私《わたし》とアキくんはノートパソコンの画面《がめん》を覗《のぞ》き込《こ》んだ。

「うわ、家庭環境《かていかんきょう》から一条家《いちじょうけ》に入《はい》った後《あと》の仕事《しごと》ぶりまでびっしり書《か》いてある。白鳥《しらどり》、ちゃんと法《ほう》を守《まも》ってるの？」

「特技《とくぎ》がピッキングの人《ひと》に言《い》われたくないかな！」

どっちもどっちだと思《おも》う。

良《い》いことをしているはずなのに、なぜか後《うし》ろめたい感《かん》じがする。

「ん？　これ、一条家《いちじょうけ》のデータベースにある雇用者情報《こようしゃじょうほう》じゃないか？」

画面《がめん》に目《め》を走《はし》らせた颯馬《そうま》くんが形《かたち》のいい眉《まゆ》をひそめた。

「さすが。よく分《わ》かったね」

「よく分《わ》かったね、じゃないが？　ここにアクセスするには管理者《かんりしゃ》コードとパスワードが必要《ひつよう》なはずだが」

「ハッキングした。ソウに許可《きょか》を取《と》れば問題《もんだい》ないだろ？」

桜二《おうじ》くんのあまりにもあっけらかんとした態度《たいど》に、いよいよ颯馬《そうま》くんは絶句《ぜっく》した。

（やっぱり良《よ》くないことをしてた……！）

というか、葵《あおい》さんが犯人《はんにん》だと分《わ》かった後《あと》、桜二《おうじ》くんはほとんどパソコンを触《さわ》っていないような。せいぜいお昼《ひる》の十分《じゅっぷん》くらいだと思《おも》うんだけど、ハッキングってそんな短時間《たんじかん》にできるものなのかな。いや、きっと桜二《おうじ》くんが特別《とくべつ》なのだろう。

しかし感心《かんしん》している私《わたし》とは違《ちが》い、颯馬《そうま》くんは深刻《しんこく》な顔《かお》をしている。

「俺《おれ》は葵《あおい》さんより先《さき》におまえたちを捕《つか》まえるべきなのか？　……いいか？　今回《こんかい》だけだぞ」

まあ私《わたし》たちがやってきたのって、ピッキングとハッキングだもんね……

犯罪《はんざい》を未然《みぜん》に防《ふせ》ぐためとはいえ、颯馬《そうま》くんは見過《みす》ごせないのだろう。

「さて、葵《あおい》さんの情報《じょうほう》は読《よ》み終《お》わったね？」

颯馬《そうま》くんの抗議《こうぎ》を華麗《かれい》にスルーして、桜二《おうじ》くんは話《はなし》を進《すす》める。

颯馬《そうま》くんはまだ納得《なっとく》できないといった顔《かお》で淡々《たんたん》とうなずく。

「葵《あおい》さんは未婚《みこん》で、金銭的《きんせんてき》に困《こま》っているということでもない。目的《もくてき》は分《わ》からないけど、付喪神《つくもがみ》の話《はなし》から考《かんが》えると、鍵《かぎ》のことを知《し》ったのは本当《ほんとう》に偶然《ぐうぜん》みたいだね」

その話《はなし》に大《おお》きく頷《うなず》く。

「ここからはオレの考《かんが》えだけど、他《ほか》に知《し》っている人《ひと》はいないとを確信《かくしん》した葵《あおい》さんは、無理《むり》して鍵《かぎ》を盗《ぬす》み出《だ》そうとは考《かんが》えなかったんじゃない？　失敗《しっぱい》した時《とき》のリスクが大《おお》きいからね」

桜二《おうじ》くんの言葉《ことば》に、颯馬《そうま》くんは頷《うなず》く。

「警察沙汰《けいさつざた》になるのは間違《まちが》いないし、バレたら即《そく》クビだからな。その後仕事《あとしごと》も簡単《かんたん》に見《み》つからないだろうし、慎重《しんちょう》にならざる得《え》ないな」

「だから葵《あおい》さんは、千代《ちよ》さんが亡《な》くなった後《あと》に持《も》ち出《だ》そうって考《かんが》えたはず。でも寄木細工《よせぎざいく》は消《き》えて、加えて予想外《よそうがい》のことが二《ふた》つ起《お》きた」

「両親《りょうしん》が本気《ほんき》で別邸《べってい》の鍵《かぎ》を探《さが》し始《はじ》めたことと、俺《おれ》が必死《ひっし》に寄木細工《よせぎざいく》を探《さが》していることだな」

「人目《ひとめ》も多《おお》いし、葵《あおい》さんが動《うご》けたのはオレたちが学校《がっこう》に行《い》っている平日《へいじつ》の間《あいだ》だけ。自分《じぶん》の仕事《しごと》もあるはずだから、満足《まんぞく》に探《さが》せなかったに違《ちが》いない。だから今《いま》は焦《あせ》っていて、さっきみたいな迂闊《うかつ》な行動《こうどう》に出《で》たんだ」

今《いま》の様子《ようす》じゃ、別邸《べってい》が開《ひら》いたら多《おお》くの人《ひと》が押《お》し寄《よ》せるはずだ。

一条家《いちじょうけ》の親戚《しんせき》の中《なか》、ただの使用人《しようにん》である葵《あおい》さんが侵入《しんにゅう》して何《なに》かするのは厳《きび》しいだろう。

「何年前《なんねんまえ》から狙《ねら》っていたのかは分《わ》からないが、今更諦《いまさらあきら》めきれなかったんだろうな。それにしても、どうして葵《あおい》さんは俺《おれ》と一緒《いっしょ》に寄木細工《よせぎざいく》を探《さが》さなかったんだ。そうすれば堂々《どうどう》と動《うご》けるし、俺《おれ》の頼《たの》みっていえば仕事《しごと》を減《へ》らしてもらえたかもしれないのに」

「今《いま》までの行動《こうどう》を顧《かえり》みると、葵《あおい》さんは小心者《しょうしんもの》なんだと思《おも》う。一条《いちじょう》は雇《やと》い主《ぬし》の息子《むすこ》で、寄木細工《よせぎざいく》を大事《だいじ》にしている。一緒《いっしょ》に行動《こうどう》していたら気《き》づかれると思《おも》ったんじゃないの？」

これは私《わたし》たちには分《わ》からない問題《もんだい》なので、目的《もくてき》の推測《すいそく》はこの辺《あた》りで終《お》わった。

桜二《おうじ》くんはノートパソコンをしまって、声《こえ》のボリュームを落《お》とす。

「さて、ここからが本題《ほんだい》だよ。さっきオレがさんざん煽《あお》っといたから、葵《あおい》さんは今頃《いまごろ》鍵《かぎ》を見《み》つけようと躍起《やっき》になっていると思《おも》う」

「鍵《かぎ》が開《ひら》いたら独《ひと》り占《じ》め出来《でき》なくなるからね」

「それだけじゃない。鍵《かぎ》を取《と》り換《か》えられたら、今度《こんど》はおばさんが管理《かんり》することになる」

「あー、葵《あおい》さんが厳《きび》しいって言《い》ってもんね」

アキくんの言葉《ことば》に颯馬《そうま》くんが深《ふか》く頷《うなず》いた。

身内《みうち》ですら厳《きび》しいと思《おも》うんだから、確《たし》かに盗《ぬす》みに入《はい》る隙《すき》はなさそうだ。

つまり葵《あおい》さんにとって、今《いま》が最後《さいご》のチャンスってことか。

「それでなんだけど、オレにいい考《かんが》えがあるんだ」

桜二《おうじ》くんはそう言《い》うと、アキくんの前《まえ》に寄木細工《よせぎざいく》を置《お》いた。

「アキ、これにそっくりな物《もの》を作《つく》れって言《い》われたらどれくらいかかる？」

「再現度《さいげんど》はどれくらい？　仕掛《しか》けも完璧《かんぺき》に再現《さいげん》するってなると、一週間《いちしゅうかん》はかかるよ」

アキくんは寄木細工《よせぎざいく》を手《て》に取《と》って、くるくる回《まわ》したりと観察《かんさつ》を始《はじ》める。

「見《み》た目《め》だけ似《に》せればいいよ。仕《し》掛《か》けは一切《いっさい》いらない。中《なか》は……小型《こがた》カメラを入《い》れる空間《くうかん》されあれば十分《じゅうぶん》」

桜二《おうじ》くんは寄木細工《よせぎざいく》の隣《となり》に、親指《おやゆび》くらいの大《おお》きさの機械《きかい》を置《お》いた。話《はなし》の流《なが》れから察《さっ》するに、それが寄木細工《よせぎざいく》に入《い》れたい小型《こがた》カメラなのだろう。

アキくんはそれも手《て》に取《と》って観察《かんさつ》すると、わずかに考《かんが》え込《こ》む。

「うーん、じゃあ一時間《いちじかん》くらいかな」

「三十分《さんじゅうぷん》か。材料《ざいりょう》は揃《そろ》えるから、今《いま》すぐ作業《さぎょう》に入《はい》って大丈夫《だいじょうぶ》だよ」

「勝手《かって》に半分《はんぶん》にしないでくれる⁉」

「どーせ余裕《よゆう》みて言《い》ってるでしょ」

アキくんが抗議《こうぎ》の声《こえ》を上《あ》げるが、桜二《おうじ》くんは当然《とうぜん》のように無視《むし》した。

確《たし》かにアキくんなら注文通《ちゅうもんどお》りの物《もの》を作《つく》れると思《おも》うけど、寄木細工《よせぎざいく》の偽物《にせもの》を用意《ようい》してどうするつもりなのだろうか。

「桜二《おうじ》、かわりを用意《ようい》してどうするんだ？　そのカメラに録音機能《ろくおんきのう》がついてるのは覚《おぼ》えているが、必《かなら》ず証拠《しょうこ》を撮《と》れるとは限《かぎ》らないんじゃないか？」

疑問《ぎもん》に思《おも》ったのは颯馬《そうま》くんも同《おな》じようで、心配《しんぱい》そうな顔《かお》で桜二《おうじ》くんに問《と》いかけた。

「できるかできないかじゃなくて、しゃべらせるんだよ、オレたちが。偽物《にせもの》に関《かん》しては、一瞬《いっしゅん》本物《ほんもの》だと思《おも》わせて注意《ちゅうい》を惹《ひ》き付《つ》けられれば十分《じゅうぶん》」

「まあ、その程度《ていど》なら……ほんと何《なに》に使《つか》うの……」

納得《なっとく》できるラインを見《み》つけたアキくんは、不満《ふまん》を言《い》いながらも持《も》ってきたボストンバッグを漁《あさ》った。それから颯馬《そうま》くんが持《も》ってきた布《ぬの》を広《ひろ》げると、その上《うえ》に絵《え》の具《ぐ》や筆《ふで》、やすりなどをおいてさっそく作業《さぎょう》を始《はじ》める。

「まさか適当《てきとう》に入《い》れた角材《かくざい》の端《はし》っこが役《やく》に立《た》つとはねぇ。あ、持《も》ってきた物《もの》だけでなんとかなりそう」

「何《なに》を想定《そうてい》して角材《かくざい》を入《い》れたんだ……？　武器《ぶき》か……？」

颯馬《そうま》くんは不可解《ふかかい》そうにアキくんが取《と》り出《だ》した角材《かくざい》を見《み》た。角材《かくざい》は寄木細工《よせぎざいく》より一回《ひとまわ》り程大《ほどおお》きかったが、アキくんの手《て》にかかれば問題《もんだい》はないだろう。

「よし。アキが作業《さぎょう》している間《あいだ》に、オレたちは千代《ちよ》さんの蔵《くら》に行《い》こう」

「蔵《くら》？　桜二《おうじ》、もう少《すこ》し説明《せつめい》してくれてもいいんじゃないのか？」

「おじさんたちがいつ帰《かえ》ってくるか分《わ》からない以上《いじょう》、のんびりしている時間《じかん》はないよ！　すぐに分《わ》かるから、とりあえずついてきて」

颯馬《そうま》くんは困《こま》りながらも、早足《はやあし》で部屋《へや》を出《で》ていく桜二《おうじ》くんの後《あと》を追《お》いかけた。

アキくんを一人《ひとり》にしていいのかと迷《まよ》ったが、ここにいても私《わたし》にできることはない。それなら素直《すなお》に桜二《おうじ》くんたちを追《お》いかけた方《ほう》がいいだろう。

「アキくん、行《い》ってくるね」

すでに集中《しゅうちゅう》モードになっているアキくんに私《わたし》の声《こえ》は届《とど》いていないだろうが、それでも声《こえ》をかけておく。

そして颯馬《そうま》くんたちを見失《みうしな》わないうちに、私《わたし》も部屋《へや》を出《で》た。

先《さき》に行《い》っちゃってたらどうしようと不安《ふあん》だったけど、幸《さいわ》いにも二人《ふたり》は私《わたし》を待《ま》ってくれていた。

そのまま三人《さんにん》で千代《ちよ》さんのコレクションが置《お》いてある蔵《くら》まで行《い》く。

朝《あさ》からずっと気《き》になっていたので、不謹慎《ふきんしん》にも私《わたし》は少《すこ》しワクワクしていた。

軒先《のきさき》で靴《くつ》を履《は》き替《か》えて、私《わたし》たちは遠《とお》くに見《み》える蔵《くら》まで移動《いどう》する。

蔵《くら》の鍵《かぎ》は颯馬《そうま》くんが持《も》っているみたいで、桜二《おうじ》くんに促《うなが》されるまま蔵《くら》を開《あ》けた。

「母《かあ》さんに頼《たの》み込《こ》んで鍵《かぎ》を借《か》りて、寄木細工《よせぎざいく》を探《さが》すときも何回《なんかい》か来《き》てるんだ。他《ほか》には両親《りょうしん》しか入《はい》ってない」

「ん、ちょうどいいね」

颯馬《そうま》くんが扉《とびら》を押《お》すと、重量感《じゅうりょうかん》のある音《おと》を立《た》ててゆっくりと開《ひら》いていく。骨董品《こっとうひん》は基本日光《きほんにっこう》に当《あ》てない方《ほう》がいいから、お昼時《ひるどき》だというのに蔵《くら》の中《なか》は真《ま》っ暗《くら》だ。

颯馬《そうま》くんは慣《な》れた様子《ようす》で中《なか》に入《はい》り、電気《でんき》をつけてくれた。

少《すこ》し迷《まよ》って、私《わたし》は眼鏡《めがね》をかけて中《なか》に入《はい》ることにした。一気《いっき》にたくさんの付喪神《つくもがみ》を見《み》ると、情報《じょうほう》があふれかえって気分《きぶん》が悪《わる》くなってしまうのだ。

「いつ見《み》ても広《ひろ》いねえ～。ささっと作業終《さぎょうお》わらせるよ」

私《わたし》の家《いえ》ほどある二階建《にかいだ》ての蔵《くら》の中《なか》は、まるで美術館《びじゅつかん》のようにきっちり整理《せいり》されていた。

ツボや掛《か》け軸《じく》のような比較的《ひかくてき》によく見《み》る物《もの》から、入手経路《にゅうしゅけいろ》が気《き》になる銅鐸《どうたく》まであり、正直《しょうじき》こんなときじゃなければ数日《すうじつ》かけてゆっくり見《み》て回《まわ》りたいくらいだ。

「それで桜二《おうじ》、一体何《いったいなに》をするつもりだ？」

颯馬《そうま》くんの問《と》いかけに、桜二《おうじ》くんはやる気《き》にあふれる答《こた》えを返《かえ》した。大人《おとな》っぽい微笑《ほほえ》みに、つい見《み》とれてしまう。

「現行犯《げんこうはん》で捕《つか》まえるんだよね？」

「答《こた》えになってないが」

ばっさり切《き》り捨《す》てた颯馬《そうま》くんに、桜二《おうじ》くんが仕方《しかた》なさそうに肩《かた》をすくめる。

「まず、アキが作《つく》った偽物《にせもの》をこの蔵《くら》に隠《かく》すんだ。それから葵《あおい》さんをここに呼《よ》び寄《よ》せて、寄木細《よせぎざい》工《く》を盗《ぬす》むところを動画《どうが》に撮《と》る。そこでオレたちが詰《つ》め寄《よ》って、自白《じはく》させるのさ」

「別邸《べってい》の鍵《かぎ》を開《あ》けているところを捕《つか》まえた方《ほう》が確実《かくじつ》だと思《おも》うが」

「そんなことしてみな。今《いま》ほとんどの人《ひと》が別邸《べってい》に注目《ちゅうもく》しているから、あっという間《ま》に大騒《おおさわ》ぎだよ。暴力沙汰《ぼうりょくさた》になったら困《こま》るのはソウでしょ」

桜二《おうじ》くんはやれやれといったふうに首《くび》を横《よこ》に振《ふ》る。

私《わたし》は堂々《どうどう》と噂話《うわさばなし》をしていた男《おとこ》の人《ひと》たちを思《おも》い出《だ》す。

あの人《ひと》たちならやりかねない……ママもお金《かね》は人《ひと》を変《か》えるって言《い》っていたし。

「まあ、相手《あいて》は葵《あおい》さん一人《ひとり》だし、俺《おれ》だけでも捕《つか》まえられると思《おも》うが……」

「それは……いくらなんでも危《あぶ》ないんじゃないのかな」

颯馬《そうま》くんに成人男性《せいじんだんせい》を押《お》さえられるほどの実力《じつりょく》があるのは知《し》っているけど、それでも心配《しんぱい》せずにはいられない。

私《わたし》たちは四人《よんにん》だけど、それでも向《む》こうは大人《おとな》だ。何《なに》か持《も》ってるかもしれないし。

顔《かお》を曇《くも》らせる私《わたし》に、桜二《おうじ》くんが安心《あんしん》させるように笑《わら》ってみせた。

「大丈夫《だいじょうぶ》、ソウだけじゃなくてオレもいるから。こう見《み》えてフェンシングをやっていたから、ソウほどじゃなくても荒事《あらごと》にはある程度対処《ていどたいしょ》できるよ」

「えっ、私《わたし》とアキくんも力《ちから》になるよ？」

私《わたし》たちがのけ者《もの》にされていることに気付《きづ》いて、慌《あわ》てて口《くち》を挟《はさ》む。

だけど桜二《おうじ》くんは、困《こま》ったように首《くび》を振《ふ》るだけだった。

「四人《よにん》も固《かた》まってたら相手《あいて》に気づかれちゃうよ」

「それは、そうかもしれないけど」

この蔵《くら》はいかに骨董品《こっとうひん》を見《み》やすく飾《かざ》るかに特化《とっか》していて、人《ひと》が隠《かく》れられるところはそんなにない。私《わたし》は運動《うんどう》が得意《とくい》じゃないし、いざとなったら抵抗《ていこう》できないかもしれない。

頭《あたま》では分《わ》かっていたけど、ここまで一緒《いっしょ》に頑張《がんば》ってきたのに、仲間外《なかまはず》れにされたくなかった。

気《き》が進《すす》まない様子《ようす》の私《わたし》に、颯馬《そうま》くんが優《やさ》しく笑《わら》った。

「何《なに》も帰《かえ》れって言《い》ってるわけじゃないんだ。雪乃《ゆきの》は女《おんな》の子《こ》だし、秋兎《あきと》は手《て》が商売道具《しょうばいどうぐ》だ。怪我《けが》なんかさせたくない」

アキくんの事《こと》を出《だ》されて、私《わたし》の勢《いきお》いがそがれてしまった。

勝手《かって》に返事《へんじ》をするわけにはいかないし、芸術《げいじゅつ》を愛《あい》しているアキくんが手《て》を大切《たいせつ》にしているのは知《し》っていたからだ。

「俺《おれ》は剣道《けんどう》もやってるし、護身術《ごしんじゅつ》も一通《ひととお》り習《なら》ってる。桜二《おうじ》もさっき言《い》った通《とお》り、ある程度《ていど》は動《うご》けるんだ」

優《やさ》しく諭《さと》されるように言《い》われて、少《すこ》し冷静《れいせい》になる。

「それに俺《おれ》、今日《きょう》は何《なに》もしていないだろ？　リーダーを任《まか》されたのに、頼《たよ》りっきりじゃカッコつかな……って、そんな顔《かお》をするな」

少《すこ》し乱暴《らんぼう》に頭《あたま》をなでられて、出《で》そうになっていた涙《なみだ》が引《ひ》っ込《こ》んだ。

颯馬《そうま》くんの気配《けはい》をすぐそばに感《かん》じて、一瞬《いっしゅん》で頬《ほお》が熱《あつ》くなるのが分《わ》かる。

「雪乃《ゆきの》たちがいなかったら、俺《おれ》はここまでたどり着《つ》けなかった。間違《まちが》っても役《やく》に立《た》たなかったとか思《おも》わないでくれ。俺《おれ》の立《た》つ瀬《せ》がなくなるだろ」

「私《わたし》は頼《たの》まれた仕事《しごと》をやっただけだよ」

「じゃあ、犯人《はんにん》を捕《つか》まえるのがオレたちの仕事《しごと》だ。きっかけは俺《おれ》の依頼《いらい》だけど、俺《おれ》たちはもう仲間《なかま》だろ。一緒《いっしょ》に同《おな》じ仕事《しごと》をやるんじゃなくて、お互《たが》いに得意《とくい》不得意《ふとくい》を補《おぎな》っていこう」

私《わたし》はその言葉《ことば》にとても驚《おどろ》いた。

だって仲《なか》がいい友達《ともだち》とは『みんな揃《そろ》って同《おな》じことをする』というイメージだったから。

影響力《えいきょうりょく》のある子《こ》にすごく気《き》を使《つか》いながら、常《つね》に一緒《いっしょ》に行動《こうどう》して話《はなし》を合《あ》わせる。

実際小学生《じっさいしょうがくせい》の頃《ころ》、周《まわ》りの誰《だれ》もがそうしていた。

(でも颯馬《そうま》くんが言《い》うような関係《かんけい》の方《ほう》が、ずっと素敵《すてき》だと思《おも》う)

表面的《ひょうめんてき》な付《つ》き合《あ》いじゃなくて、その人《ひと》を丸《まる》ごと好《す》きになる。

お互《たが》いに敬意《けいい》をもっているから、ずっと気《き》を張《は》っていなくても上手《うま》くやっていけるんだ。

そう思《おも》うと、不思議《ふしぎ》とさっきの焦《あせ》りにも似《に》た気持《きも》ちがスッと消《き》えていく。

「適材適所《てきざいてきしょ》ってやつだね。ソウにいいところをとられたけど、オレもユキにカッコいいところを見《み》せたいな。ここはオレたちに任《まか》せて?」

ぱちりとウィンクをする桜二《おうじ》くん。

私《わたし》も二人《ふたり》とそんな関係《かんけい》になれたらいいと思《おも》って、思《おも》い切《き》って勇気《ゆうき》を出《だ》してみた。

「うん、二人《ふたり》のカッコいいところ、楽《たの》しみに待《ま》ってるね!」

「……!　ああ、任《まか》せてくれ!」

颯馬《そうま》くんは太陽《たいよう》のような笑顔《えがお》で胸《むね》を叩《たた》いて見《み》せた。

一方《いっぽう》、桜二《おうじ》くんはというと。

「……あ、桜二《おうじ》が照《て》れてる」

「うるさい照《て》れてない。朴念仁《ぼくねんじん》は黙《だま》ってて」

耳《みみ》まで赤《あか》くしてそっぽを向《む》いていた。

頑《かたく》なにこちらを見《み》ようとせず、手《て》は落《お》ち着《つ》きなく前髪《まえがみ》をいじっている。

(ぼくねんじんって、なんだろう)

だけどそれを聞《き》く前《まえ》に、桜二《おうじ》くんはさっさと話題《わだい》を変《か》えてしまった。

「ほら、さっさと寄木細工《よせぎざいく》を置《お》く場所《ばしょ》を作《つく》るよ」

その耳《みみ》はまだうっすら赤《あか》い。

桜二《おうじ》くん、本当《ほんとう》に照《て》れていたんだ。飄々《ひょうひょう》としていて掴《つか》みどころのない人《ひと》だと思《おも》っていたけど、急《きゅう》に親近感《しんきんかん》がわいてきた。

そんな私《わたし》の視線《しせん》から逃《に》げるように、桜二《おうじ》くんはさっさと身《み》をひるがえして骨董品《こっとうひん》に近《ちか》づく。

「葵《あおい》さんが抵抗《ていこう》することも考《かんが》えて、周《まわ》りの物《もの》をどかして。骨董品《こっとうひん》を寄贈《きぞう》しているのは知《し》っているはずだから、物《もの》が減《へ》ってても変《へん》に思《おも》わないはずだよ」

顔《かお》を隠《かく》すように作業《さぎょう》を始《はじ》める桜二《おうじ》くんを見《み》て、颯馬《そうま》くんはこらえ切《き》れず声《こえ》をあげて笑《わら》う。

「っ、はは、分《わ》かったから、重《おも》いものは俺《おれ》が運《はこ》ぶよ」

「何笑《なにわら》ってんの!」

いざ作業《さぎょう》が始《はじ》まれば、二人《ふたり》とも真剣《しんけん》な空気《くうき》に戻《もど》った。

颯馬《そうま》くんは骨董品《こっとうひん》を片《かた》っ端《ぱし》から二階《にかい》に避難《ひなん》させ、私《わたし》は汚《よご》れないように蔵《くら》にあったブルーシートをかけていく。桜二《おうじ》くんは蔵《くら》の隅《すみ》で、カメラやレコーダーをセットしていった。

アキくんに渡《わた》していた小型《こがた》カメラといい、いつの間《ま》にあんなに持《も》ってきてたんだろう。

ある程度運《ていどはこ》び終《お》わったところで、私《わたし》は山《やま》になっている骨董品《こっとうひん》たちを見上《みあ》げる。

「颯馬《そうま》くん、本当《ほんとう》に力持《ちからも》ちなんだね。あの重《おも》そうな銅鐸《どうたく》を軽々《かるがる》と持《も》ち上《あ》げるとは思《おも》わなかったよ」

そしてあれだけ重《おも》い物《もの》を運《はこ》んでおきながら、少《すこ》しも息《いき》を切《き》らしてない颯馬《そうま》くんを見上《みあ》げる。

「俺《おれ》はフィジカルに恵《めぐ》まれているらしくてな。昔《むかし》、剣道《けんどう》の試合《しあい》で相手《あいて》の木刀《ぼくとう》を真《ま》っ二《ふた》つにしたこともあるんだ」

今《いま》までのことを思《おも》い出《だ》して、私《わたし》はすんなり納得《なっとく》してしまった。

颯馬《そうま》くんの恐《おそ》ろしい身体能力《しんたいのうりょく》に慣《な》れ始《はじ》めているのだろうか。

「この間《あいだ》も男《おとこ》の人《ひと》を片手《かたて》で押《お》さえていたね」

「ああ。今日《きょう》のことも安心《あんしん》して任《まか》せてくれ！」

力《ちから》こぶを作《つく》って見《み》せてくれた颯馬《そうま》くん。

うーん、アキくんより少《すこ》し太《ふと》いくらいの腕《うで》のどこにあんな力《ちから》が……

「そういえば、颯馬《そうま》くんが剣道《けんどう》やってるのは初《はじ》めて知《し》ったかも」

「あれ、秋兎《あきと》から聞《き》いたことないのか？」

こくりとうなずく。

「目のこともあるし、慎重《しんちょう》になってるのか？　秋兎《あきと》、雪乃《ゆきの》のことになると目《め》に見《み》えて過保護《かほご》になるもんな」

「過保護《かほご》っていうか、心配性《しんぱいしょう》なだけだよ」

「そうか？　まあ、秋兎《あきと》の気持《きも》ちが分《わ》からなくもないが……」

そんな話《はなし》をしながら整理《せいり》していると、颯馬《そうま》くんが手《て》を止《と》めてまじまじと私《わたし》を見《み》つめた。

「……俺《おれ》さ、こんなに女《おんな》の子《こ》と楽《たの》しく話《はな》せたの、初《はじ》めてなんだ」

なんの前触《まえぶ》れもなく落《お》とされた爆弾《ばくだん》に、危《あや》うく手《て》に持《も》っていたグラスを落《お》としかけた。

だけど颯馬《そうま》くんはぜんぜん気《き》にした様子《ようす》もなく、そのまま独《ひと》り言《ごと》のように静《しず》かに続《つづ》けた。

「今日《きょう》なんてずっと楽《たの》しくてさ、あっという間《ま》に時間《じかん》が過《す》ぎていくんだ。今《いま》まで、こんなことは一度《いちど》もなかったのに」

おかしそうに笑《わら》った颯馬《そうま》くんは、とても優《やさ》しい目《め》をしていた。

数時間前《すうじかんまえ》、廊下《ろうか》で見《み》たのと同《おな》じ目《め》だ。その目《め》で見《み》つめられると、私《わたし》は溶《と》けてしまいそうになる。視線《しせん》に温度《おんど》なんて、あるわけないのに。

「女《おんな》の子《こ》と話《はな》すとき、いつも品定《しなさだ》めされてるような気分《きぶん》になるんだ。雪乃《ゆきの》からはそういうのを感《かん》じないからかな、一緒《いっしょ》にいて、すごく落《お》ちつく」

「……それは」

あの子《こ》たちは本気《ほんき》で颯馬《そうま》くんが好《す》きだからだ。

颯馬《そうま》くんのことを知《し》りたいから、どんな些細《ささい》なことでも見逃《みのが》さないようにしているんだろう。

そりゃあ、やりすぎはよくないと思《おも》うけど。

(私《わたし》は、どうなんだろう)

今《いま》この瞬間《しゅんかん》も息苦《いきぐる》しいくらいドキドキしているけど、きっと綾小路《あやのこうじ》さんたちのような熱量《ねつりょう》とはほど遠《とお》い。素敵《すてき》なアイドルにファンサを貰《もら》った、くらいの気分《きぶん》だ。たぶん。

ぼんやり考《かんが》えていると、突然《とつぜん》目《め》の前《まえ》に影《かげ》が差《さ》した。颯馬《そうま》くんはいつの間《ま》にか私《わたし》のすぐ目《め》の前《まえ》にいて、覗《のぞ》き込《こ》むように見《み》つめている。

急《きゅう》に縮《ちぢ》まった距離《きょり》に驚《おどろ》く暇《ひま》もなく、颯馬《そうま》くんがふわりと目《め》じりを下《さ》げた。

「だからか？　雪乃《ゆきの》の目《め》って、すごく綺麗《きれい》で好《す》きなんだ。ずっと見《み》ていられる」

「――っ」

その瞬間《しゅんかん》、私《わたし》は首《くび》がちぎれるくらい勢《いきお》いよく顔《かお》ごと目《め》をそらした。

「あ、なんで目《め》をそらすんだよ」

颯馬《そうま》くんが残念《ざんねん》そうな声《こえ》を上《あ》げる。

（むりむりむりっ！　そんなこと言《い》われてまっすぐ顔《かお》を見《み》れるわけないよ！）

間違《まちが》いなく今《いま》、私《わたし》は人《ひと》に見《み》せられないような顔《かお》をしてる。

心臓《しんぞう》なんてもう爆発《ばくはつ》しそうなくらいばくばくしてるし、むしろなんで無事《ぶじ》なのか不思議《ふしぎ》だ。

じりじりと後退《こうたい》して距離《きょり》を取《と》ろうとする私《わたし》に気づいていないのか、颯馬《そうま》くんは話《はな》し続《つづ》ける。

やめておけばいいのに、私《わたし》の耳《みみ》は律儀《りちぎ》に颯馬《そうま》くんの声《こえ》を拾《ひろ》う。

「雪乃《ゆきの》が一生懸命頑張《いっしょうけんめいがんば》ってくれてるのに、こんなこと思《おも》うのは失礼《しつれい》だけどさ」

甘《あま》くて、どこか熱《ねつ》をはらんだ声《こえ》だ。

「もっと一緒《いっしょ》にいたいって、どうしても考《かんが》えちまうんだ。俺《おれ》たちはもう仲間《なかま》で、これからも一《いっ》緒《しょ》にいるのに。変《へん》な話《はなし》だよな……って、雪乃《ゆきの》!?　どこに行《い》くんだ？」

「わ、私《わたし》！　寄木細工《よせぎざいく》が完成《かんせい》したか、見《み》てくるね！」

とうとう耐《た》え切《き》れなくなった私《わたし》は、早口《はやくち》でそう言《い》い残《のこ》して逃《に》げ出《だ》した。遠《とお》くで桜二《おうじ》くんが何《なに》か言《い》っていたようだけど、今《いま》はなにも考《かんが》えられない。

とにかく颯馬《そうま》くんから距離《きょり》を取《と》りたくて、叫《さけ》び出《だ》しそうなのを必死《ひっし》に堪《こら》えて走《はし》った。

こんなの、突然変《とつぜんへん》なことを言《い》い出《だ》した颯馬《そうま》くんのせいだ！


ふわふわと空《そら》に浮《う》いてる雲《くも》のような状態《じょうたい》で部屋《へや》に戻《もど》ると、アキくんはすでに作業《さぎょう》を終《お》わらせた後《あと》だった。

ちゃぶ台《だい》の上《うえ》には寄木細工《よせぎざいく》が二《ふた》つ置《お》いてあって、眼鏡《めがね》をかけた今《いま》の私《わたし》じゃどっちが本物《ほんもの》かわからないくらいよくできている。

「もう完成《かんせい》したんだね。……すごい、ささくれまで同《おな》じだ」

「ふふん、あとは乾《かわ》くのを待《ま》つだけだよ。それより、戻《もど》ってきたのはユキちゃんだけなの？」

顔《かお》を上《あ》げたアキくんは当然《とうぜん》の疑問《ぎもん》を口《くち》にして、私《わたし》の顔《かお》を見《み》てピタリと笑顔《えがお》のまま固《かた》まった。

「――ユキちゃん、なにかあった？」

質問《しつもん》の形《かたち》をとっているが、確信《かくしん》がある聞《き》き方《かた》だった。

私《わたし》は誤魔化《ごまか》そうとして、やめた。アキくんを騙《だま》せたことなんて、今《いま》まで一度《いちど》もなかったからだ。

「あ、あは……よく分《わ》かったね」

「分《わ》かるよ、幼馴染《おさななじ》みだもん。……ユキちゃんの変化《へんか》なら、誰《だれ》よりも最初《さいしょ》に気づく自信《じしん》があるよ」

その言葉《ことば》で、颯馬《そうま》くんとアキくんは心配性《しんぱいせい》だと話《はな》していたことを思《おも》い出《だ》す。

同時《どうじ》にその後《あと》のことも連鎖的《れんさてき》に思《おも》い出《だ》してしまって、私《わたし》は慌《あわ》ててそれを振《ふ》り払《はら》った。

「……顔《かお》、赤《あか》いよ」

「そ、そうかな⁉　は、走《はし》ってきたからかな！」

目《め》ざとく指摘《してき》された。

アキくんの優《やさ》しげなたれ目《め》は、今《いま》ばかりは吊《つ》り上《あ》がっているような気《き》がする。

「ふうん。何《なに》があったの？」

いつも私《わたし》の気持《きも》ちを読《よ》み取《と》って優先《ゆうせん》してくれるアキくんにしては珍《めずら》しく、見逃《みのが》すつもりはないらしい。

「ええと、颯馬《そうま》くんと話《はなし》をしてて、ちょっと」

アキくんはじっと私《わたし》を見《み》つめている。このままだと、うっかり口《くち》を滑《すべ》らせてしまいそうだ。

そんなの、恥《は》ずかしくて死《し》んでしまう。

「へえ。……どんな話《はなし》をしてたら、そんな顔《かお》になるのかな？」

「えっ、私《わたし》、変《へん》な顔《かお》してた⁉」

思《おも》わず手《て》で頰《ほお》を隠《かく》した。心《こころ》なしかまだ熱《あつ》い気《き》がする。

アキくんはそんな私《わたし》の反応《はんのう》を見《み》ると、とんでもなく苦《にが》い物《もの》を口《くち》に入《い》れたかのような顔《かお》をした。

質問《しつもん》をされたのは私《わたし》なのに、なぜかアキくんの方《ほう》が辛《つら》そうだ。

「もう、冗談《じょうだん》だよ。なあに、本当《ほんとう》になんかあったの？」

でも次《つぎ》の瞬間《しゅんかん》には、いつもの笑顔《えがお》に戻《もど》っていた。

あの表情《ひょうじょう》を錯覚《さっかく》だと思《おも》ってしまいそうなほどに。

「な、ないよ！」

ニヨニヨと私《わたし》を肘《ひじ》で突《つ》っつくアキくんは普段通《ふだんとお》りのように見《み》えた。

だから私《わたし》は安心《あんしん》してしまい、その後《あと》にぼそりとつぶやかれた言葉《ことば》を聞《き》き逃《のが》してしまった。

「はぁ、これだからあいつのことが嫌《きら》いなんだよ。ぼくだって――」

「アキくん？」

聞《き》き返《かえ》すと、俯《うつむ》いていたアキくんはパッと顔《かお》を上《あ》げて笑《わら》う。

「なんでもないよ」

その顔《かお》はどこか寂《さび》しそうに見《み》えたけど、顔《かお》の前《まえ》に寄木細工《よせぎざいく》を突《つ》き出《だ》されてそれどころじゃなくなった。

「はい、これ。白鳥《しらどり》に渡《わた》しておいて」

「え、アキくんは行《い》かないの？」

「うん。今《いま》はあいつらの顔《かお》を見《み》たくないや」

反射《はんしゃ》で受《う》け取《と》ってしまったけど、作《つく》った本人《ほんにん》が渡《わた》した方《ほう》がいい気《き》がする。

「それに、さっき白鳥《しらどり》からメッセージ来《き》たの。椿《つばき》の間《ま》の鍵《かぎ》を開《あ》けといてって。まったく、人使《ひとづか》いが荒《あら》いよね！」

早口《はやくち》でそう言《い》うと、アキくんはくるりと身《み》をひるがえす。

そして一度《いちど》も振《ふ》り返《かえ》ることなく、さっさと部屋《へや》を出《で》ていってしまった。

(顔《かお》を見《み》たくないって……)

部屋《へや》に取《と》り残《のこ》された私《わたし》はしばらく呆然《ぼうぜん》としていたが、離《はな》れていく足音《あしおと》にハッと我《われ》に返《かえ》る。

(アキくん、悲《かな》しそうだった……)

去《さ》り際《ぎわ》の表情《ひょうじょう》に後《うし》ろ髪《がみ》をひかれつつ、私《わたし》は桜二《おうじ》くんに偽物《にせもの》の寄木細工《よせぎざいく》を持《も》って行《い》った。

任《まか》された仕事《しごと》もあるが、アキくんのことも心配《しんぱい》だ。これを届《とど》けたら様子《ようす》を見《み》に行《い》こう。

12　作戦開始《さくせんかいし》

桜二《おうじ》くんに寄木細工《よせぎざいく》を渡《わた》すと、不思議《ふしぎ》そうな顔《かお》をされた。

「アキなら自分《じぶん》で渡《わた》しに来《き》そうなのに」

その言葉《ことば》に、今度《こんど》は私《わたし》が目《め》を丸《まる》くする番《ばん》だ。

（あれ。アキくん、桜二《おうじ》くんからメッセージを貰《もら》ったって……）

だけどそれを訪《たず》ねるよりも先《さき》に、桜二《おうじ》くんは寄木細工《よせぎざいく》に目《め》を輝《かがや》かせてアキくんを褒《ほ》め始《はじ》めた。

完全《かんぜん》に口《くち》を挟《はさ》むタイミングを失《うしな》ってしまった。

（桜二《おうじ》くん、私《わたし》が蔵《くら》を飛《と》び出《だ》していった理由《りゆう》を聞《き》かないんだ……）

まるで最初《さいしょ》からそんなことなどなかったような態度《たいど》だ。

もちろん聞《き》かれたとて説明《せつめい》できることはないけど、触《ふ》れられないと逆《ぎゃく》に不安《ふあん》になってしまう。

変《へん》に勘違《かんちが》いされていないか心配《しんぱい》だ。

ちらちら様子《ようす》を伺《うかが》っていると、寄木細工《よせぎざいく》をチェックしていた桜二《おうじ》くんが視線《しせん》をこちらに向《む》けた。

「アキ、椿《つばき》の間《ま》に行《い》ったんだっけ。ならちょうどいいか」

「ちょうどいい？」

「間取《まど》り図《ず》に印《しるし》をつけておいたんだけど、これを椿《つばき》の間《ま》の……そうだね、床《ゆか》にでも適当《てきとう》に落《お》としてきてくれない？　今手《いまて》が離《はな》せなくてさ。それっぽい理由《りゆう》を使用人《しようにん》たちに伝《つた》えてるから、ユキが一人《ひとり》で動《うご》いても大丈夫《だいじょうぶ》だよ」

そういうと、桜二《おうじ》くんはポケットから小《ちい》さな紙切《かみき》れを取《と》り出《だ》して私《わたし》に渡《わた》した。

パソコンでも見《み》た、蔵《くら》の間取《まど》り図《ず》だ。その隅《すみ》っこに……ちょうど今《いま》、桜二《おうじ》くんが立《た》っている場所《ばしょ》の後《うし》ろが丸《まる》で囲《かこ》まれていた。

「こっちの準備《じゅんび》はもう終《お》わるから、それを置《お》いてきたら千代《ちよ》さんの部屋《へや》でアキと待《ま》ってて。

……あ、道分《みちわ》かる？」

「もう間違《まちが》えたりしないよ！」

さっき、違《ちが》う道《みち》を進《すす》んでいったことをからかっているのはすぐに分《わ》かった。

あれは道《みち》を知《し》らなかったからで、いつもはそんなに方向音痴《ほうこうおんち》じゃないのに！

「ははっ、それならよかった。暗《くら》い顔《かお》をしてたから、道《みち》が分《わ》からなくて困《こま》ってるのかなーって思《おも》ったんだ」

……桜二《おうじ》くんは、意外《いがい》と人《ひと》の気持《きも》ちに敏感《びんかん》だ。

なんと言《い》えばいいか分《わ》からなくて、私《わたし》はあいまいな笑顔《えがお》を浮《う》かべた。

そうすれば、やっぱり桜二《おうじ》くんは深《ふか》く踏《ふ》みこんでこない。

頼《たの》まれた仕事《しごと》をこなそうと踵《きびす》を返《かえ》すと、桜二《おうじ》くんの透明感《とうめいかん》のある声《こえ》が背中《せなか》に届《とど》く。

「アキに伝言《でんごん》。『あんたの気持《きも》ちは無自覚天然《むじかくてんねん》モノに負《ま》けるほど軽《かる》いの？』ってよろしく」

「え、それならスマホでも……」

どういうことだろうと振《ふ》り返《かえ》っても、桜二《おうじ》くんはにっこりと笑《わら》うだけだった。

仕方《しかた》なく、私《わたし》は首《くび》をひねりながら椿《つばき》の間《ま》に向《む》かう。休憩時間《きゅうけいじかん》なのか、通《とお》りかかった大広間《おおひろま》にはたくさんの人《ひと》がいた。

大丈夫《だいじょうぶ》だとは思《おも》いつつも、ついこそこそと椿《つばき》の間《ま》までたどり着《つ》いた私《わたし》は、控《ひか》えめに扉《とびら》をノックする。

さっきのこともあって、少《すこ》しだけその手《て》に力《ちから》が入《はい》る。

「アキくん、私《わたし》だよ」

「ユキちゃん？」

すぐにアキくんが顔《かお》を出《だ》してくれた。

今度《こんど》こそいつも通《どお》りのアキくんで、ほっと胸《むね》を撫《な》でおろす。

「どうしてここに」

私《わたし》はここに来《き》た目的《もくてき》を思《おも》い出《だ》して、紙切《かみき》れをアキくんに見《み》せる。

「行《い》き違《ちが》いにならなくてよかった。桜二《おうじ》くんが、この紙《かみ》を床《ゆか》に落《お》とせって」

「あいつは何《なに》してるの？」

「アキくんが作《つく》った偽物《にせもの》をセットするって」

アキくんは私《わたし》を中《なか》に入《い》れると、メモを覗《のぞ》き込《こ》んできた。

「あ、あと桜二《おうじ》くんから伝言《でんごん》があるよ」

桜二《おうじ》くんが言《い》っていたことをそのまま伝《つた》えれば、聞《き》いたこともないような低《ひく》い声《こえ》がアキくんの口《くち》から飛《と》び出《だ》してきた。

「は？」

アキくんは大《おお》きく息《いき》を吸《す》い込《こ》んで固《かた》まったかと思《おも》えば、イラ立《だ》ったようにすぅっと片目《かため》を細《ほそ》めた。その背中《せなか》からは黒《くろ》いオーラが見《み》えるというか、笑《わら》ってるのに妙《みょう》に威圧感《いあつかん》がある。

「あは、上等《じょうとう》じゃん。ぼくが何年抱《なんねんかか》えていると……」

「ええと、アキくん……？」

思《おも》わず声《こえ》をかければ、とてもいい笑顔《えがお》が返《かえ》ってきた。

「ごめんごめん、なんでもなーい。ふふっ、ぼくたちも仕事《しごと》を終《お》わらせて、あいつらの雄姿《ゆうし》を見《み》に行《い》こっか」

アキくんの方《ほう》が桜二《おうじ》くんたちとの付《つ》き合《あ》いが長《なが》いからか、どうやら通《つう》じ合《あ》うものがあるらしい。

本当《ほんとう》になんだろうと首《くび》を傾《かし》げていると、突然《とつぜん》アキくんが視線《しせん》を鋭《するど》くした。

「足音《あしおと》が聞《き》こえる……もう来《き》ちゃったか」

「へっ、足音《あしおと》？」

「うん、思《おも》ったよりも早《はや》いな……ユキちゃん、隠《かく》れよう！」

アキくんが紙切《かみき》れを目立《めだ》つように地面《じめん》に置《お》くと、私《わたし》の腕《うで》を強《つよ》くひいた。

そうして何《なに》がなんだかよくわからないうちに、私《わたし》は背後《はいご》からアキくんにぎゅっとと抱《かか》え込《こ》まれてしまった。

驚《おどろ》く暇《ひま》もなくぐらっと体《からだ》が傾《かたむ》き、再《ふたた》び強《つよ》く引《ひ》き寄《よ》せられる。

気《き》がつけば、私《わたし》たちは一緒《いっしょ》に床《ゆか》に倒《たお》れていた。

（い、痛《いた》くない……っていうかここ、ベッドの下《した》……？）

シーツの端《はし》っこがレースになっているおかげで、私《わたし》は隙間《すきま》から外《そと》を見《み》ることができた。

(き、急《きゅう》にどうしたんだろう)

緊張《きんちょう》で身《み》を固《かた》くしている間《あいだ》に、アキくんは私《わたし》を抱《だ》きしめたまま可能《かのう》な限《かぎ》り後《うし》ろに下《さ》がった。

身長《しんちょう》はそう変《か》わらないのに、私《わたし》はすっぽり収《おさ》まってしまっていた。

耳元《みみもと》でアキくんの息遣《いきづか》いが聞《き》こえてきて、私《わたし》の心臓《しんぞう》はその度《たび》に速《はや》くなる。耳《みみ》を押《お》さえたかったけど、強《つよ》く抱《だ》きしめられているのでそれもできない。

「……来《き》た」

アキくんが緊張《きんちょう》したように短《みじか》くそう言《い》った。

だけど正直《しょうじき》、私《わたし》はそれどころじゃない。

（うわーーっ、耳元《みみもと》でしゃべらないでっ！）

暴《あば》れまわる心音《しんおん》を抑《おさ》えて、私《わたし》は頑張《がんば》って息《いき》を潜《ひそ》める。

すると間《ま》を置《お》かず、すっと扉《とびら》が開《ひら》いて誰《だれ》かが音《おと》もたてずに入《はい》ってきた。

私《わたし》は背中《せなか》に感《かん》じるアキくんの気配《けはい》から意識《いしき》をそらすために、必死《ひっし》にその人物《じんぶつ》を観察《かんさつ》した。

（女《おんな》の人《ひと》だ）

足元《あしもと》しか見《み》えないその人《ひと》は忍《しの》び足《あし》で、何《なに》かを探《さが》しているようだ。

一歩進《いちほすす》む度《たび》に、アキくんが私《わたし》を抱《だ》きしめる力《ちから》が強《つよ》くなる。

いろんな意味《いみ》でドキドキしていると、その人《ひと》はある場所《ばしょ》で立《た》ち止《ど》まった。

「……あった！」

――葵《あおい》さんの声《こえ》だ。

彼女《かのじょ》は私《わたし》たちが置《お》いた紙切《かみき》れを見《み》つけると、さっと拾《ひろ》い上《あ》げた。

私《わたし》たちからはその姿《すがた》は丸見《まるみ》えだが、向《む》こうは床《ゆか》に顔《かお》をくっつけてベッドの下《した》を覗《のぞ》き込《こ》まない限《かぎ》り気《き》づかないだろう。

（アキくん、あの一瞬《いっしゅん》でよくこんな場所《ばしょ》を見《み》つけたなあ）

結局葵《けっきょくあおい》さんは最後《さいご》まで私《わたし》たちには気《き》づかず、紙切《かみき》れをエプロンのポケットにしまって急《いそ》いで部屋《へや》を出《で》て行《い》った。

その足音《あしおと》が完全《かんぜん》に聞《き》こえなくなると、私《わたし》はやっとアキくんから解放《かいほう》されてベッドの下《した》から出《で》られた。

不審《ふしん》に思《おも》われないよう、でもできるだけ急《いそ》いで距離《きょり》を取《と》る。

人一人分《ひとひとりぶん》の温《ぬく》もりが離《はな》れて、部屋《へや》の空気《くうき》がやけに冷《つめ》たく感《かん》じる。今日《きょう》だけで心臓《しんぞう》がもろくなったと思《おも》う。

「ふう、ベッドの下《した》までちゃんと掃除《そうじ》されててよかった。ぞうきんになるかと思《おも》ったのに」

緊張《きんちょう》で固《かた》まっている私《わたし》とは逆《ぎゃく》に、アキくんはいつも通《とお》りだった。なんてことのないように服《ふく》についた埃《ほこり》をぱぱっと払《はら》うと、感心《かんしん》したように言《い》った。

その腕《うで》が視界《しかい》に映《うつ》る度《たび》、さっきのことがフラッシュバックして顔《かお》が一気《いっき》に熱《あつ》くなる。

慌《あわ》てて下《した》を向《む》くけど、アキくんは目《め》ざとくそれに気《き》づいた。

その上《うえ》で、わざわざしゃがんで私《わたし》を見上《みあ》げた。

「顔《かお》、赤《あか》いね？」

「それは、ベッドの下《した》が暑《あつ》かったからっ！」

「ふうん、そうなんだ？　むしろ床《ゆか》が冷《つめ》たかったと思《おも》うんだけど」

さっきと打《う》って変《か》わって、アキくんの機嫌《きげん》がとてもいい。

元《もと》から垂《た》れた目《め》じりはさらに甘《あま》く緩《ゆる》んでおり、頬《ほお》を少《すこ》し赤《あか》らめて唇《くちびる》は緩《ゆる》く弧《こ》を描《えが》いている。

喜《よろこ》びをかみしめている顔《かお》だ。

「バレないか不安《ふあん》だったからかも！　そ、それより、早《はや》く戻《もど》ろ！　葵《あおい》さんが来《き》たこと、報告《ほうこく》しなくちゃ」

私《わたし》はその目線《めせん》から逃《のが》れるように立《た》ち上《あ》がると、そっぽを向《む》いて話題《わだい》を変《か》えた。

くすりと笑《わら》った気配《けはい》がして、アキくんも立《た》ち上《あ》がる。

「その必要《ひつよう》はないよ。これも白鳥《しらどり》の計画《けいかく》のうちだから」

思《おも》わず振《ふ》り返《かえ》れば、アキくんはひらりとスマホを振《ふ》った。

目《め》に入《はい》ったトーク履歴《りれき》では、たった今《いま》アキくんが「葵《あおい》さん、紙《かみ》を拾《ひろ》ったよ」っていうメッセージを送信《そうしん》したところだ。

既読《きよみ》は、すでについている。

「ライブ配信《はいしん》するってさ」

アキくんがいたずらっぽく片目《かため》をつぶった。

いつの間《ま》にかクライマックスまで来《き》ていたことに、私《わたし》は開《あ》いた口《くち》がふさがらない。

◇◇◇

気《き》づけば、太陽《たいよう》が傾《かたむ》き始《はじ》めていた。

いよいよ今日《きょう》が終《お》わるのを感《かん》じて、少《すこ》し寂《さび》しくなる。

アキくんがピッキングで扉《とびら》を施錠《せじょう》したのを見届《みとど》けて、私《わたし》たちは早足《はやあし》で部屋《へや》に戻《もど》った。

「今頃《いまごろ》、一条《いちじょう》たちは蔵《くら》に潜伏《せんぷく》しているだろうだね。白鳥《しらどり》がパソコンとカメラを繫《つな》げてるみたいだから、ぼくたちはそれで現場《げんば》を確認《かくにん》できるよ」

なんでも私《わたし》たちは保険《ほけん》らしい。

もし危《あぶ》なくなりそうだったら、大人《おとな》や警察《けいさつ》に連絡《れんらく》してほしいとのこと。

ただぼうっと颯馬《そうま》くんたちの帰《かえ》りを待《ま》ってるだけじゃないって知《し》って、私《わたし》はうんとやる気《き》になった。

急《いそ》いで千代《ちよ》さんの部屋《へや》まで戻《もど》れば、アキくんは桜二《おうじ》くんのパソコンの前《まえ》に座《すわ》った。

「うわあ……気軽《きがる》にパスワードを教《おし》えてくれるなと思《おも》ったらコレ、今回《こんかい》のためにわざわざ調達《ちょうたつ》した専用《せんよう》パソコンじゃん……お金持《かねも》ちこわ」

パソコンを立《た》ち上《あ》げているアキくんをしり目《め》に、私《わたし》はもう一度《いちど》眼鏡《めがね》をはずした。

(何《なに》が起《お》きてもいいように、付喪神《つくもがみ》が見《み》えるようにしておこう)

ちらりと寄木細工《よせぎざいく》の付喪神《つくもがみ》の様子《ようす》を確認《かくにん》すると、静《しず》かに眠《ねむ》っている姿《すがた》が目《め》に入《はい》った。

半《なか》ば寄木細工《よせぎざいく》と同化《どうか》するように目《め》を閉《と》じており、とても起《お》きられるような状態《じょうたい》じゃない。

(目覚《めざ》めたときにいい報告《ほうこく》ができるように頑張《がんば》ろう!)

ポーチから飴玉《あめだま》を取《と》り出《だ》して、中《なか》にお供《そな》えしておく。少《すこ》しでも早《はや》く元気《げんき》になってくれればいいなと思《おも》いながら。

ちなみに中《なか》の鍵《かぎ》はすでに颯馬《そうま》くんが回収《かいしゅう》している。全部終《ぜんぶお》わったら両親《りょうしん》と相談《そうだん》すると言《い》っていた。

「あっ、葵《あおい》さんが蔵《くら》に現《あらわ》れたよ!」

私《わたし》は急《いそ》いでパソコンに駆《か》け寄《よ》る。

画面《がめん》には懐中電灯《かいちゅうでんとう》を手《て》に蔵《くら》の扉《とびら》を開《あ》ける葵《あおい》さんが映《うつ》っていた。

電気《でんき》をつけないのは、見《み》つかりたくないという思《おも》いがあるのだろう。

(本当《ほんとう》に、来《き》ちゃった……)

颯馬《そうま》くんたちがどこに潜《ひそ》んでいるかは分《わ》からないが、葵《あおい》さんの姿《すがた》はばっちりとカメラに映《うつ》っている。桜二《おうじ》くんが想定《そうてい》した通《とお》りの動《うご》きなんだろう。

その必要《ひつよう》はないのに、私《わたし》とアキくんもつい息《いき》をひそめてしまう。

「白鳥《しらどり》のやつ、遠《とお》くじゃなくて偽物《にせもの》の真後《まうし》ろにカメラをセットしたのか」

どうりで葵《あおい》さんがまっすぐカメラの方《ほう》に向《む》かってくると思《おも》ったよ。

再《ふたた》び画面《がめん》に目《め》を向《む》けると、葵《あおい》さんは少《すこ》し歩調《ほちょう》を速《はや》めていた。懐中電灯《かいちゅうでんとう》の光《ひかり》がまっすぐこっちに向《む》けられているから、きっと寄木細工《よせぎざいく》に気づいたんだろう。

「ふふ、やっと見《み》つけたわ。あの子《こ》たちのおかげでここの鍵《かぎ》が開《ひら》いたようなものだし、後《あと》でデザートでも出《だ》しておきましょうか」

押《お》し殺《ころ》したような笑《わら》い声《ごえ》をこぼしながら、楽《たの》しくてたまらないような顔《かお》で葵《あおい》さんは寄木細工《よせぎざいく》に手《て》を伸《の》ばす。

「これで別邸《べってい》のお宝《たから》は全部私《ぜんぶわたし》の物《もの》。後《あと》で遺言状《ゆいごんじょう》でも捏造《でつぞう》して、千代様《ちよさま》が売《う》ったということにすれば誰《だれ》も気《き》づかないわ。……そうだ、遺言状《ゆいごんじょう》は寄木細工《よせぎざいく》の中《なか》に入《い》れて坊《ぼっ》ちゃんにお渡《わた》ししましょう。あんなに必死《ひっし》に探《さが》していたものね。くすくす」

昼間《ひるま》に見《み》た無感情《むかんじょう》な雰囲気《ふんいき》と全《まった》く違《ちが》う葵《あおい》さんの様子《ようす》に驚《おどろ》いてると、画面《がめん》に映《うつ》る映像《えいぞう》がふわっと揺《ゆ》れた。

「えっ、カメラに気付《きづ》いた⁉」

「……いや、違《ちが》う。ぼくたちが見《み》てる映像《えいぞう》、偽物《にせもの》に埋《う》め込《こ》んだ小型《こがた》カメラのものなんだ！」

アキくんの言葉《ことば》と同時《どうじ》に、画面《がめん》の向《む》こう側《がわ》から物音《ものおと》が聞《き》こえた。

「え、開《ひら》かない……ッ⁉」

葵《あおい》さんが怪訝《けげん》そうに偽物《にせもの》を見《み》た瞬間《しゅんかん》、パッと蔵《くら》の電気《でんき》がついた。

「……葵《あおい》さん」

「ッ！　坊《ぼっ》ちゃん！」

電気《でんき》をつけたのは颯馬《そうま》くんらしい。

葵《あおい》さんにさえぎられているせいで姿《すがた》は見《み》えないが、電気《でんき》スイッチの場所《ばしょ》を考《かんが》えると、颯馬《そうま》くんは入《い》り口《ぐち》をふさぐように立《た》っているのだろう。

「オレもいるよ。やっぱり、動画《どうが》をとるなら高《たか》いところだよね」

トントンと階段《かいだん》を下《お》りる音《おと》がする。桜二《おうじ》くんは二階《にかい》に隠《かく》れて撮影《さつえい》していたらしい。

「あ、あら。二人《ふたり》とも、いらっしゃるなら電気《でんき》をつければよろしいのに。目《め》を悪《わる》くしますよ」

「葵《あおい》さんこそ。懐中電灯《かいちゅうでんとう》なんて持《も》ってさ、なにすんの？」

「こ、これは念《ねん》のために持《も》ってきただけです」

必死《ひっし》に言《い》い訳《わけ》をしている葵《あおい》さんが急《きゅう》に口《くち》ごもった。

「桜二様《おうじさま》、その手《て》に持《も》っているのは」

「見《み》てわかんない？　カメラだよ。ちなみにちゃーんと暗視《あんし》できるやつ」

「……あら、使用人《しようにん》が倉庫《そうこ》に入《はい》ったくらいで警察《けいさつ》は動《うご》きませんよ」

冷静《れいせい》な声《こえ》でそう言《い》った葵《あおい》さんだが、寄木細工《よせぎざいく》を持《も》つその手《て》は微《かす》かに震《ふる》えている。

「そもそも、私《わたし》は戸締《とじま》りの確認《かくにん》に来《き》ただけです。あなたたちが閉《し》め忘《わす》れないよう……」

「戸締《とじま》りの確認《かくにん》なのに、中《なか》に入《はい》ったのか？　蔵《くら》の物《もの》を持《も》って、どうやって扉《とびら》を閉《し》めるつもりなんだ？」

「そ、それはっ」

颯馬《そうま》くんの鋭《するど》い指摘《してき》に、葵《あおい》さんがうろたえたような声《こえ》をあげる。

「そもそも鍵《かぎ》はソウしか持《も》ってないんだから、戸締《とじま》りできないよね？　というか、まだ葵《あおい》さんに言《い》ってないはずだけど。なんでオレたちが蔵《くら》に入《はい》ったって分《わ》かったのかな」

じっくり逃《に》げ道《みち》を塞《ふさ》いでいく桜二《おうじ》くんは、とても楽《たの》しそうだ。

鋭《するど》い視線《しせん》を葵《あおい》さんに向《む》けたまま、カメラを構《かま》えている。

「そうだ、葵《あおい》さんにいいことを教《おし》えてあげる。手元《てもと》の寄木細工《よせぎざいく》、もう一回《いっかい》ちゃんと見《み》てみなよ」

弾《ひ》かれたようにカメラを見る葵《あおい》さん。

その目《め》はみるみるうちに驚愕《きょうがく》に見開《みひら》き――

『助《たす》けて！　助《たす》けて！』

『どうしよう、どうしよう！』

同時《どうじ》に、たくさんの声《こえ》が私《わたし》の耳《みみ》に届《とど》いた。

切羽詰《せっぱつ》まったようなその声《こえ》は、付喪神《つくもがみ》たちのものだ。

ハッと周《まわ》りを見渡《みわた》せば、あの金色《きんいろ》の鳥《とり》を先頭《せんとう》に、たくさんの付喪神《つくもがみ》が、部屋《へや》になだれ込《こ》んできた。

そうして驚《おどろ》く間《ま》もなく、金色《きんいろ》の鳥《とり》が悲痛《ひつう》な声《こえ》をあげる。

『あの女《おんな》、蔵《くら》を燃《も》やすつもりだわ！　助《たす》けて、あそこにいる仲間《なかま》がみんな消《き》えてしまうっ！』

その言葉《ことば》を理解《りかい》した瞬間《しゅんかん》、私《わたし》は頭《あたま》が真《ま》っ白《しろ》になった。

13　私《わたし》だからできること

私《わたし》の様子《ようす》がおかしいことに気付《きづ》いたアキくんは、パソコンから目《め》を離《はな》してこちらを見《み》た。

「ユキちゃん、どうしたの？」

「い、今《いま》、付喪神《つくもがみ》たちが来《き》て、葵《あおい》さんが蔵《くら》を燃《も》やすつもりだってっ……！」

混乱《こんらん》で上手《うま》く話《はな》せなかったけど、アキくんは理解《りかい》したようで真剣《しんけん》な顔《かお》で考《かんが》え込《こ》む。

「金品《きんぴん》を狙《ねら》ってる葵《あおい》さんが蔵《くら》を燃《も》やす理由《りゆう》はないはずだけど……ねえ、どうしてそう思《おも》ったのか聞《き》いてもいい？」

『あの女《おんな》、ライターを持《も》っていったの！　私《わたし》の物《もの》にならないのなら、全部《ぜんぶ》なくなってしまえって！』

『怖《こわ》い顔《かお》をしてた！　怖《こわ》い顔《かお》をしてた！』

なんて八《や》つ当《あ》たりだ。怒《いか》りがわいてくるのをぐっと堪《こら》えてその言葉《ことば》を伝《つた》えると、アキくんは目《め》の色《いろ》を変《か》えてパソコンを操作《そうさ》する。

「こういう蔵《しま》って必《かなら》ず消防《しょうぼう》システムがあるはずなんだけど……あった！」

そして目的《もくてき》の物《もの》を見《み》つけると、私《わたし》の方《ほう》に画面《がめん》を向《む》けた。蔵《くら》の間取《まど》りだ。

「消防《しょうぼう》システムを手動《しゅどう》で起動《きどう》させれば、燃《も》え上《あ》がる前《まえ》に火《ひ》を消《け》せるよ！　水《みず》が出《で》るタイプなら目《め》くらましにもなると思《おも》うんだけど、間取《まど》りからじゃスイッチの場所《ばしょ》が分《わ》からないな……」

アキくんは地図上《ちずじょう》の一点《いちてん》を指《さ》したが、その付近《ふきん》にあるということだろう。

やみくもに探《さが》すしかないのかと考《かんが》えていると、肩《かた》に止《と》まっていた金色《きんいろ》の鳥《とり》が口《くち》を開《ひら》いた。

『スイッチなら見《み》たことあるわ！　私《わたし》が連《つ》れてってあげる！』

「あ、付喪神《つくもがみ》が案内《あんない》してくれるって！　私《わたし》行《い》ってくるから、アキくんはここで葵《あおい》さんたちを見《み》張《は》って、手遅《ておく》れになる前《まえ》に通報《つうほう》して！」

そう言《い》って立《た》ち上《あ》がった瞬間《しゅんかん》、がしっと腕《うで》を掴《つか》まれる。

「待《ま》って。火《ひ》がつけられるかもしれない場所《ばしょ》に、ユキちゃんを一人《ひとり》で行《い》かせられないよ」

「でも、ここを空《あ》けるわけにはいかないよ。まだ何《なに》かが起《お》きるかもしれないのに」

「じゃあぼくが行《い》く！」

「付喪神《つくもがみ》が見《み》えないアキくんじゃ見《み》つけるのが遅《おそ》くなっちゃう」

アキくんがぐっと押《お》し黙《だま》る。ふと、颯馬《そうま》くんの言葉《ことば》を思《おも》い出《だ》した。

「アキくん。私《わたし》がここに残《のこ》っても、いざって時《とき》に警察《けいさつ》とかに上手《うま》く事情《じじょう》を説明《せつめい》できないよ。だから、私《わたし》は私《わたし》にできることをやるの」

「………でも」

「中《なか》には入《はい》らない。約束《やくそく》するよ」

アキくんはじっと私《わたし》の目《め》を見《み》つめると、やがて根負《こんま》けしたようにうなずいた。

「……約束《やくそく》だよ」

「うん！」

話《はなし》がついた瞬間《しゅんかん》、金色《きんいろ》の鳥《とり》はひらりと飛《と》び上《あ》がった。他《ほか》の付喪神《つくもがみ》は危《あぶ》ないと分《わ》かっているようで、この部屋《へや》に留《とど》まることを選《えら》んだようだ。

『ついてきて』

「分《わ》かった！」

蔵《くら》に向《む》かっていく金色《きんいろ》の鳥《とり》の後《あと》を追《お》いかける。

(自分《じぶん》の物《もの》にならないなら燃《も》やすなんて、そんなの許《ゆる》せない！)

あそこに置《お》いてあったのは、どれもたくさんの人《ひと》の手《て》を渡《わた》ってきた物《もの》ばかりだ。いろんな思《おも》いを抱《かか》えて、今《いま》あの蔵《くら》で眠《ねむ》っている。

そんな自分勝手《じぶんかって》な理由《りゆう》で壊《こわ》していいものじゃない。

私《わたし》は全力《ぜんりょく》で蔵《くら》まで走《はし》ると、金色《きんいろ》の鳥《とり》の案内《あんない》に従《したが》って裏側《うらがわ》に回《まわ》る。

こっちは人《ひと》が入《はい》ることを想定《そうてい》されていないのか、壁近《かべちか》くにたくさん木《き》や草《くさ》が生《は》えていた。蔵《くら》に火《ひ》の手《て》が上《あ》がれば、あっという間《ま》に燃《も》え広《ひろ》がるだろう。

『ここよ。緑《みどり》のボタンを押《お》せば動《うご》いたはず』

消防《しょうぼう》システムは、裏壁《うらかべ》の中央《ちゅうおう》にあった。地面《じめん》すれすれにあるそれは、壁《かべ》と同化《どうか》するように設《せっ》置《ち》されている。一人《ひとり》だったら絶対《ぜったい》に見逃《みのが》していた。

急《いそ》いでしゃがんで蓋《ふた》を開《あ》ければ、中《なか》からコントロールパネルが出《で》てきた。

外装《がいそう》に似合《にあ》わず、意外《いがい》と現代的《げんだいてき》だ。

(あ、でもこれじゃ、いつ起動《きどう》させればいいか分《わ》からない)

とりあえずまだ何事《なにごと》もなさそうなことに安心《あんしん》して、少《すこ》し息《いき》を整《ととの》える。

どこかで中《なか》の様子《ようす》を確認《かくにん》できるところはないかと周《まわ》りを見渡《みわた》すと、私《わたし》は消防《しょうぼう》システムの少《すこ》し右《みぎ》に変《か》わった形《かたち》のレンガが埋《う》まっていることに気《き》がついた。

よく見《み》るとそれは換気口《かんきこう》で、試《ため》しに触《さわ》ってみれば簡単《かんたん》に取《と》り外《はず》せた。

「これって器物損壊《きぶつそんかい》にならないよね……？」

とうとう私《わたし》まで悪《わる》いことをしてしまったと思《おも》いつつ、背《せ》に腹《はら》は代《か》えられないと身《み》をかがめて中《なか》の様子《ようす》を窺《うかが》う。

蔵《くら》の中《なか》で反響《はんきょう》しているおかげか、換気口通《かんきこうどお》しでも中《なか》の声《こえ》をはっきり聞《き》くことができた。

「邪魔《じゃま》をしないで！　私《わたし》にも千代様《ちよさま》の遺産《いさん》を手《て》にする権利《けんり》があるのよ！」

ちょうど葵《あおい》さんの金切《かなき》り声《ごえ》が聞《き》こえて、びくりと肩《かた》が跳《は》ねる。

「おかしいでしょ！　私《わたし》は一生《いっしょう》をかけて尽《つ》くしてきたのに、死《し》んだら何《なに》もなく次《つぎ》は奥様《おくさま》に仕《つか》えなさいって！　ふざけてるの⁉　餞別《せんべつ》に少《すこ》しくらいは金《かね》をよこしなさいよ！」

目《め》を離《はな》している間《あいだ》になにかあったのか、葵《あおい》さんはかなり取《と》り乱《みだ》していた。

「葵《あおい》さん、あなたはあくまでも雇《やと》われた赤《あか》の他人《たにん》でしょ。ちゃんと給料《きゅうりょう》は貰《もら》ってるはずだし、働《はたら》きに見合《みあ》ったボーナスと待遇《たいぐう》もあったはずだよね。遺産《いさん》を望《のぞ》むのはおかしくない？」

「金持《かねも》ちの坊《ぼっ》ちゃんには分《わ》からないでしょうね！　何《なに》もしなくても、腐《くさ》るほどお金《かね》があるでしょう⁉　私《わたし》はそれに憧《あこが》れて一条家《いちじょうけ》で働《はたら》いてるのよ！　なのに嫁入《よめい》り先《さき》は見《み》つけてくれないし、この年《とし》じゃもう玉《たま》の輿《こし》も望《のぞ》めない！　私《わたし》の人生《じんせい》はなんだったの⁉」

葵《あおい》さんが悲痛《ひつう》な叫《さけ》び声《ごえ》を上《あ》げる。

骨董品《こっとうひん》に遮《さえぎ》られて三人《さんにん》の姿《すがた》はよく見《み》えないが、だいたいの状況《じょうきょう》を掴《つか》むことはできた。

(葵《あおい》さんを追《お》い詰《つ》めたみたいだけど、穏《おだ》やかとは言《い》えなさそう)

桜二《おうじ》くんと颯馬《そうま》くんは、二人《ふたり》で挟《はさ》むように葵《あおい》さんと対峙《たいじ》していた。

緊迫《きんぱく》した雰囲気《ふんいき》は離《はな》れた私《わたし》にも伝《つた》わってくる。

「結婚相手《けっこんあいて》を紹介《しょうかい》してほしいって……昔《むかし》ならともかく、現代《げんだい》じゃそれは難《むずか》しい要求《ようきゅう》だ。お金《かね》が欲《ほ》しいのなら、一条《いちじょう》の系列会社《けいれつかいしゃ》で社員《しゃいん》として働《はたら》けばよかっただろう」

「はあ？　一条家《いちじょうけ》ならそれくらいできるでしょう！　一生働《いっしょうはたら》くなんて冗談《じょうだん》じゃないわ。私《わたし》は楽《らく》して金持《かねも》ちになりたいの。坊《ぼっ》ちゃんたちのようにね！」

葵《あおい》さんのあけすけな言葉《ことば》が胸《むね》に突《つ》き刺《さ》さる。

だけど私《わたし》なんかより、颯馬《そうま》くんの方《ほう》がずっと傷《きず》ついているはずだ。

（知《し》り合《あ》ったばかりの私《わたし》でも、颯馬《そうま》くんたちがただ家《いえ》に甘《あま》えているような人《ひと》たちじゃないって分《わ》かるのに！）

長《なが》い間私《あいだわたし》よりもずっと近《ちか》くで、面倒《めんどう》を見《み》てきた葵《あおい》さんが気《き》づかないなんて。

なんて悲《かな》しいのだろう。

「……理由次第《りゆうしだい》じゃ見逃《みのが》すのも考《かんが》えていたが、その必要《ひつよう》はなさそうだな」

話《はなし》にならないと判断《はんだん》したのか、颯馬《そうま》くんたちは顔《かお》を見合《みあ》わせてうなずいた。

「警備《けいび》にはもう連絡《れんらく》してある。後《あと》のことは父《とう》さんたちが決《き》める。葵《あおい》さん、そろそろ観念《かんねん》……」

だが颯馬《そうま》くんが一歩《いっぽ》動《うご》いたその時《とき》、葵《あおい》さんはたがが外《はず》れたように突然笑《とつぜんわら》い出《だ》した。

「あっははは！　そう、そうなの。私《わたし》はこれでおしまいなのね。金《かね》も、信用《しんよう》も、全部《ぜんぶ》なくなって……はは、」

一見脱力《いっけんだつりょく》しているだけのように見《み》えけど、颯馬《そうま》くんは本能的《ほんのうてき》に何《なに》かを感《かん》じ取《と》ったのかピタリと立《た》ち止《ど》まる。

直後《ちょくご》、葵《あおい》さんはすばやくエプロンのポケットに手《て》を突《つ》っ込《こ》み何《なに》かを取《と》り出《だ》した。

（ライターと……あの紙切《かみき》れ！）

颯馬《そうま》くんはそれを見《み》ると慌《あわ》てて手《て》を伸《の》ばすが、葵《あおい》さんが紙《かみ》に火《ひ》をつける方《かた》が早《はや》かった。

（つ、間《ま》に合《あ》って！）

火《ひ》の明《あ》かりが見《み》えた瞬間《しゅんかん》、私《わたし》は迷《まよ》わず消防《しょうぼう》システムを起動《きどう》させた。

瞬間《しゅんかん》、天井《てんじょう》にあるスプリンクラーから水《みず》がすごい勢《いきお》いで放出《ほうしゅつ》される。

ライターの小《ちい》さな火《ひ》はすぐに消《き》え、紙切《かみき》れも一瞬《いっしゅん》で水《みず》に溶《と》けた。これほど水《みず》がまき散《ち》らされているなら、もう他《ほか》のものにも火《ひ》が点《つ》くことはないだろう。

（ブルーシートはあるけど、骨董品《こっとうひん》が濡《ぬ》れてないといいな）

まだ水《みず》が止《と》まらない中《なか》、桜二《おうじ》くんが慌《あわ》てて地面《じめん》に転《ころ》がっている寄木細工《よせぎざいく》を回収《かいしゅう》しに行《い》くのが見《み》えた。カメラが入《はい》っているから、水《みず》でダメになるのを回避《かいひ》するためだろう。でもひとまず、これ以上危《いじょうあぶ》ないことはなさそうだ。

そう息《いき》をついた時《とき》だった。

「くそ、センサーの反応《はんのう》が早《はや》いじゃない！」

舌打《したう》ちをした葵《あおい》さんが、再《ふたた》びポケットに手《て》を伸《の》ばすのが見《み》えてしまった。

そこから取《と》り出《だ》された物《もの》を見《み》た瞬間《しゅんかん》、私《わたし》は息《いき》をのんだ。

(あれは……ナイフ!?)

葵《あおい》さんは火《ひ》をつけるだけにとどまらず、折《お》り畳《たた》みナイフまで用意《ようい》していたらしい。

本来《ほんらい》どんなふうに使《つか》う予定《よてい》だったかは分《わ》からないが、今《いま》、その切《き》っ先《さき》はまっすぐ颯馬《そうま》くんに向《む》けられている。

颯馬《そうま》くんは水《みず》を直《ちょく》に顔《かお》に受《う》けていたようで、まだそのことに気づいていない。

それを認識《にんしき》した瞬間《しゅんかん》、私《わたし》はほとんど反射《はんしゃ》で叫《さけ》んだ。

「颯馬《そうま》くん、避《さ》けてっ！」

颯馬《そうま》くんが身《み》をひねるのと、葵《あおい》さんが水《みず》の弾幕《だんまく》から飛《と》び出《だ》したのは同時《どうじ》だった。

同《おな》じく水《みず》で視界《しかい》が遮《さえぎ》られていた葵《あおい》さんの狙《ねら》いは大雑把《おおざっぱ》で、目《め》を開《あ》けた颯馬《そうま》くんは小《ちい》さな動《うご》きで避《さ》ける。

逆《ぎゃく》に全力《ぜんりょく》で突進《とっしん》していた葵《あおい》さんは、狙《ねら》いをはずしたことで大《おお》きくバランスを崩《くず》した。

颯馬《そうま》くんはその隙《すき》を見逃《みのが》さず、振《ふ》り返《かえ》り様《ざま》に葵《あおい》さんの手首《てくび》を叩《たた》いてナイフをはたき落《お》とす。

そしてそのまま葵《あおい》さんの腕《うで》をつかむと、警察官《けいさつかん》のように手際《てぎわ》よく後《うし》ろにまとめて押《お》さえた。

「ソウっ！　大丈夫《だいじょうぶ》か⁉」

寄木細工《よせぎざいく》を回収《かいしゅう》した桜二《おうじ》くんはすぐに颯馬《そうま》くんに駆《か》け寄《よ》り、葵《あおい》さんの前《まえ》にあったナイフを蹴《け》り飛《と》ばした。

葵《あおい》さんはまだ抵抗《ていこう》しているようだが、身動《みうご》きは取《と》れないようだ。

今度《こんど》こそ終《お》わったと、私《わたし》はそのまま地面《じめん》にへたり込《こ》んでしまった。

『ありがとう、きれいな目《め》の子《こ》。仲間《なかま》たちを守《まも》ってくれてありがとう』

一緒《いっしょ》に見守《みまも》っていた金色《きんいろ》の鳥《とり》は歌《うた》うようにそう言《い》うと、目《め》の前《まえ》でくるくると回《まわ》り始《はじ》める。

「ううん、力《ちから》になれてよかったよ」

最後《さいご》にもう一度《いちど》金色《きんいろ》の鳥《とり》にお礼《れい》を言《い》って、私《わたし》は眼鏡《めがね》をかけた。付喪神《つくもがみ》を一度《いちど》にたくさん見《み》てしまったから、頭《あたま》が痛《いた》い。

でもそれより、今《いま》は颯馬《そうま》くんたちが心配《しんぱい》だった。

私《わたし》は気合《きあい》で立《た》ち上《あ》がって蔵《くら》の入《い》り口《ぐち》に回《まわ》る。

水《みず》はいつの間《ま》にか止《と》まっており、蔵《くら》の前《まえ》には警備員《けいびいん》に引《ひ》き渡《わた》されようとしている葵《あおい》さんの姿《すがた》があった。

アキくんがその近《ちか》くに立《た》っていたので、きっと警備員《けいびいん》に連絡《れんらく》してくれたのだろう。

抵抗《ていこう》を諦《あきら》めた葵《あおい》さんは全身水浸《ぜんしんみずびた》しになっているせいか、酷《ひど》く小《ちい》さく見《み》えた。

「雪乃《ゆきの》！　やっぱりさっきの声《こえ》は気《き》のせいじゃなかったんだな！」

私《わたし》に気づいた颯馬《そうま》くんは、パッと顔《かお》を明《あか》るくして手《て》を振《ふ》ってくれた。

対《たい》する桜二《おうじ》くんは驚《おどろ》いたように目《め》を丸《まる》くしている。

「いくらなんでも早《はや》すぎると思《おも》ったら、ユキが消防《しょうぼう》システムを起動《きどう》してくれたんだ」

学校《がっこう》ですれ違《ちが》ったときのような軽《かる》い調子《ちょうし》だけど、案《あん》の定全身《じょうぜんしん》びしょ濡《ぬ》れだ。

だけど二人《ふたり》ともそれすら様《さま》になっていて、むしろ夕日《ゆうひ》を反射《はんしゃ》させてキラキラ輝《かがや》いている。

なんだかすごくまぶしく感《かん》じられて、私《わたし》は目《め》を細《ほそ》めて二人《ふたり》を見《み》つめた。

「その制服《せいふく》、月曜《げつよう》までに綺麗《きれい》になる？」

ブレザーを脱《ぬ》いで雑巾《ぞうきん》しぼりをしている颯馬《そうま》くんたちにアキくんが尋《たず》ねる。

二人《ふたり》は絞《しぼ》っても絞《しぼ》っても水《みず》が出《で》てくるブレザーをじっと見《み》つめると、同時《どうじ》に笑《わら》い出《だ》した。

「無理《むり》だな」

「無理《むり》だね」

思《おも》わずアキくんと一緒《いっしょ》になって冷《つめ》たい目《め》をしてしまう。

(そんな絞《しぼ》り方《かた》したら、乾《かわ》いたとしてもヨレヨレになってるよ……)

でもまあ、二人《ふたり》なら制服《せいふく》の一着二着《いちちゃくにちゃく》ダメになっても問題《もんだい》なさそう。

ぼんやりと達成感《たっせいかん》に浸《ひた》りながらその光景《こうけい》を見《み》つめていると、三人《さんにん》と順々《じゅんじゅん》に目《め》が合《あ》ってしまった。

みんなはわずかに目《め》を丸《まる》くすると、びっくりするくらい優《やさ》しい笑顔《えがお》を浮《う》かべた。

颯馬《そうま》くんは太陽《たいよう》のように華《はな》やかで、桜二《おうじ》くんは月《つき》のように穏《おだ》やかに、アキくんは星《ほし》のように優《やさ》しく。

ひとまず私《わたし》も笑顔《えがお》を返《かえ》したら、颯馬《そうま》くんと桜二《おうじ》くんはさらに笑《え》みを深《ふか》くした。

しかしすぐに、それを遮《さえぎ》るようにアキくんが私《わたし》の前《まえ》に立《た》つ。

「人《ひと》の幼馴染《おさななじ》みに色目《いろめ》を使《つか》わないでくれる?」

そう言《い》いながら、乱暴《らんぼう》にタオルを投《な》げつけた。

「色目《いろめ》なんて使《つか》ってないぞ⁉」

「おまえがそれを言《い》うな！　この天然《てんねん》ゴリラ！」

「そうだそうだ、仕事《しごと》を放《ほう》り出《だ》してイチャつきやがって」

私《わたし》はさっと三人《さんにん》から目《め》をそらした。

(桜二《おうじ》くん、やっぱりあのとき聞《き》いてたんだ！)

髪《かみ》を拭《ふ》きながら野次《やじ》を飛《と》ばす桜二《おうじ》くんに、アキくんは可燃《かねん》ごみを見《み》るような視線《しせん》を送《おく》った。

「言《い》っておくけど、ぼくは白鳥《しらどり》が喧嘩《けんか》売《う》ってきたの、忘《わす》れないからね」

「ええ、敵《てき》に塩送《しおおく》ってやったのに～？」

「余計《よけい》なお世話《せわ》！　その塩《しお》はいつか馬《うま》に蹴《け》られたお前《まえ》の傷口《きずぐち》に塗《ぬ》り込《こ》んでやるからっ」

なんでもいいから、早《はや》くこの話題《わだい》から離《はな》れてほしい。

そう思《おも》いながら、私《わたし》は太陽《たいよう》が沈《しず》んでいくのを疲《つか》れた顔《かお》で眺《なが》めた。

——なんであれ、これで全部終《ぜんぶお》わったんだ。

(私《わたし》の目《め》、ちゃんと役《やく》に立《た》てたかな)

たった数日《すうじつ》で、この力《ちから》に対《たい》する考《かんが》え方《かた》がずいぶんと変《か》わった気《き》がする。

この間《あいだ》まで、もう二度《にど》と使《つか》いたくないって思《おも》っていた。こんな力《ちから》があっても、いいことなんて何《なに》もないって。

誰《だれ》にも一生理解《いっしょうりかい》されることなく、一人《ひとり》で抱《かか》えていくものだとふさぎ込《こ》んでいた。

（でも颯馬《そうま》くんたちのおかげで、これは私《わたし》の長所《ちょうしょ》だって思《おも》えるようになった）

今《いま》も誰彼構《だれかれかま》わずに言《い》いふらすつもりはないけど、こんな風《ふう》に誰《だれ》かの力《ちから》になれるのなら、付喪神《つくもがみ》が見《み》えるのも悪《わる》くない。

（それによく考《かんが》えたら、物《もの》と話《はな》せるってすごいことじゃない？）

そう晴《は》れやかな気持《きも》ちで屋敷《やしき》に戻《もど》ったけど、私《わたし》たちが無理《むり》をしたのは残念《ざんねん》ながら事実《じじつ》で。

ピッキングとハッキングはバレなかったけど、私《わたし》たちは警備員《けいびいん》や颯馬《そうま》くんの両親《りょうしん》に盛大《せいだい》に怒《おこ》られたのだった。

14　そうして世界《せかい》は色《いろ》づいた

大人《おとな》たちにさんざん説教《せっきょう》されたあと、私《わたし》たちは解散《かいさん》することになった。びしょ濡《ぬ》れの颯馬《そうま》くんたちはお風呂《ふろ》に連《つ》れていかれ、私《わたし》とアキくんは颯馬《そうま》くんのご両親《りょうしん》に感《かん》謝《しゃ》の言葉《ことば》とともに巻《ま》き込《こ》んで申《もう》し訳《わけ》ないと謝罪《しゃざい》の言葉《ことば》をいただいた。

あんなにも気品《きひん》がある大人《おとな》に頭《あたま》を下《さ》げられたのは初《はじ》めてのことで、私《わたし》もアキくんも大《おお》いに慌《あわ》てた挙句《あげく》、ご両親《りょうしん》を笑《わら》わせてしまった。

そんな二人《ふたり》に本当《ほんとう》のことを話《はな》せないのが申《もう》し訳《わけ》ない。私《わたし》たちの話《はなし》には明《あき》らかに不自然《ふしぜん》な点《てん》があったのに、全部気《ぜんぶき》づかなかったことにしてくれたんだ。

しかも、もう遅《おそ》いからって家《いえ》まで送《おく》ってくれた。

突然家《とつぜんいえ》の前《まえ》にとまった黒塗《くろぬ》りの車《くるま》から降《お》りてきた私《わたし》に、ママがたいそう驚《おどろ》いていたのはいい思《おも》い出《で》だ。

でもそんなママの反応《はんのう》を見《み》て、私《わたし》は一気《いっき》に現実《げんじつ》に帰《かえ》ってきたような気分《きぶん》になった。

こんな非日常《ひにちじょう》なんてそうそう起《お》きないし、月曜日《げつようび》から私《わたし》はいつもの生活《せいかつ》に戻《もど》ることになる。

縁《えん》があって颯馬《そうま》くんたちと仲間《なかま》になったけど、これからはすれ違《ちが》ったら挨拶《あいさつ》する程度《ていど》の関係《かんけい》になるのかな。そう思《おも》うと、眠《ねむ》ってしまうのがとても嫌《いや》になった。

だけどどうしようもなく疲《つか》れていたのも本当《ほんとう》で、ベッドに入《はい》ったら一瞬《いっしゅん》で眠《ねむ》ってしまったのだ。

翌日《よくじつ》の日曜《にちよう》も何《なに》をする気《き》にもなれなくて、私《わたし》はそのまま月曜日《げつようび》を迎《むか》えた。

なんだか変《へん》にテンションが高《たか》いママに起《お》こされた私《わたし》は、寂《さび》しい気持《きも》ちを抱《かか》えたまま身支度《みじたく》を整《ととの》えてリビングに向《む》かう。

そんな私《わたし》が最初《さいしょ》に目《め》にしたのは、当《あ》たり前《まえ》のように我《わ》が家《や》の食卓《しょくたく》でトーストを食《た》べているアキくんの姿《すがた》だった。

「おはよう、ユキちゃん」

「………………？？」

「そんなぼうっとしてないで、早《はや》く食《た》べようよ。トースト冷《さ》めちゃうよ」

何《なに》が起《お》きてるか分《わ》からず、私《わたし》は促《うなが》されるままトーストをかじる。

うん。今日《きょう》も完璧《かんぺき》な焼《や》き加減《かげん》で——

「いや、なんでアキくんが私《わたし》の家《いえ》にいるの？」

「前《まえ》に外《そと》で待《ま》たないでって言《い》ってくれたから」

「そうじゃなくて」

アキくんの家《いえ》の方《ほう》が学校《がっこう》に近《ちか》いじゃん。なんで遠回《とおまわ》りしてるの……？

何一《なにひと》つ納得《なっとく》してない私《わたし》に気づいたアキくんは、柔《やわ》らかい笑《え》みを浮《う》かべた。

「毎日《まいにち》でも来《き》たいのは本音《ほんね》だけど、今日《きょう》はちょっと用事《ようじ》があってね」

「なるほど？」

なら待《ま》たせるわけにはいかないと私《わたし》は再《ふたた》び食《た》べ始《はじ》めるが、アキくんの声《こえ》が少《すこ》し低《ひく》なったことには気《き》がつかなかった。

そして私《わたし》は何《なに》も知《し》らないまま玄関《げんかん》を開《あ》けて。

「おはよう、雪乃《ゆきの》」

目《め》に飛《と》び込《こ》んできた見覚《みおぼ》えのある高級車《こうきゅうしゃ》と太陽《たいよう》のような笑顔《えがお》に、全力《ぜんりょく》で扉《とびら》を閉《し》めた。

間《あいだ》をおかず、外《そと》から桜二《おうじ》くんの笑《わら》い声《ごえ》が聞《き》こえる。近所迷惑《きんじょめいわく》にもほどがある大爆笑《だいばくしょう》だ。

(颯馬《そうま》くんたちのことを考《かんが》えすぎて、とうとう幻《まぼろし》を見《み》るようになった？)

頬《ほお》をつねってみる。痛《いた》い。

そっと振《ふ》り返《かえ》れば、アキくんの疲《つか》れた顔《かお》が目《め》に入《はい》る。

「残念《ざんねん》だけど、あれは現実《げんじつ》だよ。一条《いちじょう》おじいちゃんは自分《じぶん》の起床時間《きしょうじかん》が一般的《いっぱんてき》な中学生《ちゅうがくせい》と違《ちが》うことを自覚《じかく》して欲《ほ》しいよね。朝六時《あさろくじ》にチャイムを鳴《な》らされたときは呪《のろ》ってやろうって気持《きも》ちでいっぱいだったよ」

なるほど。アキくんも同《おな》じ目《め》にあったらしい。しかも朝六時《あさろくじ》に。

かわいそう。

しかしいつまでもこうしているわけにはいかない。

この扉《とびら》を開《あ》けなければ学校《がっこう》にいけないのだ。確《たし》かに颯馬《そうま》くんたちと一緒《いっしょ》に過《す》ごす機会《きかい》が減《へ》るのは寂《さび》しいとは思《おも》っていたけど、こういった接近《せっきん》を望《のぞ》んでいたわけじゃない。でも……

私《わたし》は一《ひと》つ深呼吸《しんこきゅう》をして、覚悟《かくご》を決《き》めて外《そと》に出《で》る。

(あの日《ひ》、颯馬《そうま》くんちの車《くるま》で帰《かえ》ってきたから、運転手《うんてんしゅ》さんに住所《じゅうしょ》を知《し》られたんだろうなあ)

外《そと》に出《で》ると、颯馬《そうま》くんが車《くるま》のドアを開《あ》けて待《ま》っている姿《すがた》が目《め》に入《はい》る。車内《しゃない》には微笑《ほほえ》んでいる桜二《おうじ》くんの姿《すがた》も。

これは乗《の》れということだろうか。住宅街《じゅうたくがい》で目立《めだ》つことを避《さ》けたい私《わたし》は、アキくんと顔《かお》を見合《みあ》わせてそのまま車《くるま》に乗《の》り込《こ》んだ。

こうして、私《わたし》たちは颯馬《そうま》くんたちと一緒《いっしょ》に登校《とうこう》することになった。

悩《なや》んでいた私《わたし》がバカに思《おも》えるくらい、二人《ふたり》の態度《たいど》は全《まった》く変《か》わらない。

事件《じけん》なんてなくても私《わたし》たちは友達《ともだち》なんだって、そう思《おも》えて嬉《うれ》しい。

「いやー、笑《わら》った笑《わら》った。アキと全《まった》く同《おな》じ反応《はんのう》をするの、面白《おもしろ》すぎでしょ」

「いつまで笑《わら》ってんの」

「じゃあ別《べつ》の話《はなし》をしてあげる」

アキくんににらまれて、桜二《おうじ》くんは半笑《はんわら》いのまま話《はなし》を変《か》えた。

「まずね、オレの予想《よそう》は当《あ》たっていたんだ。あの日《ひ》、おじさんたちは本当《ほんとう》に鍵屋《かぎや》に行《い》ってきたみたい」

「驚《おどろ》いたぞ。風呂《ふろ》からあがったら大広間《おおひろま》には鍵職人《かぎしょくにん》が何人《なんにん》もいるし、親戚《しんせき》はもめていたし」

そのときのことを思《おも》い出《だ》しているのか、颯馬《そうま》くんは苦《にが》い顔《かお》をした。

「でも、別邸《べってい》の鍵《かぎ》は見《み》つかったよね？　結局取《けっきょくと》り換《か》えることにしたの？」

「いや、そっちはそのままだ」

「そっち？」

アキくんが首《くび》をひねる。

桜二《おうじ》くんは何《なに》かを思《おも》い出《だ》したのか、また笑《わら》い出《だ》してうつむいてぷるぷる震《ふる》えていた。

「椿《つばき》の間《ま》の鍵《かぎ》を変《か》えたんだ。どっかの技術顧問《ぎじゅつこもん》が簡単《かんたん》にピッキングしていったから、防犯《ぼうはん》に不《ふ》安《あん》を感《かん》じてな」

颯馬《そうま》くんの恨《うら》めしげな視線《しせん》を受《う》け流《なが》して、アキくんは意地悪《いじわる》く目《め》を細《ほそ》めた。

「セキュリティの精度《せいど》が上《あ》がるのはいいことだよ。なんなら今度《こんど》は正門《せいもん》でも試《ため》してあげよっか？」

「俺《おれ》の家《いえ》を出禁《できん》にするぞ」

思《おも》わず笑《わら》ってしまう。

まあ、職人《しょくにん》たちが何《なに》もしないで帰《かえ》る、なんてことにならなくてよかったんじゃないのかな。

車内《しゃない》の笑《わら》いが落《お》ち着《つ》いた後《あと》、颯馬《そうま》くんの顔《かお》にふと影《かげ》が落《お》ちた。

「その後《あと》、万《まん》が一《いち》開《ひら》かなかったら問題《もんだい》だからって、別邸《べってい》に行《い》って鍵《かぎ》を開《あ》けたんだ」

颯馬《そうま》くんは一度《いちど》言葉《ことば》を区切《くぎ》ると、悲《かな》しそうな目《め》をした。

「噂《うわさ》になっていた地下《ちか》も宝物庫《ほうもつこ》も、存在《そんざい》しなかったよ。それどころか、重要《じゅうよう》な書類《しょるい》も高価《こうか》な物《もの》もなかった」

「えっ」

思《おも》わず声《こえ》が裏返《うらがえ》ってしまった。

「鍵《かぎ》はあっけないくらい簡単《かんたん》に開《ひら》いたさ。父《とう》さんたちと中《なか》をぐるっと回《まわ》ったんだけど、埃《ほこり》が積《つ》もってることを除《のぞ》けば他《ほか》の部屋《へや》と全《まった》く同《おな》じだった。全部整理《ぜんぶせいり》されたあとだったんだ。中《なか》に残《のこ》ってたのは、ひいばあちゃんとひいじいちゃんの写真《しゃしん》だけ」

「じゃ、じゃあ、噂《うわさ》は……」

「大人《おとな》たちの、勝手《かって》な妄想《もうそう》ってことだ」

静《しず》かに告《つ》げられた言葉《ことば》に、私《わたし》は何《なに》も言《い》えなかった。

つまり、葵《あおい》さんの裏切《うらぎ》りは絶対《ぜったい》に実《み》を結《むす》ぶことはなく、ただ颯馬《そうま》くんたちを傷《きず》つけただけということに……

「ひいばあちゃんは、俺《おれ》が一人《ひとり》でいられる場所《ばしょ》にと別邸《べってい》の鍵《かぎ》を譲《ゆず》ってくれたんだ。辛《つら》いことがあったとき、いつもひいばあちゃんのとこに行《い》ってたから、心配《しんぱい》してくれたんだろう」

そう言《い》った次《つぎ》の瞬間《しゅんかん》、颯馬《そうま》くんは顔《かお》を上《あ》げる。

その瞳《ひとみ》は鮮《あざ》やかに輝《かがや》いていて、すでに自分《じぶん》の中《なか》で答《こた》えを出《だ》しているように思《おも》えた。

すでに颯馬《そうま》くんなりに考《かんが》え抜《ぬ》いたのだろう。

「だから、別邸《べってい》の鍵《かぎ》はもう一度寄木細工《いちどよせぎざいく》にしまって、父《とう》さんに預《あず》けたんだ」

「せっかく寄木細工《よせぎざいく》と一緒《いっしょ》に見《み》つけたのに、手放《てばな》しちゃうの？」

「今《いま》の俺《おれ》に、別邸《べってい》を管理《かんり》できるほどの能力《のうりょく》がないからな。また事件《じけん》が起《お》きたら、ひいばあちゃんと付喪神《つくもがみ》に顔向《かおむ》けできない。一人前《いちにんまえ》になったときに改《あらた》めて受《う》け取《と》ろうと思《おも》う。それに」

そう言《い》い切《き》ると、颯馬《そうま》くんは気恥《きは》ずかしそうに私《わたし》たちを見回《みまわ》した。

「俺《おれ》には仲間《なかま》がいるから、もう一人《ひとり》で隠《かく》れる必要《ひつよう》はないしな」

途端《とたん》、桜二《おうじ》くんは顔《かお》を抑《おさ》えた。肩《かた》が小刻《こきざ》みに震《ふる》えているので、照《て》れているのではなく笑《わら》いをこらえているのだと分《わ》かる。

「うわ、よくそんなこと面《めん》と向《む》かって言《い》えるね」

アキくんは腕《うで》をさすったが、嫌《いや》とは言《い》わなかった。もちろん、私《わたし》も。

話《はなし》がひと段落《だんらく》して、私《わたし》はふと思《おも》い出《だ》したことを口《くち》にした。

「そういえば、あの寄木細工《よせぎざいく》の中《なか》になにか入《はい》ってなかった？」

お供《そな》え物《もの》として、私《わたし》が入《い》れた飴《あめ》。袋包装《ふくろほうそう》だけど、さすがに長《なが》い間《あいだ》入れ続《つづ》けるのはまずいだろう。

しかし、颯馬《そうま》くんは小《ちい》さく首《くび》を傾《かし》げた。真《ま》っ黒《くろ》な髪《かみ》がさらさらと流《なが》れる。

「いや、何《なに》もなかったぞ。中《なか》になんか忘《わす》れたのか？」

（……そっか、寄木細工《よせぎざいく》の子《こ》は起《お》きたんだ。飴《あめ》は貰《もら》ってくれたんだね）

なんだか全部《ぜんぶ》上手《うま》くいった気《き》がして、私《わたし》は晴《は》れやかな気持《きも》ちで笑《わら》った。

「ううん、気《き》のせいだったかも」

やっと肩《かた》の荷《に》が全部《ぜんぶ》降《お》りたような気《き》がして、私《わたし》はほっと息《いき》をついた。

そんな気《き》が抜《ぬ》けた様子《ようす》の私《わたし》に、やっと笑《わら》いから回復《かいふく》した桜二《おうじ》くんが思《おも》い出《だ》したようにぽんっと手《て》を叩《たた》いた。

「そうだユキ、これからも気軽《きがる》に蘭《らん》の館《やかた》においでよ。オレたちは校舎《こうしゃ》の方《ほう》にあんまりいないからさ、なかなか会《あ》えないじゃん。フリーパスにしておくからさ、いつでも遊《あそ》びに来《き》てよ」

何《なに》その遊園地《ゆうえんち》みたいな制度《せいど》。

私《わたし》は思《おも》わずジトッとした目線《めせん》を桜二《おうじ》くんに送《おく》る。

「クラスメイトとも仲良《なかよ》くなりたいので、それは遠慮《えんりょ》します」

女子《じょし》の視線《しせん》が怖《こわ》いしね。

「ちぇ。からかってるわけじゃないのに」

桜二《おうじ》くんは本気《ほんき》だったようで、本当《ほんとう》に残念《ざんねん》そうに声《こえ》を上《あ》げた。

「でも、たまには遊《あそ》びに来《き》てくれるよな？　鑑定団《かんていだん》のこともあるし、まだまだ話《はな》したいこともあるんだ」

悪戯《いたずら》っ子《こ》のような表情《ひょうじょう》を浮《う》かべる颯馬《そうま》くんに驚《おどろ》く。

もう事件《じけん》は解決《かいけつ》したのに、まだその設定《せってい》が残《のこ》っているとは思《おも》わなかった。

「依頼《いらい》をひとつこなしただけなのに、解散《かいさん》するわけないじゃん。遊《あそ》びじゃないんだから、本格《ほんかく》的《てき》な運営《うんえい》も考《かんが》えてるよ」

「え、白鳥《しらどり》のお遊《あそ》びじゃなかったの？」

「ユキの能力《のうりょく》を放《はな》っておくのはもったいないよ。今回《こんかい》の件《けん》はちょっと大事《おおごと》になったけど、すごく楽《たの》しかったしさ。もちろん、ユキが嫌《いや》なら話《はなし》は変《か》わってくるけど」

桜二《おうじ》くんの言葉《ことば》に首《くび》を傾《かし》げてしまう。私《わたし》も今回限《こんかいかぎ》りの気《き》まぐれだと思《おも》っていたから、これからのことなんて少《すこ》しも考《かんが》えていなかった。

「ううん、嫌《いや》じゃなかったよ。でも、本格的《ほんかくてき》な運営《うんえい》って何《なに》するの？」

「俺《おれ》と桜二《おうじ》が窓口《まどぐち》になって、骨董品関連《こっとうひんかんれん》の相談《そうだん》を受《う》けるんだ。雪乃《ゆきの》を表《おもて》に立《た》たせることはないし、ちゃんと守《まも》ると約束《やくそく》する。きっと最高《さいこう》のチームになれるぞ」

「オレたちって影響力凄《えいきょうりょくすご》いから、宣伝《せんでん》いらずで依頼《いらい》に困《こま》らないと思うよ？　報酬《ほうしゅう》とか、依頼料《いらいりょう》はその時《とき》に決《き》めるつもり。もちろん、損《そん》はさせないよ？」

「報酬《ほうしゅう》!? いろんな骨董品《こっとうひん》に触《ふ》れる機会《きかい》があるのは嬉《うれ》しいけど、それはさすがに……私《わたし》、資格《しかく》も何《なに》もないし」

「鑑定士《かんていし》は自己申告制《じこしんこくせい》だって言《い》ったのはユキちゃんでしょ。ぼくたち三人《さんにん》が認《みと》めているんだから、もう立派《りっぱ》な鑑定士《かんていし》じゃない？」

戸惑《とまど》う私《わたし》の背中《せなか》を押《お》したのは、意外《いがい》にもアキくんだった。

「寄木細工《よせぎざいく》を探《さが》していたとき、ユキちゃんは本当《ほんとう》に楽《たの》しそうだったよ。あんな全力《ぜんりょく》なユキちゃん、久《ひさ》しぶりに見《み》た。悔《くや》しいけど、ぼくも一条《いちじょう》たちの意見《いけん》に賛成《さんせい》かな」

みんなが力説《りきせつ》しはじめて、どんどん鑑定団《かんていだん》が続《つづ》く流《なが》れになってしまっている。

平穏《へいおん》な生活《せいかつ》を目指《めざ》すなら、絶対《ぜったい》に断《ことわ》るべきだろう。

でもあの日《ひ》、本当《ほんとう》に楽《たの》しくて達成感《たっせいかん》があったのも確《たし》かだ。

「私《わたし》、付喪神《つくもがみ》に頼《たよ》っちゃうような鑑定士《かんていし》だよ？」

念押《ねんお》しのようにそう言《い》うと、颯馬《そうま》くんは眩《まぶ》しい笑顔《えがお》で私《わたし》のためらいを振《ふ》り切《き》ってくれた。

「それは欠点《けってん》じゃなくてアドバンテージだろ。付喪神鑑定士《つくもがみかんていし》、世界《せかい》で雪乃《ゆきの》だけの称号《しょうごう》だぞ！」

その言葉《ことば》に、私《わたし》の心《こころ》はとうとう決《き》まった。

「みんなが嫌《いや》じゃないなら、私《わたし》は鑑定団《かんていだん》を続《つづ》けてみたい！」

そう言《い》って深々《ふかぶか》と頭《あたま》を下《さ》げれば、三人《さんにん》は穏《おだ》やかな笑顔《えがお》で私《わたし》を受《う》け入《い》れてくれた。

「改《あらた》めてよろしくな、雪乃《ゆきの》！」

こうして、私《わたし》たちは四人《よにん》で秘密《ひみつ》の鑑定団《かんていだん》を始《はじ》めることになったのだ。

◇◇◇

いつの間《ま》にか学校《がっこう》についたらしく、車《くるま》は静《しず》かに止《と》まった。

晴《は》れやかな気持《きも》ちで三人《さんにん》の後《あと》に続《つづ》いて車《くるま》を降《お》りて、一緒《いっしょ》に校門《こうもん》をくぐる。

そうして少《すこ》し進《すす》んだところで、氷《こおり》のような声《こえ》が私《わたし》の名前《なまえ》を呼《よ》んだ。

「――あら、七瀬《ななせ》さん？」

ギギギという擬音《ぎおん》が聞《き》こえそうな動《うご》きでゆっくり声《こえ》がした方《ほう》を見《み》ると、そこには険《けわ》しい顔《かお》をした綾小路《あやのこうじ》さんの姿《すがた》があった。

「あ、綾小路《あやのこうじ》さん……」

珍《めずら》しく取《と》り巻《ま》きの姿《すがた》はいないけど、そんなのは些細《ささい》なことだった。その視線《しせん》はかつてないほど鋭《するど》く、周《まわ》りからもざわざわとした声《こえ》が聞《き》こえる。

すっかり忘《わす》れていた。

私《わたし》の日常《にちじょう》は、こうだった。

「どうしてあなたが、一条様《いちじょうさま》たちと一緒《いっしょ》にいるのかしら」

思《おも》わず謝《あやま》ってしまいたくなるほど、綾小路《あやのこうじ》さんは恐《おそ》ろしい顔《かお》をしていた。

前《まえ》の私《わたし》だったら、顔《かお》を真《ま》っ青《さお》にして誤魔化《ごまか》していただろう。だけど、せっかく仲間《なかま》だと認《みと》めてもらえたんだ。嘘《うそ》でも否定《ひてい》したくない。

私《わたし》、胸《むね》を張《は》ってみんなと一緒《いっしょ》にいたいもの！

Afterword あとがき

はじめまして、作者《さくしゃ》の陽炎氷柱《かげろうつづら》と申《もう》します！

この度《たび》は『みえちゃうなんて、ヒミツです。～イケメン男子《だんし》と学園鑑定団《がくえんかんていだん》～』を手《て》にとってくださり、そしてここまで読《よ》んでいただきありがとうございます！

本作《ほんさく》には、超名門《ちょうめいもん》学校《がっこう》に通《かよ》う一般市民《いっぱんしみん》の女《おんな》の子《こ》、というテーマに私《わたし》なりの夢《ゆめ》と憧《あこが》れと好《す》き！　をモリモリ詰《つ》め込《こ》んでおります。

たとえば付喪神《つくもがみ》。彼《かれ》らにはいろんな解釈《かいしゃく》がありますが、本作《ほんさく》では神様《かみさま》という考《かんが》えをもとに進《すす》めています。意思《いし》が宿《やど》るほど大切《たいせつ》にした物《もの》なんだから、その方《ほう》がステキじゃないですか！

だけど、付喪神《つくもがみ》が見《み》える主人公《しゅじんこう》の雪乃《ゆきの》は過去《かこ》の出来事《できごと》のせいで、進《すす》んでその力《ちから》を使《つか》おうとはしません。今回《こんかい》は、そんな雪乃《ゆきの》が男《おとこ》の子《こ》たちと出会《であ》い、小《ちい》さな事件《じけん》を通《とお》して成長《せいちょう》するところを書《か》きました。

まっすぐだけどちょっと天然《てんねん》な颯馬《そうま》、掴《つか》みどころがなくて少《すこ》し意地悪《いじわる》な桜二《おうじ》、かわいいけれどいざって時《とき》に頼《たよ》れる秋兎《あきと》。

学校生活《がっこうせいかつ》もまだまだ始《はじ》まったばかりですから、新《あたら》しい出会《であ》いもたくさん待《ま》っているでしょう。そう、こんな濃《こ》い時間《じかん》を過《す》ごした雪乃《ゆきの》たちですが、実《じつ》はまだ入学《にゅうがく》から二週間程度《にしゅうかんていど》しか経《た》ってないんです……！

それはともかく！　これから雪乃《ゆきの》が魅力的《みりょくてき》なイケメンたちと事件《じけん》に立《た》ち向《む》かう姿《すがた》、そしてそれぞれの気持《きも》ちや恋《こい》の行方《ゆくえ》を楽《たの》しんでいただけますと幸《さいわ》いです！

最後《さいご》になってしまいましたが、秘密《ひみつ》を抱《かか》えながらもがんばる雪乃《ゆきの》、個性豊《こせいゆた》かでカッコいい男《おとこ》の子《こ》たち、そして不思議《ふしぎ》な付喪神《つくもがみ》たち。彼《かれ》らが活躍《かつやく》している姿《すがた》をステキに描《か》いてくださった雪丸《ゆきまる》ぬん先生《せんせい》、本当《ほんとう》にありがとうございます！

変《へん》にこだわりが強《つよ》い私《わたし》にも根気強《こんきづよ》く付《つ》き合《あ》ってくれた担当《たんとう》さん、綺麗《きれい》に仕上《しあ》げてくださったデザイナーさん。そして読者《どくしゃ》のみなさんに感謝《かんしゃ》の気持《きも》ちでいっぱいです。

それでは、また次《つぎ》の巻《かん》でお会《あ》いできることを祈《いの》って！

陽炎氷柱《かげろうつづら》

アルファポリスきずな文庫

ある日《ひ》、とつぜん
子《こ》どもだけでくらすことに!?

ときめき虹色《にじいろ》ライフ1～2

作：皐月《さつき》なおみ　絵：森乃《もりの》なっぱ

わたし、小《しょう》5の子鹿《こじか》。海外《かいがい》で働《はたら》くママが日本《にほん》に帰《かえ》ってくるらしく、とつぜん一緒《いっしょ》にくらすことに!　だけど、お家《うち》で待《ま》っていたのはママと、4人《にん》のきょうだい。しかも、ママは再《ふたた》びお仕事《しごと》で外国《がいこく》に行《い》くようで、「子《こ》どもだけ」で生活《せいかつ》することになってしまい……!?

アルファポリスきずな文庫

この不思議《ふしぎ》な夏休《なつやす》みは一生《いっしょう》の宝物《たからもの》!

虹色《にじいろ》ほたる　~永遠《えいえん》の夏休《なつやす》み~　上・下

作:川口雅幸《かわぐちまさゆき》　絵:ちゃこたた

父親《ちちおや》との思《おも》い出《で》のダムに虫《むし》を取《と》りに来《き》た小学《しょうがく》6年生《ねんせい》のユウタは、気《き》が付《つ》くとタイムスリップしていた!!　かけがえのない仲間《なかま》たちと過《す》ごす、“もう一《ひと》つの夏休《なつやす》み”。蛍《ほたる》がつなぐ不思議《ふしぎ》な絆《きずな》が、少年《しょうねん》と少女《しょうじょ》の運命《うんめい》を変《か》える!?　夏休《なつやす》みに読《よ》みたい感動《かんどう》ファンタジー!!

アルファポリスきずな文庫

陽炎《かげろう》 氷柱《つづら》／作《さく》
関東在住。「アルファポリス第1回きずな児童書大賞」にて優秀賞を受賞、改題を経て出版に至る。
ペンネームに当て読みがあるため初見は読めない。自分でもつららと名乗ることがあり、わりと自由。

雪丸《ゆきまる》 ぬん／絵《え》
イラストレーター。児童書などで活動中。

本書は、アルファポリス(https://www.alphapolis.co.jp/)に掲載されていたものを、
改題、改稿、加筆の上、書籍化したものです。

みえちゃうなんて、ヒミツです。
～イケメン男子《だんし》と学園鑑定団《がくえんかんていだん》～

作《さく》　陽炎《かげろう》 氷柱《つづら》
絵《え》　雪丸《ゆきまる》 ぬん

2024年10月15日　初版発行

編集　加藤美侑・森 順子
編集長　倉持真理
発行者　梶本雄介
発行所　株式会社アルファポリス
〒150-6019 東京都渋谷区恵比寿4-20-3 恵比寿ガーデンプレイスタワー 19F
TEL 03-6277-1601（営業） 03-6277-1602（編集）
URL https://www.alphapolis.co.jp/
発売元　株式会社星雲社（共同出版社・流通責任出版社）
〒112-0005 東京都文京区水道1-3-30
TEL 03-3868-3275
デザイン　川内すみれ(hive&co.,ltd.)
（レーベルフォーマットデザイン／アチワデザイン室）
印刷　中央精版印刷株式会社

ISBN 978-4-434-34636-1 C8293

ファンレターのあて先
〒150-6019 東京都渋谷区恵比寿4-20-3 恵比寿ガーデンプレイスタワー 19F
(株)アルファポリス　書籍編集部気付
陽炎 氷柱先生
いただいたお便りは編集部から先生におわたしいたします。